RELAZIONE INDECENTE

CRYSTAL KASWELL

Traduzione di

ISABELLA NANNI

RELAZIONE INDECENTE
Titolo originale: *Dirty Boss*
Precedentemente pubblicato con il titolo *The Billionaire's Need* e *The Billionaire's Control*

Scritto da Crystal Kaswell.
Copertina di Hang Le
Tradotto da Isabella Nanni

Creato con Vellum

Also By

Indecente

Accordo Incedente

Relation Indecente

Marito Indecente

Standalone

Broken

Capitolo Uno

Oggi

Le porte dell'ascensore si aprono. Faccio un respiro profondo, aggrappandomi a ogni oncia di grinta che riesco a mettere insieme. O faccio bene questo colloquio e ottengo lo stage, o torno a Stanford a seguire lezioni noiose con cinquemila chilometri tra me e tutto ciò che amo.

O la va o la spacca.

La donna seduta dietro il bancone della reception è il ritratto della fredda eleganza newyorkese. Coda di capelli neri e lisci. Vestito rosso raffinato. Trucco perfetto.

«Lei dev'essere Elizabeth Wilder. Sono Jasmine Lee, la responsabile dell'ufficio.» Mi stringe forte la mano.

«Lizzy.»

Jasmine sorride. «Qui ci diamo per lo più del lei. Siamo molto più formali che a San Francisco.»

Mi guida attraverso il moderno ufficio. È più elegante di una tipica startup californiana. Quadri di arte moderna appesi accanto alle enormi finestre. La tenue luce di gennaio fa risplendere la stanza.

Ci fermiamo in un ufficio d'angolo.

Jasmine mi fa cenno di sedermi su una poltrona di pelle da dirigenti. «Le lascio da fare questo test di programmazione. Poi il signor Marlowe entrerà per farle qualche domanda.»

Mi si contorce lo stomaco. Phoenix Marlowe è l'amministratore delegato dell'azienda, un genio della programmazione miliardario. Come faccio a fare una buona impressione?

«Non vede l'ora di conoscerla. Non riusciva a smettere di parlare dei suoi progetti di IA.» Indica il monitor, che ora mostra un test di programmazione. «Buona fortuna.»

Fa un cenno di saluto mentre esce.

Appena la porta si chiude, la mia attenzione si sposta sullo schermo del computer.

Mi perdo nelle domande difficili ma fattibili.

Finché non sento la sua voce.

La stessa voce che ho sentito quella notte a San Francisco.

«Spero di non averla sorpresa» dice.

È lui. Non è possibile, ma è lui. Mi giro sulla sedia e me lo ritrovo faccia a faccia.

Che diavolo ci fa Nick qui?

«No» dico io. «Non c'è problema.»

Lui chiude la porta a chiave. Il suo sguardo va al curriculum che ha in mano. È come se non mi riconoscesse. Forse ha sempre storie di una notte. Forse non ha significato nulla per lui.

La mia testa si riempie della sensazione del suo corpo che affonda nel mio, il sapore del whisky sulle sue labbra, il profumo della sua colonia.

Oggi si è messo la stessa colonia.

I suoi occhi lampeggiano di qualcosa. Rabbia, credo. È difficile da decifrare.

È qualcosa. Qualcosa di brutto.

Mi riconosce. Deve avermi riconosciuta.

La sua voce è roca. «Chi è Marie?»

Faccio un respiro profondo. «Il mio secondo nome. E Nick?»

«Phoenix. Gli amici mi chiamano Nick.»

«Non me ne ero resa conto.» Premo la mano contro la superficie liscia della scrivania. «Sono sicura che questo genere di cose sia già successo prima.»

Lui stringe gli occhi. «No.»

«Ma tu sei molto...»

«Non vado in giro a scoparmi studentesse.» Mette il mio curriculum sulla scrivania e ci si siede dietro.

«E io non vado in giro a scoparmi programmatori miliardari.» Mi si allargano le narici. Mi batte forte il cuore. Sono travolta dalla rabbia. Per quanto faccia male non significare nulla per lui, mi serve questa opportunità. È l'unico modo per stare vicino a Kat. E Kat è l'unica persona di cui mi fido. Mi schiarisco la gola. «Possiamo ricominciare?»

Gli si legge la frustrazione in viso. «Questo progetto è tutto per me.»

«La sua assistente, la signora Lee...»

«Non è la mia assistente.»

«Qualunque cosa sia, mi ha detto quanto lei è rimasto impressionato dai miei bot per i giochi da tavolo. È vero?»

«Sì.» Mi fissa come se si aspettasse che mi tiri indietro.

Non cedo.

«Le sue capacità di programmazione non sono all'altezza degli standard di Odyssey Industries. Il suo codice è sciatto e inefficiente.»

«Non ha nemmeno guardato il mio test di programmazione.»

Picchietta il monitor.

«Vede il test sul suo computer, vero?»

Nick annuisce. I suoi occhi incrociano i miei e la sua espressione cambia. È più morbida. «Lei è testarda e troppo sicura di sé.»

«Non è vero.» Obiettare non aiuta la mia causa. Ma si sbaglia.

«Vorrei assumerla, signorina Wilder. Lei è l'unica candidata con una qualche conoscenza di intelligenza artificiale.» Nick ricambia il mio sguardo. «Ma ci sono altre questioni da considerare.»

«Mi sono scopata il capo, quindi sono nella merda?»

La sua espressione è impossibile da decifrare.

«Ha almeno intenzione di negarlo?» Mi impongo di restare logica. Questa è una buona occasione. Non vale la pena sprecarla per una relazione romantica, non quando ci sono tre milioni di uomini a Manhattan.

Non serve.

Non riesco a guardare Nick per un altro secondo. Come può essere lo stesso uomo che ho incontrato lo scorso settembre? Quell'uomo era calmo e composto, ma c'era calore nei suoi occhi. La sua voce era severa e forte, ma anche premurosa.

Questo tizio è uno stronzo narcisista.

Mi alzo in piedi. «Le risparmio l'imbarazzo di spiegarlo all'ufficio del personale.» Mi metto la borsa in spalla e mi avvio verso la porta.

«Lizzy, aspetta.»

Non esiste. Non ora che ho le lacrime agli occhi. Questa opportunità è tutto per me e non è niente per lui.

Non potrò restare a New York.

Maledizione, non piangerò davanti a lui.

A testa bassa, mi precipito verso l'ascensore. Jasmine mi saluta in fretta, ma io faccio finta di non sentirla.

Ci sono dei passi dietro di me. Non riesco a girarmi per scoprire se sono di Nick. Mi infilo giù per le scale e mi precipito al primo piano.

Sparisco nella stazione della metropolitana di Wall Street.

Mia sorella, Kat, vive con il suo fidanzato Blake Sterling nell'Upper East Side. Lui è ricco. Se gli parlo di questo stage, mi offrirà i soldi per restare a New York.

Ma non accetto aiuti da nessuno dei due. Kat ha passato gli

ultimi quattro anni a prendersi cura di me. Per una volta vivrà la sua vita. Ho intenzione di farcela da sola. A costo di morire.

Crollo sul moderno divano nero e guardo cosa passano i canali in streaming. Tutti i film di fantascienza mi fanno pensare al progetto di Nick. L'Haley Bot (dal nome di Hal, il computer malvagio di *2001: Odissea nello spazio*) è un assistente virtuale di gran lunga superiore a tutti i suoi concorrenti. È un progetto di IA incredibile. È la migliore opportunità che avrò mai di studiare l'IA.

Questo stage è l'unico modo per rimanere a New York senza abbandonare la scuola.

Posso soffocare il mio orgoglio, scusarmi e convincere Nick a mantenere professionale la nostra relazione.

Ma non sono sicura di poter stare con lui senza sciogliermi in un ammasso di desiderio.

Capitolo Due

Tre mesi fa

Buon compleanno del cavolo.

Settembre a San Francisco faceva schifo.

Tutto faceva schifo in giro per la Baia. La mia stanza al dormitorio di Stanford era minuscola. La mia compagna di stanza mi odiava. Alcuni dei miei compagni di classe erano aperti ai miei suggerimenti di *uscire e studiare*, ma nessuno di loro mi capiva.

La mia amica del liceo, quella che si era trasferita a San Francisco per intraprendere una carriera musicale, doveva raggiungermi per cena per festeggiare il mio compleanno.

Ma sul telefono mi era comparso il messaggio con cui cancellava l'appuntamento. *Mi spiace, Lizzy. Non posso venire. Buon compleanno TVTB.*

Gocce di pioggia punteggiarono lo schermo. Feci scivolare il telefono in borsa. Per proteggerlo. O forse per proteggere me stessa. Non ero brava con i sentimenti. O con la delusione. Un codice? Sì. Potevo superare qualsiasi test. Ma capire se il ragazzo seduto accanto a me voleva studiare o voleva *studiare*? Non avevo idea di come fare.

Scrutai la città buia. Il profilo dei grattacieli in centro sembrava meno impressionante da vicino. Come un'imitazione a buon mercato di Manhattan. Non ho mai amato Manhattan come Kat, ma apprezzavo la sua importanza. I newyorkesi li capivo. Quella strana combinazione di figli di papà, rilassati, compiaciuti, freddi e adoratori del denaro. La gente di San Francisco non la capivo.

Passai sotto il tendone rosso di un hotel enorme con porte dorate e finestre pulite.

Lui era lì, alto, scuro e bello, in piedi sul marciapiede a gambe divaricate, il petto in fuori, lo sguardo sul cellulare.

Senza dire una parola, si sfilò la giacca dalle spalle e me la offrì.

Uno sconosciuto che mi offriva il suo giaccone.

Era un invito, vero?

Come quei ragazzi che alzavano le sopracciglia dopo aver detto *studiare*.

Lo guardai negli occhi. Erano scuri. Come il caffè. E altrettanto ricchi e audaci.

Era il modo perfetto per passare il mio compleanno.

Potevo anche flirtare un po'. In teoria.

Lo guardai di nuovo nei suoi bellissimi occhi. «Non posso prendere la tua giacca.»

«Perché no?»

Strofinai le dita sul tessuto. Era un tessuto di lana fine. Costoso. «Non ti conosco.»

«Sono Nick.»

Ci stringemmo la mano.

Era chiaramente ricco e importante. Non c'era modo di rivederlo. Meglio dargli il mio secondo nome.

«Marie.» Mi misi la giacca sulle spalle. Era spessa. Calda. E confortante in un altro modo. Era un modo per provare un ruolo per una notte. Marie, la ragazza sicura e audace che accettava giacche dagli sconosciuti e inviti per storie da una notte.

«Vado dentro a bere qualcosa.» Aprì la porta come per invitarmi.

Feci un cenno di ringraziamento e lo seguii verso un tavolo in un angolo della sala.

Le pareti erano color crema, le luci erano soffuse, i mobili erano viola. Non era il tipo di posto in cui mi sarei aspettata di vedere un tipo come Nick.

I suoi occhi castano scuro si fissarono sui miei. «Cosa ci sei venuta a fare in città oggi?»

«Come fai a sapere che non sono di qui?»

Mi diede una lunga occhiata. «La gente di San Francisco raramente indossa...»

«Abiti stretti e tacchi?»

«Non da questa parte della città.»

«Avevo quest'impressione.» Spostai lo sguardo sul tappeto scuro. «È il mio compleanno.»

Mi guardò di nuovo. «Davvero?»

«Che c'è? Pensi che sia una battuta che uso per farmi offrire da bere dagli uomini?»

«No. Non credo che tu abbia problemi a farti offrire da bere dagli uomini.»

Un sorriso mi increspò le labbra. Gli piacevo. Del tipo *chiacchieriamo finché non siamo pronti a scopare.* «Dovevo vedermi con un'amica. Ha disdetto.»

«Non tutti sono affidabili.»

«Vero.»

Il modo in cui mi guardava era comprensivo. Perfino dolce.

«Sei di qui?» chiesi.

«Più o meno.»

«Mi spieghi cosa c'è di bello?»

Gli si illuminarono gli occhi mentre ridacchiava. Era una risata forte e profonda. Era un tipo forte e profondo. Aveva un'aria stoica. Volevo sbucciare i suoi strati. Volevo capirlo. Almeno per un po'.

«Di certo non il tempo» dissi.

«Non ti piacciono le estati gelide?»

«No.» Strinsi le labbra. Stavo rivelando troppo? Stavo per insultare la sua amata città? No, non credo. «Non capisco la gente di qui. Tutti quelli che incontri sono degli snob o, peggio, dei programmatori che pensano di essere migliori di te perché conoscono il C++. C'è qualcosa di buono in questa città?»

«Gli affitti arricchiscono i proprietari di case.»

Feci una risata. «Ne sai qualcosa.»

Lui annuì.

«Non piace neanche a te?»

«Ci si abitua alla presunzione.»

La cameriera si fermò al nostro tavolo per prendere le nostre ordinazioni. Accettò il mio documento falso senza battere ciglio.

«Fammi indovinare.» Mi tolsi la sua giacca dalle spalle e me la misi in grembo. «Sei un venture capitalist e devi venire qui due volte alla settimana a sorbirti le presentazioni disperate di egoisti che hanno fondato delle startup.»

Nick aveva gli occhi fissi su di me. Il suo sguardo era già così intenso e accattivante. Stavo perdendo interesse nella nostra conversazione. Cosa dovevo sapere di lui oltre a quanto volevo che mi portasse nella sua stanza?

Non reagivo mai così agli uomini. Ero stata solo con due tipi, un ragazzo prima che l'incidente complicasse tutto e un compagno di classe con cui ero uscita per qualche mese l'estate precedente. Nessuno dei due era degno di essere ricordato.

Il cuore cominciò a battermi più forte. Mi agitai sul sedile. «Ci sono andata vicino?»

«Sì. E tu sei una studentessa dell'Università di San Francisco. Facoltà di scienze. Chimica.»

«Qualcosa del genere.»

La cameriera tornò con i nostri drink. Whisky per lui. Rum e Diet Coke per me. Nick le mise in mano due banconote da venti dollari. Lei sorrise nel modo in cui sorridevo sempre io dopo una grossa mancia.

Bevvi un lungo sorso. Era un mix perfetto di dolce e amaro. «E tu cosa ci fai in città?»

Copiò le mie parole. « Come fai a sapere che non sono di qui?»

«Stai in un hotel.»

«Potrei essere in procinto di divorziare.»

Scossi la testa. Gli presi la mano sinistra e indicai la base del suo anulare. «Non hai il segno dell'abbronzatura.»

Inarcò le sopracciglia e sorrise, impressionato. «Bel colpo.»

«Non ti assolve dall'essere stato cacciato dalla tua ragazza.» Incrociai il suo sguardo. «Ma faccio fatica a immaginarmelo.»

«Perché?»

«Non ti ci vedo a lasciare che una donna abbia così tanto controllo sulla tua vita. Da arrivare a convivere.»

«Questa è una vera e propria accusa.»

«Immagino di sì. Impari a decifrare piuttosto bene le persone quando lavori in un negozio.» Strinsi le labbra. «Mi sbaglio? Hai mai vissuto con una donna?»

«Nessuna, a parte mia madre.»

«Hai delle amiche o fai solo...» feci cenno al nostro posto in sala «... cose come questa?»

«Hai un ragazzo?»

«Non da quando ho finito il liceo.»

«Neanche io.»

«Avevi un ragazzo al liceo?»

Mi guardò incuriosito, come se non fosse sicuro se stessi scherzando o meno.

«Sto solo scherzando.» Sorrisi. «Di dove sei?»

«Los Angeles. Altrettanto presuntuosi.» Il suo sguardo andò alla giacca che avevo in grembo. «Ma il tempo è più tollerabile.»

Ecco. Era di Los Angeles. Non c'era modo di rivederlo. Non c'era motivo di trattenersi.

Ero così sola quel primo semestre di college. Non era insolito che il mio carattere forte mi mettesse nei guai, ma era molto più difficile con mia sorella, la mia migliore amica al mondo, a cinquemila chilometri di distanza.

Nick mi stava ascoltando. Era onesto. Era la mia occasione di abbassare la guardia per una notte, di avere una conversazione che non fosse aria fritta.

Mi ripromisi di approfittare dell'occasione. «Sono di New York. Posso sopportare il tempo.»

«Esci così durante gli inverni di New York?»

«Sembri mia sorella.»

«Non tua madre?»

«I miei genitori sono morti quando avevo quindici anni.»

La sua voce si addolcì. La sua espressione si riempì di compassione. «Mi dispiace.»

«Grazie.» Feci un cenno con la testa. Per una volta, sembrava che lo dicesse sul serio. Come se gli importasse davvero di me. Mi riempì in posti che di solito pativano un enorme vuoto. Volevo parlare con lui per sempre. «Perché sei in città oggi?»

«Dovevo sistemare un problema.»

Mi avvicinai di più, studiando i suoi occhi scuri. Erano difficili da decifrare, ma erano onesti.

«Lo hai sistemato?» chiesi.

I suoi occhi si illuminarono di preoccupazione. Annuì e finì il suo drink. «Speriamo.»

«Era una questione personale o di affari?»

Si voltò verso di me. «Entrambe le cose, purtroppo.»

«Non sembri il tipo di persona che mischia le due cose.»

«No. Di solito no.»

«Cos'è successo questa volta? Hai sedotto la tua segretaria e poi l'hai cacciata via?»

Alzò un sopracciglio, studiando la mia espressione come se stesse decidendo se stavo scherzando. Dovette aver deciso che scherzavo, perché sorrise.

La sua voce assunse un tono più allegro. «Non si dice più segretaria. Si dice assistente.»

«Lo faresti?»

«Questo è un evidente caso di molestie sessuali. Non voglio un mal di testa del genere.»

«Paura di una causa?»

«Hai mai avuto a che fare con gli avvocati?»

Scossi la testa.

«Spero, per il tuo bene, che tu non debba mai farlo.»

«E se tu fossi sicuro che non ti denuncerà?»

«Non vale la pena correre il rischio.»

Stavamo quasi flirtando. Dovevo spingere di più. Stuzzicarlo. «Sei un coniglio?»

Si tirò indietro, la sua espressione si indurì. «No. Quando sarai più grande, capirai che c'è una bella differenza tra coraggio e stupidità.»

Mi morsi la lingua. Non dovevo essere cortese con lui. Potevo fargli notare le sue stronzate. «Quindi pensi di essere più intelligente di tutti quelli più giovani di te? C'è una bella differenza tra vigliaccheria e prudenza. Potrei dirlo e far sembrare te quello che ha torto.»

Sorrise. Reagii subito, mi fece girare la testa e arrossire.

«Mi hai dato del coniglio» disse.

«Quindi ho cominciato io? Molto maturo, Nick. Pensavo fossi vecchio e saggio.» Allungai la mano e la passai tra i suoi morbidi capelli. «Sono tinti? Normalmente sono bianchi?»

Sorrise ancora di più. «No.»

«Puoi provarlo?»

Alzò un sopracciglio. «Sì.» Si mise la mano in grembo.

Oh. Quella sarebbe una bella prova.

Arrossii, incapace di fare altro che immaginarmelo nudo. Sembrava un invito. Dovevo accettarlo. C'era qualcosa in lui... mi faceva sentire al sicuro. Capita.

Come se, per una volta, non fossi completamente sola al mondo.

«Allora dovresti» dissi.

«Sei una studentessa di chimica?»

«No. Ma studio scienze.»

«Sei scettica per natura.»

Feci sì con la testa. «Ho un'ipotesi e ho bisogno di testarla. Di trovare delle prove.» Finii il mio drink per sostenere la mia audacia. «Va molto di moda dire alle donne di studiare scienze. Nessuno però lo approccia in questo modo.»

«Preferisci che le università dicano alle donne che possono sfruttare il fatto di andare a scienze per scopare?» Si mise a ridere. «Spero che tu non voglia entrare in politica.»

«No.» Mi morsi la lingua appena in tempo per evitare di ammettere che ero una programmatrice. Gli avrebbe reso facile trovarmi. «Sono una donna di scienze, in tutto e per tutto.»

«Sei una giovane donna bella e intelligente. Dubito che tu abbia bisogno di dire che studi scienze per scopare.»

Mi avvamparono le guance. «Grazie.» Ero imbarazzata. Dovevo riprendere il controllo della conversazione. «Anche se aumenta le mie chance in effetti. Le classi che frequento sono per l'ottanta per cento maschili. Ai ragazzi piace un sacco parlare con me perché pensano che sia un'oca.»

«Non ti comporti come un'oca.»

«Porto i tacchi.»

«E gli occhiali.»

«Non si può essere idioti con gli occhiali?»

«Idioti, sì. Ho la sfortuna di lavorare con molti idioti con gli occhiali. Ma un'oca? No. Perderesti gli occhiali.»

Mi misi a ridere. «È questo è il tuo ragionamento?»

Lui annuì.

«È inconsistente.»

«Non sono un avvocato.»

Annuii e feci un respiro profondo. Ero stanca di scherzare. Lo fissai di nuovo negli occhi. «Mi darai quella prova?»

«Se vuoi che ti scopi, dovresti chiederlo.»

Be', merda. Era diretto.

«Vuoi scoparmi» disse.

Feci sì con la testa.

Lui sorrise, incantato. «Non fai la timida.»

«Dovrei?»

«No.» Mi guardò negli occhi. «Vuoi prendere un altro drink nella hall o in camera mia?»

«In camera tua.»

La sua camera d'albergo era una suite d'angolo. Aveva un comodo letto matrimoniale, una TV a muro e una seconda stanza con un divano e una scrivania. Ma tutto questo impallidiva in confronto alla vista fuori dalle finestre a tutta altezza.

Il Bay Bridge era illuminato di bianco, uno splendido contrasto contro il blu scuro dell'acqua e del cielo intorno.

San Francisco era bellissima.

Ero stata ingiusta a denigrare tutto lo stato della California. Aveva molto da offrire.

Ma niente di tutto ciò mi attraeva quanto poter incontrare Kat per un brunch tutte le domeniche.

Le sue dita mi sfiorarono il collo mentre chiudeva la porta. Il suo tocco era morbido. Imperioso.

Andò ad appendere la giacca al muro.

I miei occhi rimasero fissi sul panorama.

Niente avrebbe potuto fermarmi, sicuramente non il fatto che non avevo alcun diritto di curiosare nella stanza di Nick senza il suo permesso.

Andai dritta alla porta del balcone, la aprii e uscii.

L'aria fredda mi passò sulla pelle. Aveva smesso di piovere, ma il pavimento era ancora scivoloso. Premetti le mani contro la ringhiera e scrutai la strada trenta piani sotto di me. Era per lo più vuota.

Ero in alto.

Troppo in alto perché qualcuno potesse vedermi.

In camera, Nick versò due bicchieri di whisky con ghiaccio. Era metodico nel farlo. Senza fretta, come se avesse tutto il tempo del mondo.

Così i nervi che mi attraversavano il corpo ebbero il tempo di connettersi con il mio cervello. L'unica cosa che sapevo di lui era il suo nome e mi trovavo nella sua stanza d'albergo, pronta a gettarmi sul suo letto.

Ero imprudente o coraggiosa?

I suoi occhi incrociarono i miei quando venne in balcone. Era alto. Anche con i tacchi, ero nove o dieci centimetri più bassa di lui.

Mi passò il mio bicchiere. Bevvi in fretta. Non avevo bisogno del sapore. Avevo bisogno di liberarmi dalle inibizioni.

Misi il bicchiere vuoto sul tavolino che si trovava tra due sedie del patio.

Mi squadrò da capo a piedi. Si avvicinò, finché fu una spanna dietro di me, il suo calore corporeo scacciò la pelle d'oca che avevo sulle braccia.

«Voglio scoparti, Marie, ma devi capire che faccio le cose in un certo modo.»

Presi mentalmente nota di avergli detto di chiamarmi Marie. «Sarebbe?»

«Ho sempre io il controllo.»

Strinsi la ringhiera per non perdere l'equilibrio.

«Mi sbaglio o vuoi anche questo?»

«Sì.» Mi morsi il labbro. Era sorprendente quanto volevo che avesse lui il controllo. Era stata solo una fantasia passeggera. Qualcosa a cui ricorrere quando non riuscivo a dormire. Non qualcosa da cercare. «Ma se smettessi di volerlo?»

«Dici basta, e io mi fermo.»

«Tutto qua?»

«Perché complicare le cose?» Si chinò, la sua bocca a pochi centimetri dal mio orecchio. «Togliti il vestito.»

Mi voltai per guardarlo negli occhi. O nel mento, vista la nostra differenza di altezza.

La sua espressione era intensa, famelica.

Sfilai via le spalline del vestito, prima la sinistra, poi la destra.

Il mio reggiseno non era niente di elegante, ma spalancò gli occhi come se fosse la cosa migliore che avesse mai visto. Quegli occhi seguirono le mie mani mentre spingevo il vestito fino alle ginocchia e lo calciavo via dai piedi.

Risalirono lungo il mio corpo, fino ai miei occhi.

«Togliti il reggiseno.» Mi fissò di nuovo.

Sganciai il reggiseno e lo gettai da parte.

Mi guardò lentamente, come se stesse facendo una foto mentale. «Sei bellissima.»

Avvampai tutta. Non mi ero mai spogliata così per qualcuno, e lo stavo facendo per uno sconosciuto. Ero in piedi sul balcone con solo un perizoma e i tacchi.

Nick tracciò una linea sul tatuaggio dei fiori di ciliegio che avevo sul fianco. «Cosa significa questo?»

«Sono solo fiori.»

«Non è vero.» Le sue dita si posarono sulla citazione latina accanto ai petali. «*Memento mori*. Ricorda che sei mortale.» Mi guardò come per chiedere una spiegazione. «Sei un po' troppo giovane per preoccuparti di morire.»

«Sono quasi morta quando avevo quindici anni.»

«Quando sono morti i tuoi genitori?» Tracciò ripetutamente le linee del mio tatuaggio.

Mi si strinse il cuore. Di solito evitavo di parlare dell'incidente. Di solito, evitavo di condividere qualsiasi cosa che mi rendesse vulnerabile.

Ma non c'era motivo di trattenersi. Avevamo solo quella notte. Ne avrei approfittato al massimo.

Lo fissai di nuovo negli occhi. «Sì, è stato un incidente d'auto. Fui ricoverata in terapia intensiva per una settimana. Quando ne uscii, non potevo camminare e la mia schiena era distrutta. Ci sono voluti sei mesi di riabilitazione e fisioterapia per tornare alla normalità. Devo stare attenta, fare yoga e non so quanti esercizi, ma per lo più me la cavo bene.»

«C'è qualcosa che non puoi fare?»

Feci un respiro profondo. Si riferiva al sesso, mi stava chiedendo se c'era qualcosa a cui doveva fare attenzione. Era una preoccupazione e la ragione principale per cui non avevo mai considerato nulla di occasionale. Non volevo avere uno spasmo alla schiena sul letto di uno sconosciuto.

Ma per lo più non avevo avuto problemi. Scossi la testa. «Ti farò sapere se inizia a fare le bizze.»

«Hai avuto qualcuno che ti ha aiutato?»

Annuii. «Mia sorella. Ha fatto molto per me. Ha lavorato a tempo pieno invece di andare all'università. Le devo tutto, e farei qualsiasi cosa per lei.» Come prendere una borsa di studio per merito in una scuola dall'altra parte del paese, così che non si sentisse obbligata ad aiutare.

«Dov'è?» chiese.

«A New York.»

«Lontano.»

«Troppo lontano.»

Si alzò il vento. Faceva freddo ed ero quasi nuda.

Nick dovette accorgersene dalla mia espressione. Mi strofinò le braccia per scaldarmi.

Fu incredibilmente efficace.

Passai le dita sulla ringhiera di metallo. «Lei non è come me. È una persona ottimista e romantica che vede il buono in tutto.»

«Tu come sei?»

«Non lo so. Cinica, credo.» Mi spostai per poter sentire il suo petto contro la schiena. «Dopo quell'incidente, sono stata folgorata dalla consapevolezza che avrei potuto perdere tutto in qualsiasi momento. Non volevo dimenticare quella sensazione.» O soffrire ancora in quel modo. Se non lasciavo avvicinare le persone, non potevano farmi del male. Era una vita solitaria, ma anche sicura.

Mi guardò con più attenzione. «Non si dimentica mai una cosa del genere.»

«Pensi di sapere tutto?»

«Quasi tutto.» Il suo sorriso svanì rapidamente. Premette i polpastrelli sulla mia pelle. «Mia madre aveva un cancro alle ovaie. Quarto stadio. Aveva una possibilità di sopravvivere, ma significava affrontare un intervento chirurgico invasivo e un anno di chemio e radiazioni.»

«Ha deciso di morire invece di combattere?»

«È un modo pessimistico di vedere la cosa.»

«E tu come l'hai vista?»

«Avevo solo diciannove anni. Ero terrorizzato.»

Mi voltai verso di lui. «Tu ti spaventi?»

«Non più. Perderla ha reso tutto il resto banale.»

Annuii. Capivo esattamente cosa voleva dire.

«Finì in fretta. Due mesi.»

Deglutii a fatica. «Quindi anche tu sai quanto poco gliene freghi al mondo di te o di quello che vuoi? Sai che devi afferrarlo e tenertelo stretto prima che sparisca.»

«A me interessa quello che vuoi.» Portò il corpo contro il mio. «Vuoi venire?»

Fui attraversata da un'ondata di calore. In qualche modo, non mi sentivo in imbarazzo. «Sì.»

Si avvicinò. La mia pelle nuda premeva contro il suo completo. Nonostante quel tessuto spesso tra noi, potevo sentire il calore del suo corpo. Gli misi le mani intorno al collo e mi alzai in punta di piedi.

Mi tolse gli occhiali e li mise sul tavolino. Quasi. Si chinò e mi sfiorò le labbra con le sue. Il bacio gettò benzina sul fuoco che infuriava dentro di me. Tutti i dubbi che avevo finirono in fumo. Aprii la bocca per far posto alla sua lingua. Ci sapeva fare a baciare, era aggressivo e autoritario.

Mi fece scivolare le mani intorno alla vita e mi tenne vicino. Mi si contrasse il sesso. Quando spostò le mani sul mio culo, quasi urlai.

Interruppe il bacio e mi fissò negli occhi. Aveva un'espressione molto intensa.

Premette le labbra sulle mie, e compresi che avevamo finito la conversazione per quella sera. Grazie a Dio, perché stavo rapidamente perdendo la mia capacità di formare pensieri coerenti.

Nick mi fece scendere le mutandine fino ai piedi. Ero nuda

su quel balcone. L'aria era fredda contro la mia pelle, ma non m'importava. Il mio corpo era in fiamme. Era così vicino a toccarmi.

Poi lo sentii toccarmi. Con la mano mi sfiorò il sesso, fermandosi sul clitoride. La pressione era già intensa. Gli misi un braccio intorno al collo per tenermi in equilibrio.

Andò un po' più veloce, un po' più forte. Portò l'altra mano al mio petto. Tracciò dei cerchi intorno ai miei capezzoli.

Interruppe il bacio e mi fissò negli occhi con un'espressione amorevole e allo stesso tempo esigente.

Ressi lo sguardo per quanto potei. Era troppo. Dovetti chiudere gli occhi per contenere l'orgasmo che mi stava montando dentro.

Ecco.

Il mio corpo si tese. Gli tirai la camicia, gemendo quando venni.

I miei muscoli si rilassarono tutti in una volta. Mi cedettero le ginocchia, ma lui mi sorresse.

Mi sollevò tra le braccia, mi portò nella stanza principale e mi stese sul letto.

Si spogliò lentamente fino ai boxer.

Il suo corpo era un'opera d'arte. Sodo e definito.

E non un pelo bianco in vista.

Mi premette le labbra contro il collo, poi mi tracciò una scia di baci lungo il petto e il ventre. «Allarga le gambe.»

Lo feci.

Con i polpastrelli mi sfiorò i lati delle ginocchia, poi risalì le cosce, avvicinandosi sempre di più. Premette le labbra contro il mio interno coscia. Poi più vicino. Più vicino.

Poi lo sentii succhiarmi le labbra esterne. Le mie gambe si alzarono da sole. Nick mi affondò le mani nelle cosce per tenerle contro il letto.

Aveva lui il controllo.

Faceva un caldo infernale.

Il piacere cresceva mentre mi leccava su e giù. Gemetti e

affondai la mano libera nelle fresche lenzuola di cotone. La sua lingua era morbida e i suoi movimenti erano sicuri.

Finalmente capii tutto il casino sul sesso orale.

Era incredibile.

Mi si contrasse il sesso, sempre di più, fino al punto che volevo urlare. La leccata successiva mi fece precipitare in un orgasmo.

«Nick.» Gemetti il suo nome mentre venivo. La cosa lo incoraggiò, gli rese la lingua più veloce, più disperata.

Risalì il mio corpo coprendolo di baci, mi premette le labbra sulle mie senza timidezza.

Era strano assaporare me stessa. Intimo.

Feci scorrere le mani lungo il suo ventre. Quando arrivai al suo ombelico si ritrasse. Mi strinse le dita intorno al polso.

«Aspetta.» Mi premette la mano contro il letto.

Lo sguardo nei suoi occhi era chiaro. Non voleva che lo toccassi.

Era un peccato, ma potevo sopportarlo.

Prese un preservativo dal comodino e se lo mise. Mi distesi sulla schiena, allargando le gambe per dargli accesso.

Feci un respiro profondo per prepararmi. Era grosso.

Nick mi fece scivolare una mano sotto il culo, tenendomi in posizione. Sentii il suo uccello contro il mio sesso. Il lattice tirò per un momento, poi mi scivolò dentro.

Cazzo, sì. Il mio corpo fece un grido di sollievo. Gli piantai le unghie nella schiena mentre spingeva dentro di me. Cominciò piano, poi andò più veloce, più duro, più in profondità. Dondolai i fianchi per seguire i suoi movimenti.

Non disse una parola, ma il suo corpo comunicava tanto.

Forse avevo bevuto troppo whisky, ma non sentivo solo il suo uccello dentro di me. Non c'erano finzioni. Questo era Nick, il vero Nick.

Ed era la vera me. Gli avevo dato un nome falso, ma non stavo nascondendo nulla.

Mi stavo dando a lui. Per una notte.

Ogni spinta mi avvicinava a un altro orgasmo. Il corpo di questo sconosciuto alto, bello e tenebroso era premuto contro il mio.

L'anonimato di tutto questo mi lasciò senza fiato. Non mi avrebbe mai più rivisto. Non c'era motivo di essere timidi.

Mi aggrappai alla sua schiena, ansimando e gemendo. Doveva sapere quanto mi sentivo bene, quanto lo volevo.

Ogni volta che gli graffiavo la schiena o urlavo il suo nome, Nick si muoveva più veloce o più forte. Il suo corpo tremava. I suoi occhi erano velati. Gemeva e mi affondava i denti nella spalla.

Sollevai i fianchi per andargli incontro. Il cuore mi batteva all'impazzata, il mio respiro era completamente fuori controllo. Era bello sentirlo dentro di me. Era bello sentire la sua pelle contro la mia. Le sue labbra sulle mie.

E la notte era nostra.

Quando venni, non trattenni nulla. Urlai e ansimai e dondolai i fianchi più veloce che potevo.

Nick mi piantò le unghie nel sedere, tenendo il mio corpo contro il suo per poter andare più a fondo.

Non era molto lontano. Mi morse la spalla quando venne.

I nostri corpi si districarono. Mi rilassai nel letto mentre lui si occupava del preservativo. Si rimise accanto a me. La sua espressione era morbida, come se fossimo vecchi amanti invece che estranei.

«Hai mangiato?» chiese.

«No.»

«Allora consentimi.» Premette le labbra sulle mie, scese dal letto e si infilò i pantaloni.

Il resto della notte restò un ricordo confuso, grazie ai poteri del Rum e Diet Coke.

Mangiammo in un fantastico posto cinese, una vera bettola. Il cibo era piccante, autentico.

Mi sfogai, gli raccontai cose che non avevo mai detto a nessuno. Dell'incidente. Di come mi sentivo sola a scuola. Delle cose che volevo per il mio futuro, in cui c'eravamo solo io e mia sorella: niente marito, niente bambini, niente animali. Nessuna preoccupazione se non la mia carriera. Nessuno che potessi perdere per sempre.

Tornati in albergo, facemmo sesso. Mi addormentai tra le sue braccia.

Quando mi svegliai, non c'era più. C'era un cambio di vestiti, tutti della mia taglia, sul tavolo. Accanto c'era un regalo: una scatola bianca con un fiocco rosso trasparente. Il biglietto era semplice.

Cara Marie,

Buon compleanno. Pensa a me quando lo indosserai.

Cordiali saluti,

Nick

Tirai il fiocco fino a che non si srotolò, poi aprii la scatola. Dentro c'era un set di lingerie nero di pizzo. Era esattamente come lui: elegante, raffinato, di classe.

Mi misi i vestiti nuovi. Sapere che la lingerie era sotto i miei semplici jeans e maglietta mi faceva sentire audace, come se avessi un segreto che nascondevo al resto del mondo.

Il mio segreto. Il nostro segreto. Avevamo passato quella notte insieme, e anche se non ci saremmo più visti, era nostra.

Capitolo Tre

Oggi

Lo squillo del cellulare mi risveglia dai miei sogni ad occhi aperti. Sarah.

«Ehi» rispondo.

«Ci vediamo alle 8:30 per ballare? Per favore.»

Il suo concetto di divertimento prevede di ballare finché non si trova qualcuno da portare a casa ed è esattamente ciò che mi serve. «Perfetto.»

«Robin si sta ancora scopando quel tipo di Gap. Ci è andata venti minuti fa.»

«Forse stanno facendo una bella conversazione.»

«Non sei così ingenua, dolcezza.» e ride. «La disco è aperta a tutti stasera. Lascia a casa il tuo documento falso.»

«Ok.» Il mio umore migliora. Mi aggrappo al desiderio di perdermi nella musica. Non è bello come perdersi nei gemiti di Nick, ma è tutto quello che ho. «Ci vediamo allora.»

«Ciao, bella.»

Riattacco e getto il telefono sul letto nella stanza degli ospiti. Il silenzio dell'appartamento amplifica i miei pensieri.

Rovisto nell'ultimo cassetto per trovare il set di lingerie che mi ha regalato. Mi basta vederlo per farmi battere forte il cuore. Mi si contrae il sesso, il mio corpo ricorda la gentilezza del suo tocco.

Faccio a meno dei miei vestiti e indosso il completo reggiseno e mutandine di pizzo nero.

È quasi come se fosse qui. Come se fosse dall'altra parte dello specchio, a fissarmi con gli occhi spalancati e le labbra dischiuse. Come se stesse per spingermi sul letto, sfilarmi il perizoma fino alle ginocchia e seppellirsi profondamente dentro di me.

Ma non è qui.

Non mi sta scopando.

Non ha intenzione di scoparmi.

Ci sono mezzo milione di scapoli a New York.

Stasera ne troverò uno e mi dimenticherò di Phoenix Marlowe.

Incontro Sarah in una disco nel Lower East Side. Il suo vestito sexy rosa la rende facile da individuare.

Saltella e mi butta le braccia al collo.

La abbraccio anch'io. È passato un po' di tempo. È bello vederla.

«Sei sexy da morire. Sei a caccia di manico stasera, eh?» Si getta i capelli castani dietro le spalle. «Oh, merda. La tua roba di lavoro era oggi, eh?»

«È stato un incubo.» Devo pensare a qualcos'altro. Adesso. «Com'è il Pixie Dust?»

«La solita merda.» Mi prende per il braccio e mi tira verso l'ingresso. «Cos'è successo?»

«Il tizio che possiede l'azienda non pensa che io sia abbastanza brava.»

«Scopatelo allora.»

Dio, quanto mi piacerebbe.

Alle nove di mercoledì non c'è fila. Mostriamo i nostri documenti d'identità alla porta. Mi contrassegnano il dorso delle mani con eleganti X nere per indicare che non mi devono assolutamente servire alcolici ed entriamo.

Il magazzino trasformato in discoteca ha soffitti alti e luci rosse soffuse. La pista da ballo è piena. La stanza è calda per il calore corporeo.

Sarah mi sussurra all'orecchio: «Ti prendo un Rum e Diet Coke. Ci vediamo in pista.»

Va al bar. La seguo qualche passo dietro, fermandomi in mezzo alla pista. Ci vuole solo un attimo perché qualcuno si avvicini: un ragazzo sulla ventina con i capelli biondo fragola e una camicia blu. È una buona combinazione.

«Mi chiamo Jason.» Mi porge la mano.

Me la metto intorno alla vita. «Balliamo.»

Ok, Jason. Facciamolo. Non è Phoenix Marlowe ma è carino. Sembra carino. Gli metto il braccio intorno al collo e mi avvicino.

Il mio corpo si rifiuta di rispondere al suo. Invece, piagnucola *di' a Nick che non t'importa più lo stage. Che preferisci andarci a letto.*

Maledizione, pensavo che il mio corpo ed io fossimo finalmente in buoni rapporti. Cerco di trovare una connessione con Jason con tutte le mie forze, ma non succede. Cerco di abbandonarmi, di lasciarlo condurre, ma lui non ce la fa. Mi guarda incerto.

«Vuoi venire a casa mia?» chiede.

Ok, forse posso lavorarci su. Sto per annuire, per dire di sì, ma la testa mi si riempie dell'immagine di Nick nudo su quel letto, il suo corpo perfetto e sodo premuto contro il mio.

Jason non va bene.

Solo Nick può andare bene.

«Grazie ma... ho un ragazzo.» Non riesco a dimenticare un tipo. Stessa cosa. Faccio un passo indietro. «La mia amica Sarah. Sei il suo tipo.» Ha un debole per i biondi, ma Jason ci va vicino. Scruto la stanza per cercarla ma il suo vestito rosa non si vede da nessuna parte. «Te la indicherò più tardi.»

Jason annuisce con entusiasmo. Fantastico. Non fa nemmeno finta che io sia più di una scopata. Non che possa parlare io. Sono più che disposta a usarlo per dimenticare Nick.

Solo che niente mi farà dimenticare Nick. Sono passati quattro mesi e lui continua a entrarmi in testa ogni notte.

Mi scuso e ballo da sola. Non è altrettanto divertente, ma non c'è niente che mi limita i movimenti. Una cosa positiva del fatto di aver quasi perso la capacità di camminare: impari ad apprezzare tutto ciò che possono fare i tuoi fianchi.

Faccio delle figure a otto, ruotando le spalle, spostando il peso tra le gambe.

La mia attenzione si concentra sulla musica martellante e sui movimenti del mio corpo.

È come se un disco saltasse.

C'è un uomo alto, a una decina di metri di distanza. Capelli scuri, elegante vestito nero, postura perfetta.

Nick.

I suoi occhi trovano i miei. Sono esigenti come nel suo ufficio, come quella notte a San Francisco. Mi viene incontro con un'andatura paziente. Con la mano mi sfiora la spalla. Si avvicina, la sua bocca è a pochi centimetri dal mio orecchio. «Parliamo.»

Mi alzo in punta di piedi per parlargli all'orecchio. È l'unico modo per comunicare oltre a urlare. «Cosa ci fai qui?»

«Questa non è una discoteca privata.»

«Non è neanche il tuo ambiente.» Faccio un passo indietro. «A meno che tu non sia qui per trovare una donna da portarti a casa.»

I suoi occhi mi trafiggono. Indica il divano rosso nell'angolo.

Faccio un passo di lato. «Non abbiamo niente di cui parlare. Tu hai la tua azienda e io non ho niente. Non c'è bisogno che me lo rinfacci.»

«Ti devo dire una cosa importante.»

Rafforza la presa intorno alla mia spalla, più protettiva che forte. Avvampo tutta. È come se fossi in fiamme. Quello sguardo esigente nei suoi occhi è sufficiente a sciogliermi, ma le sue mani sulla mia pelle?

Mi si blocca il respiro in gola. Faccio un altro passo di lato. Nick vuole parlare. Io voglio quel lavoro. Questa opportunità è più importante del mio orgoglio.

Questo non mi rende più facile guardarlo senza sciogliermi.

«Ok.» Lo seguo fino al divano nell'angolo. È ancora rumoroso, ma non tanto da sovrastare una conversazione.

Nick si siede accanto a me. Il suo ginocchio tocca il mio. Si gira verso di me, piantando la mano appena fuori dalla mia coscia.

Mi sfiora l'orlo del vestito col pollice. Sposta la mano di un centimetro, come se fosse stato davvero un caso. «Non posso permettere che quest'informazione trapeli.»

«Quale parte? Che mi hai scopato o che hai scelto di non assumermi per questo motivo?» Alla faccia del soffocare il mio orgoglio. Devo davvero gestire meglio il mio caratterino.

«La mia vita personale deve restare privata.»

«La prossima volta prova a usare il telefono invece di pedinare una ragazza in discoteca. Come facevi a sapere che ero qui?»

«La tua amica ti ha taggato su Instagram.»

«Mi hai cercato sui social?»

Faccio per alzarmi dal divano ma Nick mi afferra il polso.

«Ho chiamato il numero sul tuo curriculum tre volte.»

Rovisto in borsa e trovo il mio telefono per vedere se sta dicendo la verità. È così. Una chiamata mentre mi preparavo, un'altra circa quando sono scesa dalla metropolitana. Il che significa che la terza chiamata è avvenuta mentre ero sottoterra.

Un punto a favore di Nick, non è uno stronzo.

«Ho fatto un controllo» dice.

«Perché?»

«Procedura standard per tutti i potenziali dipendenti della Odyssey.» Mi fissa negli occhi. «Hai solo diciannove anni. Hai un documento falso.»

«Mi appello al quinto emendamento.» Alzo il dorso della mano per mostrargli la mia bella X. «Questa disco è per tutte le età.»

«Hai otto anni meno di me.»

«Sì, be', non è che stiamo per sposarci.» Getto indietro i capelli. Ho un obiettivo, e non è quello di coprire Nick di insulti nell'arco dei prossimi quindici minuti. È quello di ottenere un lavoro nella sua azienda. Mi schiarisco la gola e offro un sorriso educato. «Se non ti fidi di me, lo capisco, ma non dirò a nessuno della notte che abbiamo passato insieme.»

«Tua sorella?»

«Ti dà fastidio Blake Sterling o solo il fatto che lo conosco?»

«Entrambe le cose.»

«È stato Blake a parlarmi della tua azienda. Non è interessato a rubare i vostri segreti commerciali.»

«Come puoi esserne sicura?» Mi trapassa con lo sguardo.

«Pensi che ti farei una cosa del genere?»

«Non penso con l'uccello.»

Mi si stringe il cuore. Questo è tutto ciò che sono per lui: una ragazza che si è scopato. Mi schiarisco la gola e cerco di tenere duro. «Non mi manderebbe mai a fare la spia.» Premo i palmi delle mani sulle cosce. «Sa che non mi fido di lui.»

«Vivi nel suo appartamento.»

«Come cazzo fai a saperlo?»

«Lo hai indicato come tuo indirizzo nella tua domanda di assunzione.»

«Oh.» Mi si distende la schiena. «Sono da loro per le vacanze invernali. La nostra vecchia casa è in subaffitto e non ho i soldi per pagarmi un hotel. Se non ottengo questo stage, tornerò in California, al dormitorio di Stanford.»

Le spalle di Nick si rilassano. «Dovrai firmare un accordo di riservatezza.»

«Certo.» È la procedura standard di ogni azienda informatica.

«Includerà la nostra relazione personale.»

Non è così standard. Faccio un respiro affannoso. «Di che relazione personale si tratta?»

«Non ho intenzione di scoparmi una stagista.»

Fantastico, sono una stagista. Nella sua testa, non ho nemmeno un nome.

Un momento.

Sono una stagista.

Devo firmare un accordo di riservatezza.

Mi sta offrendo il lavoro.

Be', credo che tecnicamente sia uno stage. Dal momento che mi serve per i crediti scolastici.

Tiro l'orlo del vestito, rivelando accidentalmente i miei collant viola fino a metà coscia. Ok, forse è più il mio subconscio che prende il sopravvento. «Siamo... amici?»

«Siamo colleghi. Mi aspetto che tu mantenga la cosa su un piano professionale. Per quanto mi riguarda, ci siamo incontrati oggi. Capito?»

Annuisco. Vorrei dirgli di andare a fanculo, ma ne so abbastanza di relazioni di lavoro da tenere a freno la lingua.

La sua espressione si addolcisce. «Voglio te, Lizzy. Sei la candidata migliore. E l'unica che non è noiosa come una maniglia.»

Il modo in cui lo dice, *voglio te, Lizzy*, mi agita. Mi rende difficile respirare.

Con perfetto tempismo, arriva Sarah. Mi porge un Rum e Diet Coke e stringe la mano a Nick.

«Sono Sarah.»

«Il nuovo capo di Lizzy.» Nick si gira verso di me. «Ti manderò un'offerta in mattinata. Cominci subito.»

«Non ho ancora accettato.»

«Accetterai.»

La sua mano mi sfiora la coscia mentre si alza dal divano. Mi manda un'ondata di calore in tutto il corpo.

Il modo in cui mi guarda, il tono severo della sua voce, voglio chiudere gli occhi e assorbire tutto.

Voglio buttarmi su questo divano e allargare le gambe al massimo.

Fortunatamente, la mia libido non è fuori controllo come il mio carattere. Mi liscio il vestito e bevo un sorsetto del mio drink.

Lo sguardo di Nick va al mio bicchiere. «Hai diciannove anni.»

«E questa è una Diet Coke.»

«La Diet Coke è quasi nera. C'è del rum in quel drink.»

Sarah mi guarda, con gli occhi spalancati dalla meraviglia. Con le labbra mi fa *merda.*

Ok, Nick ha poteri di osservazione divini. Questo renderà più difficile tenere nascosta la mia lista.

Mette la mano in tasca. «Non sono comprensivo con le trasgressioni dei dipendenti.»

Sorseggio l'ultima goccia dal bicchiere. «Non ho ancora accettato il lavoro.»

La mia risposta piccata non mi aiuta a tranquillizzarmi. È ancora così calmo e composto. Quella notte non deve aver significato nulla per lui.

Faccio in modo di piegarmi in avanti per posare il drink per terra. Il vestito si abbassa, rivelando la parte superiore del mio reggiseno di pizzo nero. Quello che mi ha regalato lui.

Si lecca le labbra. Gli si dilatano le pupille. Non nasconde che lo sta fissando.

Non nasconde che mi vuole.

Arrossisco. Dovrei cantare vittoria, Nick mi vuole, ma mi sento depressa. Vuota.

Non posso averlo.

Io lo voglio. Lui mi vuole. Ma dobbiamo rimanere su un piano professionale.

A volte detesto essere adulta.

Nick saluta Sarah con un cenno del capo. «Piacere di averti conosciuto.» Il suo sguardo cattura il mio. «Prenditi la mattinata per finire di sistemare tutto. La signora Lee ti aspetta in ufficio per l'una.»

«Ok.»

«Buonanotte, Lizzy.»

Si china, abbastanza vicino da sentire la sua colonia, e mi bacia sulla guancia.

Resto senza fiato. Era abbastanza vicino da baciarmi. Mi ha baciato. Sulla guancia, sì, ma le sue labbra erano sulla mia pelle.

E ora se ne sta andando.

«Buonanotte.» Premo le mani contro i collant.

Sarah si sventola. «Porca vacca, Lizzy. Quello è il tuo capo? Di sicuro fa vergognare Robin.»

Mi giro di nuovo verso la pista da ballo, ma è come se tutta la mia energia venisse risucchiata da un buco nero. Non voglio ballare con nessuno di questi ragazzi. Non quando posso ancora sentire l'odore della colonia di Nick.

Mi si chiudono gli occhi. Posso quasi sentire il sapore delle sue labbra. Posso quasi sentire le sue mani sulla mia pelle, il suo corpo premuto contro il mio, il suo uccello...

«Svegliati. Vagli dietro o dimenticatelo. Non ti voglio vedere avvilita.» Si china a sussurrare. «Aveva scritto "scopami" in fronte mentre ti guardava.» *Dovresti andargli dietro.*

«È il mio capo e questa occasione è importante per me.»

Sarah fa il broncio. «Allora troviamo qualcuno che te lo faccia scordare.»

Annuisco, decisa a dimostrare che posso volere un uomo più di quanto voglio Nick. Tutto è possibile. «E se vedi Kat...»

«Ho le labbra cucite, dolcezza.»

Provo una mezza dozzina di partner in pista. Tutti impallidiscono in confronto a Nick.

Il mio corpo resta eccitato e voglioso. Anche se ballo fino allo sfinimento non si allenterà la tensione che ho tra le gambe.

Mi siedo sul divano con un drink mentre aspetto di dare l'ok al tipo che Sarah ha battezzato per la scopata della serata prima di andarmene.

È un surfista abbronzato. Innocuo e probabilmente strafatto di erba. Le mando un messaggio dandole la mia approvazione e ricordandole di usare un preservativo poi mi dirigo verso casa.

L'aria fuori è fredda, qualche grado sotto zero, ma la mia pelle continua a sfrigolare.

Tornata a casa di Blake, vado subito nella camera degli ospiti. Temporaneamente la mia stanza.

Slaccio gli stivali e mi tolgo i collant. Lo faccio lentamente, come farebbe Nick.

Non ha intenzione di scoparmi. Questo è chiaro. È una cosa positiva per il nostro rapporto professionale. Posso imparare molto da lui, sulla programmazione e sull'IA in particolare.

Un respiro profondo e lento. Non scopare Nick è una cosa positiva. È una cosa assolutamente positiva. Totalmente, assolutamente positiva.

Chiudo gli occhi e mi accarezzo le cosce.

Non mi scoperà mai.

Devo farmi passare il desiderio furioso che ho di lui.

Faccio scivolare le mutandine fino alle ginocchia. Ho bisogno di sfogarmi. Un modo sano di affrontare tutto il desiderio che mi scorre in corpo.

Le mie dita scivolano sul clitoride. Sono già così sensibile, come se il mio corpo ricordasse quanto gli è piaciuto Nick.

I ricordi mi riempiono la testa mentre mi accarezzo fino a raggiungere l'orgasmo. Mi sono sfogata, ma non mi sento più soddisfatta.

Lo voglio ancora più disperatamente.

Capitolo Quattro

Il citofono vibra alle 7 del mattino in punto. C'è una montagna di scartoffie che mi aspetta alla reception. Passo la mattinata a finirle e a trattare con l'amministrazione di Stanford.

Arrivo alla Odyssey esattamente alle 13, proprio come richiesto da Nick. Jasmine mi aiuta a sistemare la mia scrivania e a familiarizzare con il software aziendale.

L'ufficio si svuota verso le cinque e mezza, ma io rimango, persa nel mio lavoro.

Alle sei, un messaggio istantaneo appare sullo schermo del mio computer.

Phoenix Marlowe: Signorina Wilder, la prego di venire nel mio ufficio al più presto. Ho bisogno di parlare con lei.

Mi mordo il labbro. Dev'essere così formale?

Siamo colleghi. Questo è quanto. Ce la posso fare.

Spengo il computer, raccolgo le mie cose e busso alla porta.

«Avanti» risponde lui.

Entro. È seduto dietro la sua scrivania, concentrato sullo schermo del suo computer. Il suo ufficio è enorme. C'è un divano, un bar e una vista incredibile sugli edifici dall'altra parte di Broadway.

La sua attenzione si sposta su di me. «Com'è stato?»

«Incredibile.» Mi schiarisco la gola e cerco qualcosa di più professionale. «Immagino che mi ci vorrà qualche giorno per familiarizzare con tutto.»

«Agli stagisti è concesso essere eccitati.»

«Sono consapevole di essere una stagista, Nick.»

«La prego di darmi del lei quando siamo in ufficio.» Si alza, ha un atteggiamento professionale. «Dobbiamo discutere del suo alloggio signorina Wilder.»

«Sono abbastanza sicura che dove vivo non siano affari suoi, signor Marlowe.»

«Non può stare da Blake Sterling. Non la punirò per il fidanzamento di sua sorella, ma non dà una buona impressione che una dipendente viva con l'amministratore delegato di un'azienda concorrente.»

«Non ho un altro posto dove stare. Ha idea di quanto costi affittare un appartamento in città?» Incrocio le braccia sul petto. «No, suppongo che lei sia troppo ricco per preoccuparsi di sciocchezzuole come l'affitto.»

«Conosco la situazione di mercato.»

«Possiede abbastanza edifici che la cosa le è rilevante?»

«Non insulti la mia ricchezza. Il denaro non ha nessuna importanza per me.»

«I soldi non contano mai per chi li ha.» *Va' all'inferno per avermi detto cosa fare.*

Faccio un respiro profondo. Questa è un'opportunità importante. Non la butto via, anche se mi manda in bestia che sia così calmo e composto.

Premo i palmi delle mani contro la gonna. «Non posso accettare uno stipendio senza perdere i miei crediti scolastici. Il contributo di duemila dollari al mese è più che generoso.»

Scarabocchia qualcosa su un blocknotes e me lo passa.

È un indirizzo.

«È una società immobiliare» dice. «Offriamo appartamenti a prezzo scontato ai dipendenti.»

Si alza in piedi. Sembra ancora più alto e grandioso in piedi nel suo ufficio elegante e moderno.

«Per lei pagherò io l'extra.» Mi fissa.

«Pagherà il mio appartamento?»

«Non io, l'azienda. Sarà suo fino a giugno.» La sua voce è severa ma la sua espressione è protettiva.

A Nick interessa davvero il mio benessere? Non può costargli poco.

Ma in fondo è un miliardario. È tutto relativo.

Lo fisso a mia volta. Non aiuta. È imperscrutabile.

«È legale?» chiedo.

«Sì. Posso indirizzarla all'avvocato dell'azienda...»

«No, mi fido di lei. Per quanto riguarda il lavoro.» E per il sesso. Ma questo non succederà. Devo smettere di pensarci.

«Domani la porterò a firmare i documenti.»

Quella notte ha significato qualcosa per te? Anche solo un po'?

Deglutisco a fatica. Per quanto voglia bene a mia sorella, detesto sentirmi il terzo incomodo a casa del suo fidanzato.

Ho sempre voluto un appartamento tutto mio.

Stabilisco un contatto visivo con Nick. «Bene. Ma non posso andare domani. Mia sorella torna da St. Barts domani.»

«Beata lei.»

«Sì, è molto fortunata, molto felice e molto innamorata. Ma, in realtà, è Blake quello che è fortunato ad averla, perché lei è...»

«Premurosa, dolce e idealista?»

Ha un'espressione compiaciuta, come se fosse soddisfatto della sua memoria.

«Sì.» Incrocio le braccia. Come può ricordare un dettaglio così specifico e comportarsi ancora come se fossimo due estranei?

Nick esce da dietro la sua scrivania. Prende il cappotto dall'attaccapanni e se lo mette sulle spalle. «Adesso andiamo.»

ANDIAMO DIRETTAMENTE AL CONDOMINIO.

Il viaggio in ascensore è insopportabile. La sua mano mi sfiora la schiena. È sufficiente a farmi avvampare tutta.

Nick è a meno di un metro da me. Abbastanza vicino da toccarmi. Abbastanza vicino da strappare ciascuno dei miei quattro strati, sbattermi contro l'ascensore e seppellirsi profondamente dentro di me.

Si è messo la stessa colonia, cazzo.

I miei pensieri non fanno nulla per rimettersi in carreggiata quando siamo dentro l'appartamento. Cerco di concentrarmi a osservare il posto piccolo ma elegante.

La cucina high-tech in acciaio inossidabile funge da corridoio. Pavimenti in parquet. Spazio sufficiente per una scrivania, una TV, un letto e un angolo yoga.

Potrebbe sbattermi contro il muro. Potrebbe togliermi il cappotto e sbottonarmi la camicetta e stuzzicarmi fino a farmi ansimare.

Siamo soli.

Nessuno deve saperlo.

Deglutisco a fatica. Sono io quella che ha tutto da perdere. Non posso mandare tutto a puttane.

Ci sono nuvole basse nel cielo. Un temporale in arrivo. Ma niente mi impedisce di uscire su quel balcone.

Apro la porta di vetro. L'aria gelida mi pizzica il naso e il mento.

Mi abbottono il cappotto e infilo le mani in tasca mentre esco.

È scivoloso. C'è una piccola pozzanghera a pochi metri dallo scarico. Un residuo della neve di Capodanno. O semplicemente un vicino ubriaco al piano di sopra che ha rovesciato il suo cocktail.

Mi tengo alla balaustra per sbirciare oltre il bordo. Dieci piani è piuttosto in alto. In una direzione, il fiume è scuro e agitato. Nell'altra, l'acciaio e il vetro riflettono il cielo grigio.

Nick viene in balcone. Mi mette le mani in vita e mi tiene stretta. «Attenta.»

«È una brutta cosa per la vostra assicurazione di responsabilità civile se una stagista cade e muore?»

«Lizzy, tu...» Si ferma. «Sarei molto infelice se ti succedesse qualcosa.»

Mollo la balaustra, spostando la vita in modo da essere premuta contro di lui. «Perché?»

«Conosci la risposta.»

«In realtà no.» Mi giro verso di lui. «E non mi piace che tu faccia finta che quella notte abbia significato qualcosa per te.»

«È così invece.»

Gioco con il bottone del mio cappotto. «Devo spogliarmi qui per ricordarti com'è andata?»

«Morirai congelata.»

«Probabilmente è peggio per la tua assicurazione se una stagista muore congelata nuda sul balcone mentre l'amministratore delegato sta a guardare.»

Lui si acciglia, per niente divertito. «Ti farà sentire meglio dimostrare che ti voglio?»

«Sì.»

«Allora fallo.» Mi fissa, sfidandomi.

Ok, posso farlo. Sbottono il cappotto e me lo tolgo dalle spalle. L'aria fredda mi pizzica gli avambracci. La mia camicetta non mi tiene affatto caldo. Non esiste che mi spogli qui.

Gli occhi di Nick sono fissi su di me. «Vieni qui.» Mi fa scivolare le braccia intorno alla vita, attirandomi contro di lui.

Sento subito caldo. Sono al sicuro. Sono completa.

È stata una sola notte. Non dovrei desiderarlo così tanto. Non dovrei sentirmi come se fossimo vecchi amanti.

Nick mi tira dentro. Prende il mio cappotto dal balcone e me lo infila intorno alle spalle.

Il suo tocco è gentile, premuroso.

Si china per sussurrare: «Non aiuterà le cose, stuzzicarmi. Non riuscirai a farmi cedere.»

«Cedere cosa?»

«Ho delle regole. Non vado a letto con chi lavora come mia sottoposta.» La sua voce si riempie di rammarico. «Sei una ragazza brillante con un grande futuro davanti a te. Non lascerò che ci rinunci solo perché hai una cotta per me.»

«Non è una cotta». La mia rabbia aumenta. Una metà di me lo odia perché presume di sapere cosa sia meglio per me. L'altra metà vuole disperatamente l'intimità che abbiamo condiviso una volta.

Dietro di noi, il vento ulula. La porta del balcone sbatte contro il telaio. L'espressione di Nick è intensa e mi sta fissando.

«Non ti perdonerai se sacrifichi questa opportunità.» Rilascia la presa e va a chiudere la porta del balcone. «E io non mi perdonerò se rinuncerai alla tua carriera per me. Non ho relazioni fisse. Vuoi davvero buttare via il tuo futuro per scoparmi di nuovo?»

Mi volto verso di lui. Non c'è nient'altro che cielo grigio ed edifici d'acciaio dietro di lui. Gli si adatta perfettamente, cazzo.

«E se lo volessi?» chiedo.

«Quella non è la ragazza che ho conosciuto lo scorso settembre. O la ragazza che ho conosciuto ieri.»

«Forse non sai niente di me.»

«Ci credi davvero?» Mi trafigge con lo sguardo.

Sta cercando di proteggermi. Ma da cosa? L'azienda è sua. Può fare tutte le regole che vuole.

Può scoparmi e lavorare con me.

«È la tua azienda» dico. «Non puoi cambiare le regole?»

«Sì, ma non lo farò.»

«Perché?»

«Mantengo il controllo della mia vita.»

Mi guarda ancora come se fosse fissato a proteggermi. È dolce... ma fastidioso. Mi prendo cura io di me stessa. Non ho bisogno del suo aiuto.

Anche se voglio che mi strappi i vestiti.

Maledizione, lavorare con lui sarà impossibile.

Si avvicina. «C'erano due dozzine di eccellenti bot nel tuo portfolio. Erano geniali, versatili. Devi aver passato mesi a cercare di capire quella Go IA.»

«È terribile.»

«Go è considerato non craccabile. Ho visto tentativi peggiori da parte di programmatori con quindici anni di esperienza.» Sostiene il mio sguardo. «Ti piace l'intelligenza artificiale, vero?»

«Sì.»

«Anche a me. Gli ultimi cinque anni della mia vita sono stati dedicati a questo progetto. Non troverai un posto migliore per imparare. E non sarai soddisfatta a fare uno stage da qualche altra parte. Finirai a scrivere codici per programmi per bambini.»

«I bambini sono carini. Adorabili.» Incrocio le braccia. Ha ragione. La maggior parte dei tirocini è un lavoro di bassa manovalanza. La maggior parte dei progetti avanzati di IA sono accessibili solo ai dottori di ricerca. Questa è la migliore occasione che avrò mai di imparare a programmare l'intelligenza artificiale.

«Fai finta che quella notte non sia mai accaduta. Archiviala nella tua memoria.»

Mi sale la rabbia nelle viscere, spingendo via ogni mia logica. Lo fisso di nuovo. «Dove? Tra le mie fantasie perverse?»

«Se vuoi.»

Esamino la sua espressione cercando qualsiasi segno di emozione. Niente. «È quello che hai fatto?» Ci vedo rosso. «Pensi a quella notte, a me, quando ti masturbi?»

La sua espressione si incrina. Finalmente. Le sue labbra si incurvano verso il basso. I suoi occhi si riempiono di frustrazione. È arrabbiato.

Dovrei cantare vittoria, ma non sento di aver vinto.

«Non ci sono molte persone di cui mi importi, Lizzy. Quella notte ha significato molto per me.»

Deglutisco a fatica. «Allora perché mi tratti così?»

«Cosa conta di più per te: dimostrare che ti voglio o imparare l'IA?» chiede.

«Perché devo scegliere?»

«Hai vinto. Ti voglio. Ti voglio nel mio letto, sotto il mio controllo, voglio che urli il mio nome mentre vieni.» Mi fissa. «Ti senti meglio?»

«No.»

La sua voce si fa severa. «Voglio che lavori alla Odyssey, ma ti licenzierò se mi provochi.»

Deglutisco a fatica. «Ci pensi a quella notte?»

«Sì.»

«Quando ti masturbi?»

«Spesso.»

La sua voce gronda sicurezza. Pensa spesso a me? Improvvisamente, questo cappotto è troppo pesante. Sto bruciando.

Pensa a me quando si masturba.

Come posso resistergli sapendolo?

La sua voce si ammorbidisce. «Più che altro, penso alla nostra conversazione.» Si dirige verso la porta, facendomi cenno di seguirlo. «Per quanto mi riguarda, ho incontrato una donna di nome Marie e non l'ho più vista. Capito?»

«Non sono una bambina. Non trattarmi con condiscendenza.» Capisco. Devo fingere che non abbiamo mai condiviso nulla. Potrebbe anche essere stato un altro tizio quella notte.

Solo che il Nick di fronte a me, il dolore nei suoi occhi, la forza nella sua postura, la determinazione nella sua voce, è esattamente il tizio che ho incontrato l'anno scorso.

Non è che lavoro direttamente con lui. Posso evitare Nick in ufficio quel che basta per fingere.

Do un'altra occhiata all'appartamento. Quella luce bianca invernale è bellissima, specialmente quando rimbalza sul pavimento di parquet lucido. Sarà il mio spazio. Tutto mio.

«Grazie per l'appartamento» dico. «È bellissimo.»

«Non è da parte mia. È un appartamento dell'azienda.»

«Solo tecnicamente.»

Non mi corregge. Ancora una volta, vincere non mi fa sentire meglio.

Mi sento solo vuota.

Nick mi vuole.

Pensa a me quando si masturba.

Sta pagando il mio appartamento.

È deciso a proteggermi.

Ma non posso averlo.

I fatti non quadrano. Manca qualcosa, qualcosa che non mi sta dicendo.

A giudicare dall'espressione severa dei suoi occhi, non ha intenzione di spiegare. Devo accettare le cose.

Mi apre la porta. «Manderò qualcuno della mia squadra a impacchettare la tua roba a Stanford. Potrebbe volerci qualche settimana per avere l'autorizzazione della scuola.»

«Ne ho abbastanza per qualche settimana.»

Ci dirigiamo verso l'ascensore. Poi usciamo in strada. Ci avviamo verso la stazione della metropolitana.

Nick fa un cenno di saluto. «Il tuo appartamento dovrebbe essere pronto per la fine della prossima settimana. Se c'è qualcosa di specifico di cui hai bisogno...» Estrae un biglietto da visita dalla tasca. «Il mio numero personale.»

Fisso il biglietto da visita, confusa.

Non ha senso. Se dobbiamo tenere le cose su un piano professionale, a cosa mi serve il suo numero personale?

Pensa a me quando si masturba.

Non mi concentrerò mai più su nient'altro.

Capitolo Cinque

Il venerdì passa senza che avvisti Nick neanche una volta. È chiuso nel suo ufficio, da solo.

Esco pochi minuti dopo le cinque. Una voce familiare mi accoglie nell'atrio. Inizia come un gridolino da ragazza.

«Hai un così bel vestito!» Kat mi getta le braccia al collo. «Guarda come sei cresciuta, stento a crederci. Sto per piangere.»

«Mi metterai in imbarazzo.»

«Qualcuno deve pur farlo.» Prende il cellulare dalla tasca e scatta una foto. «Vuoi un caffè? Hai l'aria stanca.»

«Quanto sei maleducata?» Prendo nota di tutti i piccoli cambiamenti nel suo aspetto. «Sei super abbronzata.»

Scrolla le spalle, i capelli schiariti dal sole le cadono sulle spalle. Ho una sensazione calda e sdolcinata in petto. Mia sorella è molto più felice dell'anno scorso. Ed è di nuovo vicina.

Non devo più far finta di ridere ai film di Adam Sandler con il mio ex compagno di stanza. Non devo più soffrire di solitudine per essere a tremila miglia di distanza. Mia sorella, la mia migliore amica, è tornata.

La abbraccio di nuovo stretta. «Però offro io.»

«Prendi davvero duemila dollari al mese di contributo per lo stage?»

«E un appartamento.»

«Cosa?» Abbraccia la sua borsa. «L'azienda mette a disposizione un appartamento? Ma non vuoi stare con me e Blake?»

Non esiste che io continui ad essere un peso per lei. «Mi vuoi davvero intorno ogni sera quando è il momento di cavalcare il tuo fidanzato?»

«Sei una depravata.»

«Grazie.» La prendo per mano e la conduco verso la strada. «Ti ha portato lui qui mentre andava in ufficio?»

«È stato molto bravo a evitare il lavoro per tutta la vacanza.» Alza lo sguardo al cielo. «So che non ti piace...»

«Non è che non mi piace.» Non mi piace. Ma è più che non mi fido. L'anno scorso l'ha quasi distrutta.

«Qualunque cosa sia, io lo amo e mi fido di lui in tutto e per tutto. Se hai delle remore al riguardo, affrontiamole ora. Mancano appena tre mesi al matrimonio.»

Attraversiamo la strada. La caffetteria brilla come un faro di energia.

Aspetto che siamo dentro il negozio fortunatamente caldo per rivolgermi a Kat. «Sei felice?»

Sorride, ha gli occhioni sdolcinati da innamorata. Annuisce.

«Allora sono felice anch'io.» Le sussurro all'orecchio. «Ma se fa qualcosa che ti fa soffrire, lo butto giù da quello splendido balcone.»

«Come pensi di sopraffarlo?»

«Per prima cosa, lo drogo...»

«E questo come ti viene in mente?»

«*Law & Order.*» Dopo l'incidente, abbiamo guardato un sacco di repliche. *Law & Order era* uno dei nostri preferiti.

Inclina la testa come se stesse valutando la mia idea come potenziale trama procedurale. «Qual è la battuta d'effetto quando Briscoe indaga sulla scena del crimine?»

Faccio la mia migliore imitazione di Jerry Orbach alias Lennie Briscoe. «Quando si dice cadere in basso.»

Kat scoppia a ridere. Si piega in due, una mano va alla bocca e l'altra allo stomaco. «Oh, mio Dio. È perfetto. Sono così felice che tu sia tornata a New York.»

«Anch'io.»

Ordiniamo da bere e aspettiamo al bancone. Lei ci si appoggia, fissando sognante fuori dalla finestra in uno dei suoi momenti in cui *guardo il mondo con i miei poteri di artista magica.*

«Stai disegnando un fumetto con la mente?» chiedo.

«Più o meno.»

Il che significa che in realtà sta pensando a Blake. Il suo indice destro va all'anello di fidanzamento. Sì. Sicuramente sta pensando a Blake.

Periodo di luna di miele, l'amore è dolce, ecc. ecc. È tutto un po' troppo per me.

Arrivano le nostre bevande, due caffellatte alla vaniglia. Chiudo con i coperchi e passo a Kat il suo.

«Quando ti trasferisci nell'appartamento?» Sorseggia il suo caffelatte. «Porca miseria, Lizzy. Ti trasferisci in un appartamento tutto tuo. Sei così cresciuta.»

«Sono andata all'università l'anno scorso.»

«Ma questo è il tuo appartamento.»

«No. È l'appartamento della Odyssey Industry.»

«Quando sei diventata così cinica?»

«Questo giorno di quattro anni fa. Forse te lo ricordi. Inizio autunno, le foglie stavano cominciando a cadere, faceva freddo. Tu eri a una gara di corsa campestre.»

«La superficialità è vigliaccheria.»

«Lo hai letto su un poster?»

«No.» Si acciglia. «Sono ancora sconvolta quando penso a quel giorno. A volte vado in panico al punto che non riesco nemmeno a respirare. Come puoi far finta che non ti abbia distrutto?»

«Sei tu che mi chiedi perché sono cinica.»

«Non voglio avere di nuovo questa discussione.» Beve un lungo sorso. «Dov'è l'appartamento?»

«A pochi isolati da qui.»

Kat posa la tazza sul bancone per battere le mani. «Vediamolo.»

In teoria, non c'è nulla che ce lo impedisca. Le scartoffie sono pronte. Nick, o la sua compagnia di traslochi, ha la chiave. Si tratta solo di chiedere di usarla.

«Ok.» Bevo un lungo sorso della mia bevanda dolce e cremosa. «Ma credo che Nick, cioè il signor Marlowe, abbia la chiave.»

«Nick?»

«Non gli piacciono le formalità.» Una palese bugia. Capirà che sono un mucchio di stronzate non appena lo incontrerà. «È super... ti piacerà.»

«Sembra fantastico. Super, in realtà.» Mi prende la mano e mi riporta al palazzo della Odyssey.

Passa il tempo in ascensore a darmi un'occhiata materna. Faccio spallucce come se non avessi idea di cosa voglia dire.

L'ufficio è per lo più vuoto. Conduco Kat lungo il corridoio fino all'ufficio di Nick. Busso una volta. «Sono Lizzy. Devo farle una domanda.»

«Avanti.»

Apro la porta e faccio un passo dentro prima di Kat. Non sono le maniere migliori, ma non voglio terrorizzare Nick con l'improvvisa apparizione di un'estranea.

«Mia sorella, Kat...» Stendo la mano come se stessi presentando una regina alla sua incoronazione.

Kat entra. Si avvicina a Nick, che è in piedi dietro la sua scrivania, e gli stringe la mano. «Ho sentito grandi cose su di lei.»

Nick mi guarda come per dire *davvero?*

Faccio *no con le labbra.*

Mi guarda dritto negli occhi. Alza un sopracciglio. Non sono sicura di cosa stia dicendo, solo che si suppone che io sia coinvolta in una battuta che possiamo capire solo noi due.

Mi si agita lo stomaco. Nick si fida di me. Una parte di lui si fida.

Una parte di lui vuole essere più che colleghi.

Mi schiarisco la gola. «Ha la chiave del mio nuovo appartamento? Kat vuole vederlo mentre è in centro.»

Mi dà una gomitata alla *non essere così scortese.*

«Che c'è? Vivi nell'Upper East Side e vai alla Columbia. Sei molto ricca.»

«Mi dispiace che mia sorella sia una tale monella.» Kat scuote la testa. «Sono sicura che intendeva dire che è entusiasta di vivere da sola per la prima volta, e che vuole condividere la sua felicità con le persone che le vogliono bene.»

«Ho un fratello minore.» Guarda Kat con un'espressione comprensiva. «Diventano solo più petulanti man mano che crescono.»

«Ho sentito.» Affondo i talloni nel terreno, ma ho questa leggerezza in petto. Nick sta facendo una battuta su di me. Mi sta prendendo in giro.

Studio la sua espressione. I suoi occhi sono ben aperti, luminosi. Si sta divertendo. A mie spese, ma comunque...

Gli piaccio.

Non che abbia importanza. Non posso farci niente.

Apre uno dei cassetti della sua scrivania, tira fuori la chiave e me la porge. «Dirò al portiere di far entrare la ditta di traslochi.»

Kat resta a bocca aperta. «Hai già chiamato una ditta di traslochi?»

«Ne parleremo più tardi.» Prendo la chiave, il mio sguardo si fissa su Nick. «Grazie. Ci vediamo lunedì. Buon fine settimana. Spero che mi penserà.»

Cazzo. Stringo le labbra ma non c'è modo di rimangiarmi quelle parole. Voglio che lui pensi a me, che si maledica disperatamente per avermi cancellato, ma non posso dirgli di pensare a me. Sappiamo entrambi cosa significa.

Nick spalanca gli occhi. La sua voce si fa roca, imponente. «Senz'altro.»

«Grande.» Penserà a me quando si masturba da solo. Fa caldo qui dentro. «Io penserò a lei.» Non appena sarò sola.

Dalla mia voce traspare la disperazione che provo?

Kat mi fissa con uno sguardo preoccupato. Faccio un altro cenno di saluto e la spingo fuori dalla stanza.

Dolce ed educata come sempre, non dice nulla finché non siamo sole in ascensore.

«Cos'era quello?» chiede.

«Cos'era cosa?»

«Pensami? Non sono così ingenua.»

L'ascensore si apre nell'atrio. Esco. «Non era niente. Una battuta tra colleghi.»

«Una battuta con cui chiedi al tuo capo di toccarsi pensando a te?»

«No...» Cerco di pensare ad un'altra interpretazione, ma non ci riesco.

«Vorrei che non mi mentissi.»

«Non era niente. Nick e io...»

«Lo hai chiamato di nuovo Nick.»

«Davvero?»

«Vuoi dirmi cos'altro sta succedendo?»

«Uno scherzo. Non posso spiegarlo.» Perché impazzirà per le mie cattive decisioni. «Non è niente.»

Mi guarda in quel modo materno. «Quindi non c'è ragione per cui te lo stavi scopando con gli occhi?»

«Non me lo stavo scopando con gli occhi. Da quando si dice "scopare con gli occhi"?»

«Da adesso.»

Restiamo in silenzio mentre l'accompagno all'appartamento. È a circa dieci isolati di distanza.

Kat è in soggezione come lo ero io. Vivere con un miliardario non l'ha viziata. Si guarda intorno, praticamente premendo il naso contro il vetro.

«La luce qui è incredibile.» Va in cucina ed esamina tutte le finiture. «Ma è così piccolo. Dove dovrei dormire quando vengo a trovarti?»

«Vuoi dire se non puoi sopportare di prendere la limousine di Blake per tornare nell'Upper East Side?»

«So che è ricco. Non devi ricordarmelo ogni volta che parli di lui.»

«Scusa.» Il mio sguardo va al balcone, sento caldo e freddo allo stesso tempo. Ho bisogno di togliermi Nick dalla testa. Anche se merita di soffrire visto il desiderio che mi sta uccidendo. Mi rivolgo a Kat. «Ti vedi con il tuo amoruccio per cena?»

«Non prima delle 8.30. Vuoi venire? C'è un ottimo posto tailandese dall'altra parte della strada rispetto al suo ufficio. Non so se te ne sei accorta, ma Blake è ricco, quindi probabilmente pagherà il tuo curry verde.»

«Blake è ricco? Non ne avevo idea. Pensavo che stesse occupando abusivamente un appartamento enorme.»

«È uno shock. Hai bisogno di tempo per assorbirlo?»

Scuoto la testa. «Abbiamo un'ora e mezza. Vieni a fare shopping con me. Ho già indossato gli unici due vestiti adatti al lavoro che possiedo.»

«Sai che ti rallenterei soltanto.»

«Sì, ma per qualche motivo mi piace la tua compagnia.»

Andiamo al Century 21, un enorme grande magazzino con un'atmosfera orribile e sconti fantastici. Kat approva i miei abiti con un sorriso divertito. Per essere un'artista, non sa assolutamente nulla di vestiti.

I miei primi tre abiti sono completamente adatti al lavoro. Il quarto è un involucro aderente. Non devo fare altro che tirare il fiocco e il vestito si apre.

Kat alza le sopracciglia. La sua voce passa alla modalità materna. «Non andrai a lavorare vestita così. A meno che tu non lavori su un set porno e interpreti la segretaria che vuole sedurre il suo capo.»

Rido come se trovassi la sua idea assurda. «Non proverei mai a sedurre uno come Nick.»

«No? È alto, moro, bello, ricettivo alle tue scopate con gli occhi.»

«È uno stronzo.» Deglutisco a fatica. «Pensi che fosse ricettivo?»

«Perché t'interessa?»

«No che non m'interessa.»

«È ricco. È intelligente. Ed è anche un programmatore.»

«È una combinazione tossica. I programmatori ricchi, intelligenti e maschi pensano di essere un dono di Dio.»

«Hai appena descritto il mio fidanzato.»

Mi schiarisco la gola. «Be', Blake... non è così male come sembrava all'inizio.»

«È questa la tua idea di complimento?»

«No. Ma lui è... Sono contenta che tu sia felice.»

Il mio prossimo vestito è troppo sexy per il lavoro. La camicetta trasparente mostra ogni centimetro del mio reggiseno. La gonna mi fascia il culo ed è a vita alta.

Non c'è motivo di comprarlo. A meno che non abbia intenzione di marciare nell'ufficio di Nick, spogliarmi fino a restare in mutande e chiedergli di prestarmi attenzione più di quanto farebbe con una stagista.

Mi si contrae il sesso mentre mi passa la scena in testa.

Questa opportunità è tutto. Ma sto pensando di rischiare di mandare tutto a monte per stare di nuovo con lui.

Cosa diavolo ho che non va?

«Non ci andresti a letto?» chiede mia sorella.

«Vuoi parlare della mia vita sessuale?»

Kat si lascia sfuggire un lungo sospiro. «Ci ho pensato e avevi ragione. Ti raffiguravo come la mia sorellina innocente. Ma sei una donna adulta, e questo comporta certi desideri.»

Dio, Kat è l'unica persona al mondo che riesce a far sembrare il sesso un After School Special.

«Che tipo di desideri?» Mi provo un altro vestito. Questo è troppo audace per il lavoro, ma è perfetto per ballare. È un vestito nero scollato con una cerniera lucida che va dal petto alla vita. Urla "*aprimi*".

«Oh per favore, sappiamo entrambe che sei una pervertita. E non c'è problema se non vuoi parlarne con me. Ma se vuoi parlarne, non darò di matto. Anche se è per dirmi che fai sesso occasionale tutte le sere. Purché tu sia prudente. Se non stai attenta, allora andrò fuori di testa.»

Apro la porta del camerino e metto piedi nella stanza principale. Kat perde l'espressione dolce. Mi guarda su e giù.

«Ora so che stai tramando qualcosa.» Scuote la testa.

«È per andare in discoteca.»

«Qual è lo scopo della cerniera? Serve a consentire agli sconosciuti di palparti più facilmente?»

«E se tu lo indossassi per Blake?»

Kat diventa paonazza. «Vado in bagno. Ci vediamo all'ingresso.»

«Certo.»

Mi cambio e mi dirigo verso la cassa.

Questo lavoro è troppo importante per rischiare con il sesso. Ma non c'è motivo per cui non possa stuzzicare Nick. Non c'è motivo per cui non possa mettermi questo elegante vestito nero quando esco dalla porta. Non c'è motivo per cui non possa assicurarmi che lui mi voglia tanto quanto io voglio lui.

Capitolo Sei

Lunedì mattina, vado direttamente nell'ufficio di Nick.

La stanza è inondata da una morbida luce bianca. Lui è in piedi dietro la sua scrivania, alto e statuario. La sua espressione è severa. Potrebbe davvero essere fatto di pietra.

Busso anche se la porta è spalancata. «Signor Marlowe?» Mi mordo la lingua. Ho lavorato in un negozio per quasi tre anni. So come comportarmi bene con le persone che mi frustrano.

«Com'è andato il fine settimana?»

«Benissimo. Ho pensato molto.» Arrossisco.

Gli angoli delle sue labbra si incurvano verso il basso. «Vuole davvero continuare?»

«Continuare cosa?» Faccio finta di niente.

«Lei non sa in cosa si sta cacciando, signorina Wilder.»

«Non la seguo.»

«Sì, invece.»

Arrossisco di nuovo.

Sa che sto seguendo il suo ragionamento. Sa esattamente cosa sto pensando. Glielo si legge in faccia. Mi schiarisco la gola e mi liscio il blazer.

Devo chiedergli qualcosa e non accetterà se lo spingo. «Mi scuso, signore. Non so cosa mi sia preso.»

Lui annuisce, accettando le mie scuse. Ma non c'è segno che si stia bevendo la mia timida reazione.

Fa un passo verso di me. «Il suo appartamento è pronto. Completamente arredato. Le sue cose non arriveranno prima della fine della prossima settimana, quindi ho chiesto alla mia assistente di prendere alcune cose di prima necessità. Chiami se ha bisogno di qualcos'altro.»

«Grazie.»

Esce da dietro la scrivania, ora è a circa un metro e mezzo di distanza. «Vuole qualcosa da bere?» Fa un cenno verso il minifrigo.

«Di alcolico?»

«Di caffeinato.»

«Lo stesso che prende lei.»

Si inginocchia per aprire il frigorifero. In qualche modo, sembra cazzuto e in pieno controllo su un ginocchio.

Nick prende due lattine di caffè nero ghiacciato dal frigorifero e me ne porge una.

Faccio un cenno di ringraziamento e la apro. Non è Diet Coke, ma non è male.

Bevo un lungo sorso. Mi aggrappo a ogni oncia di coraggio che ho.

Devo farlo ora. Prima che mi si blocchi la lingua.

Un respiro profondo.

O la va o la spacca.

Cerco di copiare la sua postura sicura, ma la mia schiena non ci sta. «Gabriel non ha interesse a istruirmi. Non lo biasimo, ma mi aspetto di lavorare con qualcuno che sia disposto a insegnare.»

La sua espressione diventa protettiva. «Ha qualche proposta?»

Stringo forte l'alluminio gelido della lattina. «Ci sono solo tre programmatori senior alla Odyssey. In qualche modo, dubito che David sarà più interessato ad istruirmi.»

Nick annuisce. «Le piacerebbe lavorare alle mie dirette dipendenze?»

Cazzo, sì. Premo la lattina sul collo per contrastare il calore che mi si diffonde sul petto. «Lei è la persona più qualificata. Imparerò di più alle sue dipendenze.»

I suoi occhi mi fissano come se stesse esaminando le mie intenzioni. «Posso dedicarle due ore al giorno. Dovrà arrivare in ufficio per le 8 del mattino e dovrà rimanere fino a quando avrò finito, così potrò controllare il suo codice.»

Annuisco. «Certo.»

«Avrà giornate di dodici ore. Anche quattordici.»

«Purché abbia un'ora o due per gli esercizi. La mia schiena.»

«Mi ricordo.»

«Pensavo che quella notte non fosse mai successa.»

Lui si acciglia. «Per lei sarà un problema lavorare così vicino a me?»

Certo che sì. È un problema essere nella tua stessa città e non pregarti di riprendere il controllo. «Se fosse un problema, non glielo chiederei. Voglio imparare tutto quello che posso da lei.»

«Sull'IA?»

«A cos'altro farei riferimento?»

Mi fissa come se non se la bevesse. «Non è brava a fare la timida.» Finisce la lattina di caffè in un solo sorso e la mette nel cestino della differenziata. «Lizzy...»

«Nick.»

«Voglio lavorare insieme. Lei è un ottimo programmatore rispetto alla sua esperienza e ha un talento naturale per l'IA.»

«Grazie.»

«Ho chiuso un occhio finora in considerazione delle sue doti.»

Deglutisco a fatica.

«Ma finisce qui. Non farò più eccezioni.»

«Certo. Tutto questo resta su un piano professionale. Siamo colleghi. Tutto qua.»

«Si faccia trovare qui alle 8 di domani mattina. Lavoreremo nel mio ufficio, da soli, fino alle dieci.»

«Certo.»

«Se c'è un problema...»

«Non ci sarà. Grazie per l'opportunità.»

Sostengo il suo sguardo per un momento. C'è qualcosa nei suoi occhi, qualcosa più che professionale, ma non riesco a collocarlo.

Ho i nervi a pezzi. Rinuncio a scrivere codice verso le quattro e inganno il tempo giocando a FreeCell. Quando l'ufficio si svuota, me ne vado.

Vado direttamente al mio nuovo condominio.

L'ascensore è lento. Infilo la chiave nella serratura e apro la porta.

È passato il tramonto. Una calda luce blu entra dalle finestre, il cielo scuro si mescola con le luci gialle fluorescenti dei centri direzionali vicini.

Accendo la luce ed entro nella stanza principale. È uno spazio piccolo, ma è perfetto. C'è un letto contro il muro. È coperto da un piumone viola e da una coperta lilla. Alla parete sono appese delle luci a corda di carta: fiori bianchi che emanano un pallido bagliore giallo. L'intera stanza è nei toni del crema e del viola. Proprio come la lounge dell'hotel dove ci siamo incontrati.

Non può essere una coincidenza. Nick non è un tipo da coincidenze.

Le decorazioni sono bellissime. Femminili, morbide, sobrie. Come quel salotto. Come la sua idea di camera da letto femminile. Spengo la luce principale per vedere le lucine alla parete in tutto il loro splendore, ma qualcos'altro cattura la mia attenzione.

La vista esterna è ancora più bella al buio. La ammiro il più a lungo possibile.

Ho il mio appartamento. Anche se me l'ha arredato Nick. Anche se me l'ha procurato Nick. Anche se Nick è praticamente nel mio cazzo di letto.

È comunque mio.

L'UFFICIO È MORTO ALLE 8 DEL MATTINO. GLI UNICI SUONI provengono dalla fine del corridoio. Mi sfilo il cappotto dalle spalle mentre mi dirigo verso l'ufficio di Nick.

È in piedi davanti al suo computer, concentrato sullo schermo. Sulla sua scrivania ci sono due tazze di caffè da asporto.

Fa un cenno a quella a destra e poi a un piccolo sacchetto di carta bianca sopra il mini-frigo. «Panna e zucchero. C'è del latte nella cucina dell'ufficio, se lo preferisce.»

«No, va bene così.» Mi preparo il caffè con due bustine di latte e panna e due e mezzo di zucchero di canna. «Niente bagel?»

Mi guarda come se stesse cercando di capire se sto scherzando.

«Sto scherzando.» Alzo lo sguardo verso Nick, facendo cenno al mio cappotto. «C'è un posto dove dovrei metterlo?»

«Lo può mettere dove vuole.»

Ne dubito. Il suo ufficio è incredibilmente ordinato. Non l'avevo notato prima, ma è ben decorato. Le opere d'arte minimaliste sono forme astratte in colori audaci. Si intonano alle pareti bianche e pulite e all'elegante scrivania nera.

Metto il cappotto sul divano. Un così bel divano. Sarebbe così facile per lui buttarmici sopra, tirarmi su la gonna, abbassarmi i collant e premermi contro il palmo.

Mi si contrae il sesso. Non posso continuare a pensare a lui in questo modo. Ho bisogno di riprendere il controllo di me stessa.

Bevo un sorso e metto il caffè vicino al bordo della scrivania. Al momento ha l'altezza regolata per lavorarci in piedi. «L'appartamento è bellissimo. Grazie.»

«Sono contento che le piaccia. Si merita il meglio.»

Cosa diavolo dovrebbe significare? Cerco qualcosa su cui concentrarmi. Anche il suo ufficio è ben arredato. Per lo più in bianco e nero con accenni di colore. «Ha decorato lei il suo ufficio?»

Lui annuisce. «Sì. Mi diletto di design.»

«E il mio appartamento?»

«Anche quello.»

«Oh.»

È stato nel mio appartamento a scegliere le luci e il copriletto.

Ha scelto il mio cazzo di copriletto.

La sua voce richiama la mia attenzione. Torniamo al lavoro, grazie al cielo.

«Le va bene stare in piedi?» chiede.

«Certo. Posso togliermi le scarpe?» Faccio cenno alle mie scarpe nere. Non sono le più comode per stare in piedi.

«Certo.»

Mi sfilo le scarpe e tasto il morbido tappetino antifatica con le dita dei piedi.

Dev'essere molto comodo avere una scrivania regolabile in altezza. Ci sono così tante possibilità. Potrebbe mettermici di schiena e allargarmi le gambe o premermi lo stomaco contro la scrivania e prendermi da dietro.

Come diavolo farò a lavorare con lui per due ore ogni giorno? Non riesco a pensare ad altro che a lui che mi tocca di nuovo.

Mi schiarisco la gola. «Mi insegnerebbe qualcosa di design se glielo chiedessi?»

«Sì, ma posso trovarle qualcuno che ne sa di più. Io ho imparato soprattutto da mia madre. Era un'artista. Il suo stile era moderno.»

«Come il tipo dei dipinti che sono tutti di un solo colore?»

«Ellsworth Kelly.»

«Sì! Quello.» Uno dei quadri cattura la mia attenzione. «È suo, vero?»

Lui annuisce.

«Ha quell'opera al Met: enormi quadri monocolore che formano un arcobaleno. Mia sorella pensa che sia geniale.»

«E lei?»

«Non capisco l'arte.» Ricordo una dozzina di pomeriggi piovosi che io e Kat abbiamo trascorso gironzolando per il Met. Il modo in cui i suoi occhi si illuminavano davanti ai suoi quadri preferiti. Era una bella vendetta per averla costretta a guardare così tanti film di fantascienza.

Non mi dispiaceva seguirla visto che la rendeva così felice.

La sua mano mi sfiora il fianco.

Cerco di trovare il significato nell'espressione di Nick, ma non riesco a collocarla.

«Il design consiste nel creare una sensazione nell'utente.» Indica il quadro nell'angolo. È una forma astratta color blu elettrico. «Cosa le fa sentire quel colore?»

«È audace.»

«E la forma?»

«È rilassante ma pericolosa. Come l'oceano. O un'onda.» Mi volto verso di lui. «Ho capito bene?»

«Questa non è programmazione. Non c'è una risposta giusta. Molte cose non hanno una risposta giusta.» Dirige la mia attenzione al codice sullo schermo.

«Cosa dovrebbe trasmettere il suo ufficio?»

«Potenza e raffinatezza.»

«Per intimidire la gente?»

«Non esattamente.»

«Il mio appartamento?»

«Morbidezza. Il viola è il suo colore preferito, vero?»

«Come fa a saperlo?»

«Lo indossa quasi tutti i giorni.»

Mi guardo il vestito. Il vestito e le scarpe sono nere, ma i collant sono viola. Ripenso al mio guardaroba e scopro che ha ragione. Metà dei miei vestiti sono viola.

Fa attenzione al mio abbigliamento.

Mi batte più forte il cuore. I suoi occhi sono spalancati. Un piccolo sorriso gli incurva le labbra.

È interessato a me.

So che lo è.

Riporta l'attenzione allo schermo. «Perché non mi spiega cosa vede qui?»

Guardo il codice e spiego come meglio posso.

Nick ascolta attentamente, annuendo e spiegando ogni dettaglio tecnico.

Più ci concentriamo sul lavoro, più lui si avvicina. Finché non è proprio dietro di me, con la mano che si libra sulla mia, con il petto a pochi centimetri dalla mia schiena.

È caldo. Ha un buon profumo. Quel sentore di colonia e di Nick. Trattengo il respiro per non reagire in un modo che lo convinca che non sono in grado di gestire la situazione. Posso già dire che imparerò molto da lui.

Quando ci fermiamo, Nick fa un enorme passo indietro. Scuote la testa come se avesse perso la cognizione di sé. È possibile che non si sia reso conto di quanto fosse vicino? Che non si sia reso conto il suo corpo stava prendendo il sopravvento?

Ci potrebbe essere un po' di margine di manovra tra il dimenticare quella notte e lui che mi licenzia per aver spinto le cose troppo in là.

Cerco di concentrarmi sulla nostra lezione, ma continuo a distrarmi. La sua mascella è così forte. Le sue labbra sono così morbide. I suoi occhi sono di una così bella tonalità di marrone.

Alle 10 del mattino sono esausta. In parte per l'intensità del lavoro, in parte per la vicinanza del suo corpo. Scivolo in una specie di trance e codifico per la maggior parte della giornata.

Quando riemergo, Nick sta controllando il mio lavoro, ancora vicino, ancora forte, ancora duro e morbido allo stesso tempo.

Ci sono dei bagel sulla sua scrivania. Due bagel, ognuno su un piattino di carta, ognuno cosparso di crema di formaggio. Uno è alla cipolla. Uno è al sesamo.

Nick è in piedi dietro il suo computer, freddo e sicuro di sé e assolutamente intoccabile. È bellissimo.

Cerco di dirmi che lo odio per avermi liquidata. È un caffè e un bagel. Non è una lettera d'amore. Non sono scuse. È una colazione.

Però...

Mi ha offerto la colazione.

È dolce.

Fa un cenno ai bagel. «Prenda quello che vuole.»

Scelgo quello al sesamo. «Non dovrebbe proprio mangiare bagel. Non sono altro che carboidrati vuoti.»

«Faccio cinquanta vasche al giorno.»

«Non c'è da stupirsi che abbia le spalle così larghe.» Merda. L'ho detto a voce alta. Le mie inibizioni non sono ancora al massimo. È troppo presto perché possano tenermi a freno la lingua. «Dove nuota?»

«C'è una piscina nel mio palazzo.»

Divido il mio bagel in quarti e poi in ottavi. «Io faccio yoga un'ora ogni giorno. A volte due.»

«Per la schiena?»

«All'inizio sì. Ma poi mi è piaciuto come mi ha costretto a concentrarmi sul mio corpo. E come mi rendeva flessibile.»

Studio la sua espressione per vedere se ho causato una reazione.

Le sue pupille si dilatano. I suoi occhi vanno alle mie gambe. È un attimo. Pochi secondi al massimo. Ma è chiaro come il giorno.

Do un morso al mio bagel, mastico e ingoio. «Spero che non abbia un appuntamento a pranzo. Le cipolle rovinano l'alito.»

Mi fissa con uno sguardo che dice *sforzati un po' di più con la sottigliezza.* Ok, me lo sto immaginando. Ma c'è comprensione nei suoi occhi.

«Non esco con nessuno.» Apre un file sul suo computer. «Non ho tempo.»

«Ha tempo per qualcosa di divertente? Oltre all'esercizio fisico?»

Dà un morso al suo bagel. In qualche modo, lo fa con grazia. Fa un cenno al suo computer. «Glielo dico se trova un modo per migliorare questo codice.»

Si fa da parte. Gli sfioro l'inguine col sedere mentre ci scambiamo le posizioni. I suoi polpastrelli mi sfiorano la schiena.

Controllo la sua espressione. Non mi aiuta a capire le sue intenzioni.

Mi ci vogliono venti minuti di concentrazione, ma trovo qualcosa. Lo indico. «Qui. Questa funzione è ridondante.»

Sorride, orgoglioso. «Gioco a poker.»

«Per soldi veri?»

«Non lo faccio per i soldi. Ma per il gioco in sé.»

«Giusto. Qual è la quota di partecipazione?»

«Qualsiasi cosa da venti a ventimila dollari.»

«Ma per lo più ventimila?»

«Di solito intorno ai cento dollari.»

Esamino la sua espressione alla ricerca di qualsiasi segno che stia mentendo. Non ce ne sono. È terribilmente democratico da parte di Nick, giocare a qualsiasi gioco di poker dove lo accettino. «Il gioco d'azzardo non è illegale?»

«Chiami la buoncostume.»

«È sempre fissato con le regole.»

«No. Sono fissato con il controllo. Quando gioco a poker ho il controllo del tavolo.»

«E quando fa sesso?»

«Lizzy. Non farlo. Stai solo rendendo tutto più difficile.»

Mi schiarisco la gola. «L'hai tirato fuori tu.»

«Sì, quando faccio sesso ho io il controllo. Ma questo lo sai già.»

«Come fai a trovare donne interessate?»

«Non è mai stato un problema.»

«Tutte le donne con cui sei stato hanno accettato che tu avessi il controllo?»

«Sì.»

«Oh.»

«Ma mi è piaciuto di più con alcune donne che con altre.»

C'è qualcosa nella sua voce, questo tono. Mi sta stuzzicando. Per vendicarsi del fatto che l'ho provocato.

Forse sono una stupida ad aver abboccato, ma devo sapere.

«Qualcuna in particolare?» chiedo.

«Vuoi che dica che sei stata tu?»

«Se è vero.»

«Lo è.»

«Nick...»

Si fa da parte e indica il computer. Immediatamente, la sua postura cambia. Ritorna professionale.

Ok. Bene. Questa volta mi sono meritata le palle gonfie. Ovaie gonfie. Quella roba lì.

Ancora una volta, guardo la sua espressione per avere qualche indizio delle sue intenzioni. Forse è più di un'esca.

Forse sta prendendo in considerazione noi due di nuovo insieme.

Lo studio per un minuto intero. Ma non ho idea di cosa stia pensando.

Capitolo Sette

Una lunga sessione di yoga esaurisce la mia energia. Sono pronta a lavorare, a rimanere professionale al 100%.

Appena vedo Nick in piedi dietro la sua scrivania con la cravatta slacciata, la giacca gettata da una parte e le maniche arrotolate fino ai gomiti, mi sciolgo.

Mi sta provocando o si sta mettendo comodo? Difficile da dire.

Ecco di nuovo la colazione. La stessa colazione: bagel, caffè, latte e panna, zucchero di canna.

Passiamo la mattina a lavorare e a fare chiacchiere. Facciamo a turno ad aggiungere al codice commenti sulla possibilità che i robot rovescino il governo.

Va avanti così per tutta la settimana. Nick fa colazione. Mi sta molto, molto vicino. Flirta quanto basta per farmi impazzire.

Trascorro un altro fine settimana cercando di bruciare energie. Questa volta, mi offro volontaria per seguire Kat in ogni museo della città. Riempio ogni minuto libero, ma mi addormento ancora pensando a Nick.

Alla terza settimana, non ce la faccio più. Esco a ballare con Sarah e torno a casa troppo ubriaca per preoccuparmi di qualsiasi cosa tranne che di dire la mia.

Mando un messaggio al numero personale di Nick.

Lizzy: Ho bisogno di alcuni DVD. Film sull'intelligenza artificiale. Per ispirarmi.

Nick: Tipo cosa?

Lizzy: La trilogia di Matrix. Galactica, quello nuovo. Ex Machina. Ti piacerebbe. Parla di un robot che manipola gli uomini usando la sua sessualità.

Nick: I robot hanno una sessualità?

Lizzy: Dovrei chiederlo a te. Sei la cosa più vicina a un robot che io abbia mai conosciuto. Lo hai visto?

Nick: No.

Lizzy: Davvero?

Nick: Davvero. Preferiresti costringermi a una reazione o mantenere il tuo lavoro?

Lizzy: Chiedo il permesso di parlare liberamente, signore.

Nick: Permesso accordato.

Lizzy: In questo momento, preferirei costringerti a una reazione. Sono ubriaca e frustrata. Sei in ufficio?

Nick: Sì.

Lizzy: Posso venire lì. Possiamo fare questa conversazione di persona.

Nick: Non è saggio.

Lizzy: Perché?

Nick: Lo sai perché.

Arrossisco. È praticamente una confessione. Per Nick, almeno. Potrebbe anche dire perché voglio scoparti.

Lizzy: No, non lo so.

Nick: Anche se le cose fossero diverse, non mi scopo donne ubriache.

Lizzy: Perché no?

Nick: È la mia politica.

Lizzy: E se fossi sobria?

Nick: Non fare l'ingenua. Ti rispetto troppo per prenderti per il culo. Spero che tu provi lo stesso nei miei confronti.

Lizzy: Voglio interpretare le parole.

Nick: Ti sei sentita meglio a sapere che penso a te quando mi masturbo?

Lizzy: No.

Nick: Sapere che ti voglio, che penso di strapparti la gonna e legarti i polsi con la cravatta, te lo farà solo desiderare di più.

Lizzy: E allora? A volte è un bene volere delle cose. Ti ricorda che sei vivo. Perché non posso tornare in ufficio? Perché non possiamo fare questa conversazione di persona?

Nick: Perché vuoi scoparmi.

Lizzy: E allora?

Nick: E io voglio legarti al mio letto, strapparti le mutandine e succhiarti il clitoride finché non urlerai il mio nome.

Cazzo. Avvampo da capo a piedi. Mi strofino gli occhi per assicurarmi di non avere le allucinazioni. Non le ho.

Nick: Ti senti meglio?

Lizzy: No.

Nick: Come ti senti?

Lizzy: Depressa. Volevi dimostrare qualcosa?

Nick: Sì, ma era vero.

Lizzy: Vengo subito. Nessuno deve saperlo. Possiamo fare quello che vuoi, mi basta stare con te.

Nick: Non possiamo.

Lizzy: Perché? Tu mi vuoi. Io ti voglio. Cosa te lo impedisce?

Nick: Te l'ho già detto. Mantengo il controllo della mia vita.

Lizzy: E andare a letto con me significa che perderai il controllo?

Nick: Vuoi lavorare per me o vuoi scoparmi?

Lizzy: Tutte e due le cose.

Nick: Puoi averne solo una.

Lizzy: Ok. Farò la brava. Verrò in ufficio e parlerò solo di film. Hai visto il primo film di Terminator?

Nick: Mai.

Lizzy: Galactica?

Nick: Guardo solo i polizieschi.

Lizzy: Perché?

Nick: Perché mi piacciono.

Lizzy: Ooh, impertinente oggi. Mi piace.

Nick: Bevi dell'acqua prima di andare a letto.

Lizzy: Dovrai venire qui a guardare con me.

Nick: Devo tornare al lavoro. Farò spedire i DVD al tuo appartamento.

Lizzy: Vuoi guardarne uno con me? Se lo facciamo in ufficio?

Nick: Lo prenderò in considerazione.

Lizzy: Mi dispiace di aver detto che sei un robot. Non lo penso davvero. Sono solo frustrata.

Nick: Lo so. Anch'io sono frustrato.

Lizzy: Davvero?

Nick: Sì. Vai a letto. È tardi.

Lizzy: Penserò a te.

Nick: Lo so.

Il venerdì mattina è imbarazzante. Non parlo d'altro che del progetto.

Alle dieci, raccolgo le mie cose per tornare alla mia scrivania. Niente più Nick per due giorni interi. Sembra un'eternità.

«Controllerò il suo lavoro stasera presto» dice. «Ho una riunione.»

«Un appuntamento?»

Mi fissa come se volesse dirmi *non insistere.*

Smetto.

«Mi vedo con un collega. Devo partire alle sei se voglio arrivare in tempo all'hotel.»

«Non sembra una riunione molto professionale. Non avevo capito che era disposto a mettersi a novanta per la sua azienda.»

Alza un sopracciglio. «So che le piace pensare a me nudo, ma dovrebbe sapere che non mi sottometterei mai a qualcun altro.»

Odio mordermi il labbro. È come se stesse flirtando con me.

«Certo.» Lo provoco. «Lei ha sempre il controllo. Io... E lei non ne approfitterebbe mai. Prenderebbe in considerazione qualcosa solo se la donna...»

«Lizzy, basta. Ci sei già dentro fino al collo.»

«Pensavo che ci dessimo del lei.»

«Controllerò il tuo lavoro alle cinque.»

«Certo.» Devo farlo. «Devo guardare una cosa prima.»

Lui annuisce e si fa da parte.

Aspetto che si giri e controllo la sua agenda.

Incontro con Zachary, alle 18:30.

C'è un indirizzo. Lo memorizzo e chiudo la finestra.

«Vuoi qualcosa?» Fruga nel frigorifero.

«No, grazie. Ci vediamo più tardi.»

Mi chiudo in bagno e chiamo Sarah. Non risponde fino alla terza volta che chiamo.

«Devo iniziare ad aprire il negozio tra cinque minuti. Fai in fretta. Ho i postumi della sbornia» dice.

«Ho bisogno del tuo aiuto stasera.»

«Con?»

«Un tipo.»

«Mandami un messaggio con un'ora e un posto e ci vado, dolcezza.»

NON È UNA BELLA COINCIDENZA.

Questa è roba da stalker pazzi.

Bevo un lungo sorso del mio Rum e Diet Coke. Mi liscio il vestito. Cerco di dare l'impressione di essere seduta qui per una ragione qualsiasi che non sia seguire Nick al suo appuntamento.

Ok, tecnicamente non l'ho seguito.

Non è ancora arrivato.

Ma comunque...

Sarah mi tocca il piede col suo.

«Sarebbe molto più facile se tu gli chiedessi semplicemente di scoparti.» Sorseggia il suo martini al gusto di frutta rossa. «Meno giochi.»

«L'ho fatto. Ha detto di no. Ci tiene a lasciare le cose su un piano professionale.» Finisco il mio drink e faccio segno al barista di portarne un altro. «È stato molto chiaro, Sarah. Mi ha detto che mi avrebbe licenziato se avessi insistito. Cosa sto facendo?»

«Ho visto il modo in cui ti guardava. Andrà tutto bene.»

«Tu non conosci Nick. È severo. È ossessionato dall'essere sempre al controllo di tutto.»

«Sembra sexy.»

«Lo è. Ma...»

«Ti vuole. Fidati di me.»

Forse.

La cameriera ci porta le nuove ordinazioni. Faccio un cenno di ringraziamento e mi metto al lavoro per finire questo bicchiere.

Mi tremano le mani. Non è da me. Divento nervosa solo quando devo salire su una macchina. Non per i ragazzi.

Ma Nick non è un ragazzo.

È un uomo. Un uomo che ha abbastanza potere per distruggermi.

«Rallenta, tesoro. Vuoi essere sexy, non sciatta.» Sarah allontana il mio drink. Mi aggiusta un po' il vestito. Mi fa cenno di togliermi il cappotto.

Lo faccio. Lo appendo alla sedia. Siamo a un tavolo da quattro posti. Così possiamo invitare Nick e il suo amico a unirsi a noi. Visto che è così buffo che li abbiamo incontrati per caso.

Nick non ci cadrà.

Lo sguardo di Sarah va alle porte d'ingresso. È arrivato. E sembra ancora più sexy del solito con la barbetta delle cinque.

Rimango ferma al mio posto, così posso fare la disinvolta.

I suoi passi si avvicinano. Poi è a un metro e mezzo di distanza e mi fissa. Per un momento il suo sguardo è incuriosito. Poi arriva a capire.

«Il capo di Lizzy, giusto?» Sarah si alza e gli porge la mano. «Non sono sicura che si ricordi...»

«Sarah. Io sono Phoenix.» Lui le stringe la mano, i suoi occhi su di me. «Cosa ci fai qui?»

Sarah interviene. «La mia amica Carly doveva arrivare a New York oggi. Ha un fidanzato ricco.» Abbassa la voce. «Ma non è qui. È fuori a scoparsi il suo milionario da qualche altra parte.»

Da dove diavolo viene fuori questa stronzata?

Lo sguardo di Nick va verso gli ascensori. «È stato bello rivederti. Scusatemi.»

Mi guarda per una frazione di secondo con un'espressione imperscrutabile. Poi si allontana.

Be', cazzo.

«Non preoccuparti. Tornerà.» Si sposta sul sedile accanto al mio. «Stava fissando quella lampo come un cane fissa una palla.»

«Sembrava incazzato.»

«Incazzato di volerti così tanto.» Mi tira giù la lampo di un altro mezzo centimetro. «Fidati di me.»

Faccio un respiro profondo, e faccio del mio meglio per mostrare freddezza alla Phoenix Marlowe.

Pochi istanti dopo, eccolo di nuovo. Ha un amico al seguito. Un uomo alto con un vestito grigio, occhi azzurri e capelli castano sabbia. Il tipo di Sarah.

Come previsto, lei lo sta fissando arrapata.

Nick mi guarda negli occhi. «Volete unirvi a noi per cena?»

Sono troppo imbarazzata per parlare. È troppo facile. Dev'esserci qualcosa che non va.

Sarah si intromette. «Ci piacerebbe molto.»

Nick annuisce. Per un momento, il suo sguardo va alla mia scollatura. Le sue pupille si dilatano. Schiude le labbra. Poi si gira verso la porta, ancora una volta un muro impenetrabile.

Capitolo Otto

Dopo cena, Sarah invita Zachary a ballare. Lascia me e Nick da soli.

Mi dirigo verso l'uscita nel modo più disinvolto possibile. Come se non mi desse fastidio. Come se non volessi ogni grammo della sua attenzione.

Nick è proprio alle mie spalle, ad appena quindici centimetri da me. «Chiamo un'auto che ti porti a casa.»

«Odio le auto.»

«Non prendi mai il taxi?»

«Se posso evitarlo.»

«Allora ti accompagno a piedi.»

Una metà di me vuole dirgli di sparire. L'altra metà vuole chiedergli di strapparmi i vestiti.

Anche lui mi vuole. Ma questo non sembra un invito al mio appartamento.

«Non ho bisogno di una scorta. Sono grande.» Mi stringo il cappotto addosso. Ormai che ci sono, tanto vale rischiare il tutto per tutto. «A meno che tu non ti stia autoinvitando.»

Si ferma e mi fissa negli occhi. «Non hai idea di quello in cui ti stai cacciando.»

«Informami.»

Invece di rispondere, mi fa cenno di seguirlo.

Lo faccio.

Andiamo direttamente alla metro. Batto le dita dei piedi, cercando di non sentirmi sopraffatta. Fuori dall'ufficio Nick è imponente tanto quanto dentro l'ufficio. Trasuda potere e prestigio.

Si gela qui sotto. Mi stringo le braccia intorno al petto, una protezione dal freddo, dall'idea che Nick ha sul fatto che non posso gestirlo. Qualunque cosa significhi.

Sento un peso intorno alle spalle. Il suo giaccone. Mi volto verso Nick per avere conferma. Come previsto, è lì in piedi nel suo elegante vestito nero. È così indecifrabile. Ho davvero ferito i suoi sentimenti quando l'ho chiamato robot?

Non è una cosa carina da dire.

Gli rido il giaccone. «Se vuoi tenermi calda, fallo con le braccia, non con la giacca.»

«Ti hanno mai detto che si prendono più mosche con il miele che con l'aceto?»

«I moscerini della frutta sono attratti dall'aceto.» Mi infilo le mani in tasca. «Ed è uno stupido cliché. Ti facevo più intelligente di così.»

«È questo che vuoi?»

«Moscerini della frutta? No, grazie.»

«Vuoi davvero che ti metta le braccia intorno? Riesci davvero a gestirlo?»

Deglutisco a fatica. «Sì.»

«Anche se ci si ferma lì?»

Annuisco.

«Stai mentendo.»

«Dimostralo.»

Un ronzio metallico riecheggia nella stazione. Il nostro treno è arrivato. Adotto un'espressione paziente e calma mentre le porte si aprono.

Entriamo.

È vuoto. Siamo gli unici passeggeri su questo vagone. Nessuno va in centro il venerdì sera.

Le porte si chiudono. Il treno prende velocità.

Nick si avvicina. Fa scivolare le braccia intorno ai miei fianchi e mi attira in un abbraccio profondo e stretto. Avvampo da capo a piedi. È istantaneo. Mi sento caldi lo stomaco, il petto, le dita e i piedi.

Quel languore mi si accumula tra le gambe. Le braccia di Nick mi circondano. Non è abbastanza. Ho bisogno di tutto di lui, in ogni modo in cui posso averlo.

Fa un così buon profumo.

Nick fa un passo indietro. Mi guarda negli occhi. «Vuoi davvero che ti provochi, Lizzy?» Mi sbottona il cappotto. La sua mano va alla lampo del mio vestito. «Tornerai a casa ancora più frustrata.»

Stringo le labbra. Non esiste che io ceda ora. Non importa quanto abbia ragione. «Mettimi alla prova.»

Mi tira giù la lampo fino allo stomaco. Passa i polpastrelli lungo il profilo del reggiseno, da una spalla all'altra.

Poi di nuovo.

Di nuovo.

Avvampo tutta.

Tiene gli occhi incollati ai miei. La sua espressione è intensa. Seducente. In pieno controllo.

Ogni tocco aumenta il languore che sento dentro.

Com'è possibile che io abbia più bisogno di lui?

Mi mordo il labbro per non gemere. Per non implorare.

«Non sono frustrata.» Stringo le ginocchia.

«Non mentirmi più.»

Deglutisco a fatica. «Se no?»

«Se no ti punirò.»

«E se volessi che tu mi punissi?»

La sua voce è severa. «Lo vuoi davvero?»

«Cosa importa se non ti scopi le stagiste?»

«Potrei schioccare le dita e distruggere la tua carriera.» Mi afferra i polsi e mi tira le mani dietro la schiena.

Mi dimeno contro la sua presa, ma lui tiene duro. Non c'è tensione nella sua espressione. È una cosa da niente per lui.

«Posso sopraffarti senza fare il minimo sforzo.» Mi libera.

È vero. E la sola idea mi fa contrarre il sesso. Mi fa eccitare di più.

Mi fissa negli occhi. «Cosa ti fa pensare che sia una buona idea sfidarmi?»

Faccio un passo indietro e mi metto a sedere. Disincrocio le gambe e le allargo per poterle incrociare di nuovo.

Il suo sguardo segue i miei movimenti. Le sue pupille si dilatano.

«Posso distruggerti a mia volta» dico. «Blake Sterling è ossessionato da mia sorella. Farebbe qualsiasi cosa per lei. Se glielo chiedo, ti distruggerà l'azienda.»

«Non glielo chiederai.»

«Come lo sai?»

«So abbastanza di te.»

Lo fisso di nuovo. «Non distruggerai la mia carriera.»

«Come lo sai?»

«Non sei così meschino.»

«Sei sicura?»

«Sì. E se non è così, non mi dispiace affondare, purché ti porti con me.»

Lui sorride. «Stai parlando di distruzione reciproca assicurata o di sesso orale?»

«Vedi tu.»

Dopo essere scesi dalla metro, Nick fa strada fino al mio palazzo. Andiamo direttamente all'ascensore.

Le porte si chiudono. A parte la telecamera sul soffitto, siamo soli.

Nick si gira verso di me. Mi sbottona il cappotto. I suoi polpastrelli sfiorano la scollatura del vestito, fino alla lampo ancora tirata giù.

Mi abbandono al suo tocco. Chiudo gli occhi. Dischiudo le labbra. Non ho la forza di reprimere il mio gemito. Il suo tocco è troppo inebriante.

Nick si sposta. Mi mette le mani sul culo. Mi solleva e mi blocca contro la parete. La sua presa è così forte che riesco a malapena a respirare.

Lo fisso di nuovo. «Qualsiasi cosa tu voglia dimostrare, mi piace.»

«E se me ne vado senza scoparti?»

«L'idea non mi entusiasma, ma probabilmente è meglio così. Non ho preservativi.»

«Stai facendo l'insolente apposta.»

«Sì?»

«È una difesa. Significa che sei nervosa.»

Non ammetto nulla.

L'ascensore suona. Il mio piano. Nick mi fa scendere. Ha gli occhi infuocati. È duro. Lo vuole tanto quanto me.

Ma continua a resistere.

Perché?

Mi tiro il cappotto sulle spalle mentre vado giù per il corridoio.

Mi segue dentro l'appartamento.

Con le luci spente, l'unica illuminazione proviene dalla luna e dal caldo blu del cielo.

Getto la borsa sul letto e mi scrollo il cappotto dalle spalle.

La sua postura è rigida, formale.

«Posso prenderti il giaccone?» propongo.

«No.»

È ancora qui, ancora nel mio appartamento.

Soppeso tutte le variabili: il desiderio che gli ho visto negli occhi, l'ardore che ho in corpo, il tono severo della sua voce, la sua eccitazione nel provocarmi.

È un rischio, ma ne vale la pena.

Sostengo lo sguardo di Nick mentre tiro giù la lampo. Sfilo il vestito da una spalla, poi dall'altra.

Le sue pupille si dilatano. «Cosa stai facendo?»

«Mi metto comoda.» Faccio per spingere il vestito lungo i fianchi.

Nick mi afferra il braccio e lo tiene stretto. «Non farlo.»

«Se no?»

«Ascoltami.»

Premo le mani contro i fianchi. «Riguardo a cosa?»

«Smettila di precipitarti nelle cose. Ti stai comportando da sciocca.»

«Vaffanculo.» Mi sfilo il vestito. Mi cade ai piedi. «Questo è il mio appartamento e mi tolgo i miei cazzo di vestiti se voglio.»

Spalanca gli occhi. Qualcosa nella sua espressione cambia. È più ruvida. «Ti va bene se me ne vado?»

«Sì.»

«Sei sicura?»

«Sicurissima.»

Nick mi avvolge le mani intorno al culo e mi tiene il corpo contro il suo. Fa due passi in avanti, spingendomi contro il muro.

Mi preme le labbra contro il collo. La clavicola. Il mento.

Cerco di baciarlo, ma lui gira il viso e le mie labbra entrano in contatto con la sua mascella.

Mi toglie il reggiseno dalle spalle, una spallina alla volta. I miei seni premono contro il tessuto ruvido del suo vestito. C'è abbastanza attrito da mandarmi un brivido lungo la schiena.

Maledizione, è bravo.

Cerco di trovare il significato negli occhi di Nick, ma non c'è. Quando porta i polpastrelli ai miei capezzoli, smetto di preoccuparmi di come andrà a finire. Tutto quello che so è quanto desidero che lui mi tocchi.

Non può andarsene. Non ancora.

Sento sempre più caldo tra le gambe. Cerco di afferrargli i capelli, qualcosa per contenere la sensazione, ma lui mi blocca le mani al muro. Senza il minimo sforzo, come in metropolitana. È molto più forte di me. *Può* sopraffarmi senza fare alcuna fatica.

Può farmi quello che vuole.

«Nick» dico con un filo di voce. «Cosa stai facendo?»

Lui risponde arrotolandomi i collant fino alle ginocchia.

Ok. Non ho bisogno di fare conversazione. Ho bisogno di lui.

Con le dita mi sfiora la parte superiore delle mutandine.

Sì. Quasi.

Spinge il mio perizoma da parte e mi accarezza.

Mi si contrae il sesso. Brucio di desiderio. Cerco di baciarlo.

Con una mano mi tiene ferma la testa. Con l'altra mi stuzzica.

Quasi.

Quasi.

Mi fa scivolare un dito dentro.

Il mio corpo urla dal bisogno. Sì, sì. Qualsiasi cosa Nick voglia, sì, adesso.

Mi preme le labbra contro il collo. Il petto. La guancia. Sono a un centimetro dalle mie labbra, ma non entrano in contatto.

Non mi sta baciando.

Il suo pollice fa contatto con il mio clitoride. Dondolo i fianchi per spingerlo più a fondo.

Mi massaggia.

Quasi. Ancora qualche tocco e...

Nick allontana la mano.

Cosa?

Mi guarda dritto negli occhi. «Sei ancora d'accordo che me ne vada?»

Ho il respiro pesante. L'unica cosa che sento è la tensione nel mio intimo. Ho bisogno della sua mano. Ho bisogno di venire.

«Lizzy, ti ho fatto una domanda. Mi aspetto una risposta.»

«Hai già detto che non…»

«Metti le mani sulla scrivania.»

«Te ne vai?»

«Adesso.»

Lo faccio.

Mi fa scorrere i polpastrelli lungo la schiena. Mi tremano le gambe quando i suoi polpastrelli mi sfiorano il sesso. È quasi abbastanza. Ma non del tutto.

«Tieni gli occhi sul muro.» La sua voce è roca.

Lo faccio. Non posso vederlo, ma posso sentire il calore del suo corpo, il suo respiro.

«Spiegami perché ti sei presentata in quell'hotel.»

«Perché voglio che mi scopi.»

«Pensi che sia così facile manipolarmi?»

«Non è manipolazione. Lo vuoi anche tu. O hai una torcia elettrica in tasca?»

«Non fare la furba. Non su questo.» Mi fa scivolare due dita dentro. «Cos'è più importante per te: tenerti il lavoro o scoparmi?»

La nostra conversazione svanisce nel nulla. L'unica cosa che so è quanto ho bisogno di venire.

Tira via la mano. Ho un sussulto. Mi cedono le gambe. No. Non può fermarsi.

Nick mi afferra i fianchi. Mi riposiziona. «Ti ho fatto una domanda. Rispondi.»

Non posso.

La sua mano scende con forza sul mio culo. Il rumore della carne sulla carne riecheggia nella piccola stanza. Mi brucia la pelle.

«Il lavoro» dico io.

«E allora perché cazzo mi provochi?»

Mi sculaccia di nuovo. C'è qualcosa di dolce nella fitta di dolore. Mi vincola al momento. Mi ricorda che sono viva.

«Lizzy.»

«Non lo so. È stato un impulso. Non ho mai voluto un uomo tanto da ignorare la ragione prima d'ora.»

Ringhia, la sua mano scende con forza sul mio culo. Più forte dell'ultima volta. Spinge fino al limite del sopportabile.

Mi sfugge un gemito dalle labbra.

Mi preme il palmo contro. «In questo momento, cosa vuoi?»

Mi si contrae il sesso. Mi tremano le gambe. Il mio corpo ha un disperato bisogno di lui.

«Te» sospiro.

«Come?» Mi stuzzica il sesso con il polpastrello.

Sposto i fianchi, cercando di spingerlo più in profondità. «Dentro di me. Voglio che mi scopi. Che urli il mio nome quando vieni.»

Lui allontana la mano. Mi passa i polpastrelli sulle natiche. «Questa è una punizione.»

«Sì.»

«Non avrai la tua scopata.»

Mi mordo la lingua.

«Andrai a letto grondante e disperata. E quando ti toccherai stasera, penserai a me, e non sarà abbastanza.»

È impossibile respirare. Le mie gambe tremano così tanto che sono sicura che sto per ribaltarmi.

Lui allontana la mano. «Vestiti.»

«Cosa?»

«Adesso.» Si fa da parte.

Mi tiro su, sentendomi improvvisamente molto più esposta. «Questo è il mio appartamento.»

«Se non ti vesti, me ne vado.»

È ancora duro.

Come fa a essere così calmo quando è così fottutamente duro?

Arrossisco. Mi tiro su i collant, gli passo a fianco e prendo l'accappatoio in bagno. Sono sicura di sembrare ridicola con addosso un vaporoso accappatoio viola e stivali con i tacchi a spillo alti fino al ginocchio, ma preferisco non pensarci.

Nick ha gli occhi fissi su di me. La sua espressione è dura.

Lo voglio così tanto che mi fa male, e lui è pronto ad andarsene. Com'è possibile?

Stringo la cintura dell'accappatoio. «È sufficiente?»

«Dovrai tenere le cose separate in ufficio. Devi trattarmi come tratteresti David, Gabriel o Jasmine.»

«E quando non siamo in ufficio?»

«Voglio scoparti, Lizzy, ma solo se sei pronta a sottometterti. Continui a forzarmi la mano. Non lo tollererò.»

«Che cosa significa?»

«Che devi fare esattamente quello che dico, quando lo dico. Se non vuoi...»

«Sì che voglio.» Lo voglio da morire, cazzo.

La sua espressione diventa seria. «Non puoi dirlo a nessuno. Nemmeno a tua sorella. O ai tuoi amici.»

È difficile concentrarsi sulla conversazione con questa tensione tra le gambe. Ma non posso ammetterlo con lui. Non posso dargli ragione.

Prende il telefono dalla tasca e pigia qualche tasto. Un momento dopo, il mio telefono vibra. È un messaggio. Un indirizzo.

«Incontriamoci domani sera alle otto» dice. «Indossa di nuovo quel vestito.»

«Ti è piaciuta la lampo?»

«Sì.» Mi trapassa con lo sguardo. «Manderò un pacchetto domattina. Indossa quello che ci trovi sotto il vestito. Solo quello.» Fa un passo indietro.

«Te ne vai?»

«Sì.»

«Ma noi...»

«Forzami ancora la mano e andrai di nuovo a letto da sola.»

Mi mordo la lingua per non obiettare.

Si china e mi dà un bacio sulla guancia. «Quando ci vediamo domani, non voglio sentire nulla su Odyssey o sul progetto Haley. Hai capito?»

«Smettila di chiedere se ho capito. È supponente. Anch'io posso dettare delle condizioni e non ci sto se continui a trattarmi come una bambina. Io so cosa voglio. Voglio te.»

Qualcosa nella sua espressione si accende. Quasi come se fosse impressionato da come mi sto facendo valere.

Incrocio le braccia sul petto. «Buona notte, Nick.»

«Buona notte.» Si gira e se ne va.

In bagno, mi spoglio di tutto e apro la doccia. L'acqua calda non mi aiuta a calmarmi.

Cerco, a fatica, di non toccarmi.

Ma non riesco a resistere.

Una mano preme contro le piastrelle. L'altra va in mezzo alle gambe. Con pochi tocchi, eccomi. Mi si contrae il sesso e vengo.

Non è affatto soddisfacente.

Mi giro e mi rigiro tutta la notte. Sono agitata, voglio disperatamente che Nick mi liberi da questa tensione.

E se avesse ragione e non riuscissi a gestirlo? Il sesso che abbiamo fatto in quell'hotel non era niente in confronto a questo. Non mi sono mai sottomessa a nessuno prima d'ora.

Posso davvero sottomettermi a Nick?

Non sono per niente riposata quando mi sveglio. Una lunga sessione di yoga non riesce a schiarirmi le idee. Una doccia fredda non riesce a temperare il calore che mi attraversa.

Ho bisogno di lui, delle sue mani sulla pelle, della sua voce nelle orecchie, del suo corpo contro il mio.

Ma ci sono così tante cose in ballo. Il mio lavoro, il mio futuro, il mio appartamento: può schioccare le dita e distruggermi.

Come previsto, c'è un pacchetto che mi aspetta alla reception: una scatola per vestiti bianca impreziosita da un fiocco viola.

Tornata nel mio appartamento, con la porta saldamente chiusa mi costringo a scartare il regalo il più lentamente possibile. Avvolto nella carta velina viola c'è un set di biancheria intima: calze nere alte fino alla coscia, reggicalze nero, perizoma nero.

Sono belli, ma c'è qualcosa di strano nel perizoma. È pesante. Gioco con il tessuto finché non sento qualcosa di duro: un vibratore a proiettile infilato in un taschino.

Solo che non c'è modo di accenderlo.

Batto sul giocattolo per un minuto intero, ma rimane spento. Non è la mossa più furba, ma devo saperlo.

Mando un messaggio a Nick.

Lizzy: Come funziona?

Lui risponde con una foto: la sua mano che stringe un telecomando.

Porca vacca.

Vuole che lo indossi in pubblico?

Mi batte più forte il cuore. Qualcuno lo saprà. Qualcuno vedrà. Posso davvero rischiare?

La foto cattura la mia attenzione. Ha mani così forti, così esperte. Ho bisogno di averle ancora addosso.

Ho bisogno di sottomettermi a lui.

Ho bisogno di essere sua.

Anche se potrebbe distruggermi.

Capitolo Nove

Il ristorante si trova all'ultimo piano di un edificio indefinito, in fondo alla sala. L'illuminazione è fioca: lampadari decorati e candele tremolanti.

Nick è a un tavolo nell'angolo, con lo sguardo rivolto verso l'ingresso.

Mi fa cenno di andare da lui quando incrocia il mio sguardo. Passo davanti alla reception. Non osservo nulla di ciò che mi circonda. Sono troppo concentrata sulle sue mani.

Una stringe il bicchiere di whisky. L'altra è sotto il tavolo, lontano da occhi indiscreti.

Faccio un respiro profondo, preparandomi alla possibilità che il vibratore si accenda improvvisamente.

Non succede.

Si alza per salutarmi. Mi mette una mano sulla schiena. L'altra sulla nuca.

Chiudo gli occhi mentre mi attira in un bacio morbido e lento. È il primo bacio che ci siamo dati da San Francisco, ed è bello come nei miei ricordi.

Quel sentore di whisky sulle sue labbra.

E qualcosa di completamente diverso che è solo Nick.

Il calore si diffonde da ogni punto che mi tocca, la schiena, la testa, le labbra, fino a riempirmi tutto il torso.

Termina il bacio e mi fa cenno di sedermi.

Ringrazio con un cenno del capo mentre ci mettiamo al tavolo.

Incrocio e disincrocio le gambe, sperando che la tensione alla schiena si rilassi. Lui sembra così calmo, così al comando.

Sono confusa. Mi tremano le mani. Il mio respiro è irregolare.

Tuttavia, riesco a sostenere il suo sguardo. Devo capire in che posizione mi trovo. «Ho qualche domanda.»

Lui annuisce e mi fa cenno di continuare.

«Presumo che questa relazione sia monogama.»

«Sì.»

«Ma cos'è? Ci divertiamo a scopare o...»

«Non posso promettere niente di più del sesso.»

«Oh.» Mi mordo il labbro. Prima di incontrare Nick, non avevo alcun interesse in una relazione romantica. Neanche in flirt occasionali. I ragazzi delle mie classi non m'interessavano.

Nick è così diverso da tutti quelli che ho conosciuto.

Molto più attraente.

«Non hai mai voluto una ragazza o non ti ci vedi con me?» Batto le dita sul tavolo. Non posso stare seduta ferma. Ho bisogno di muovermi.

«Non voglio ferirti. Se non riesci a gestire...»

«Non fare così. Devi solo dire che vuoi una relazione occasionale, e io capisco.» Non dovrebbe darmi così tanto fastidio. Non è che una relazione tra noi abbia qualche possibilità di funzionare.

«Non devi stare sulla difensiva con me.»

«Non devi essere condiscendente con me.» Mi mordo il labbro. «Non sono mai stata particolarmente interessata ad avere un ragazzo.» Il mio stomaco si contorce in modo sgradevole. Però è tutto vero. Non ho mai voluto un fidanzato. Non dopo l'incidente.

Mi tiro il vestito sulle cosce. Non importa quanto mi piaccia Nick, posso farmi andare bene una relazione non impegnativa. La preferisco.

È più sicuro. Meno doloroso quando il mondo capirà come portarlo via.

Incontro il suo sguardo. «L'ultimo tipo che voleva essere il mio ragazzo sembrava carino. Ma non sopportava che fossi più intelligente di lui.»

Nick sorride. «Sei sicura che tu fossi più intelligente di lui?»

«Sì.» Giungo le mani in grembo. «Mi rendo conto che non è un problema per te. Sei la persona più intelligente che abbia mai incontrato.»

«Grazie.» La sua voce è morbida. «Cos'è successo?»

«Non gli piacevo quando gli correggevo la grammatica, quando gli aggiustavo il computer rotto, quando avevo un'opinione che non era la sua. Gli piacevo solo quando ero tranquilla e dolce ed esattamente chi voleva che fossi.»

«Era un ragazzo.»

«Il mondo è pieno di ragazzi. Non vale la pena uscire con qualcuno fisso. Sarebbe diverso se non dovessi preoccuparmi della mia schiena, se potessi fare sesso occasionale senza...»

«Lizzy.»

Mi batte più forte il cuore. È passato molto tempo da quando ho potuto essere onesta con qualcuno. Voglio bene a mia sorella, ma è irrimediabilmente idealista. Ci sono cose che non capirà mai.

Giocherello con il vestito per calmare i nervi. «Non piaccio a molte persone. Al liceo, la gente pensava che fossi prepotente, supponente, e via dicendo. Ho imparato a scegliere tra avere degli amici ed essere me stessa. Ho Kat e Sarah. È sufficiente. Ma quella notte a San Francisco, l'anno scorso, non importava se pensavi che fossi un'incurabile stronza. Non mi avresti mai più rivisto. È stata la prima volta che ho potuto essere me stessa dopo tanto tempo.»

«Non devi preoccuparti.» La sua voce è calda. «Mi piaci.»

Mi pizzico per assicurarmi che non sto sognando. È impossibile che Phoenix Marlowe, amministratore delegato miliardario, dica qualcosa di così semplice come "mi piaci" come se stesse flirtando.

«Ti piaccio? Che razza di ventisettenne dice a una ragazza che gli piace?» Mi sento avvampare in petto. Io piaccio a Nick. «Sai, l'ultima volta che un ragazzo mi ha detto che gli piacevo è stato al liceo.»

«Ben dieci mesi fa?»

«Ti dà fastidio che sia giovane?»

«Non mi piace abusare della mia posizione di autorità.» Il suo sguardo vaga per un momento verso la finestra. Poi torna su di me. «Cos'hai detto al ragazzo a cui piacevi?»

«L'ho deluso in fretta. Gli piaceva la Lizzy dolce, non quella vera.»

«Puoi sempre essere te stessa con me.» Si china più vicino. «Quella arrabbiata, esigente e forte.»

«Sai, ho anche tratti positivi.»

«Questi sono tratti positivi.» Un sorriso gli incurva le labbra. «Gli uomini ti troveranno attraente, Lizzy. I ragazzi li spaventi.»

«Non m'interessa cosa pensano gli uomini. M'interessa solo quello che pensi tu.»

«Adesso. Un giorno incontrerai un uomo che significherà qualcosa per te, e non t'interesserà più quello che penso io.»

«Ti piacerebbe se ti dicessi cosa vorresti tra sei mesi o un anno?»

«Sei giovane...»

«Ne ho passate abbastanza per sapere cosa voglio. L'unica cosa su cui hai voce in capitolo è il sesso. Capito?»

«Sì, lo so.» Posa lo sguardo sul mio seno.

Arrossisco violentemente. Ha ancora quel telecomando da qualche parte. Sto ancora aspettando. Mi aggrappo a qualcosa di facile di cui parlare. «Hai visto *Matrix*?»

«Il primo.»

«Non hai visto *Terminator* o tutta la trilogia di *Matrix*? Come fai a guardare così poca fantascienza?»

«Mi tengo occupato.»

«Una volta o l'altra, ci siederemo e faremo una maratona folle di film di IA.»

Sorride. «Non riesco a ricordare l'ultima volta che qualcuno mi ha detto cosa avrei fatto.»

«Un affronto al tuo enorme ego?»

«No. Mi piace.»

Quel calore mi si diffonde fino allo stomaco e alle cosce. Le parole mi riecheggiano in testa. *Mi piaci.* Come fa a sembrare una dichiarazione così importante?

Anche lui mi piace.

Troppo, considerando quanto poco so di Nick.

Cerco di riportare la conversazione in acque più sicure. «Quindi... quando siamo insieme, da soli o fuori dall'ufficio, siamo trombamici, più o meno.»

Lui annuisce.

«E in azienda? Mi chiamerai nel tuo ufficio e mi ordinerai di mettermi in ginocchio?»

«Vuoi il rischio di essere beccata.«

Arrossisco. Mi si contrae il sesso. Non ci ho mai pensato prima, ma voglio il brivido. Mi sto scopando il mio capo. Voglio farlo sulla sua scrivania.

I suoi occhi incrociano i miei. «Quando siamo soli con la porta chiusa, allora siamo Lizzy e Nick, e non la signorina Wilder e il signor Marlowe.»

C'è qualcosa nella sua espressione, qualcosa di dominante e assolutamente attraente. Annuisco.

«Nel mio ufficio l'insonorizzazione è minima. Riesci a gestirlo?»

«Sì.»

E poi succede: sento un ronzio tra le gambe. Ansimo, forte, aggrappandomi alla panca in cerca di sollievo, ma senza trovarne. Il vibratore preme contro il mio clitoride, ed è una sensazione intensa.

Guardo Nick negli occhi, cercando una spiegazione e non trovando altro che lo stesso sguardo imperioso.

Il ronzio si ferma. Per poco non cado ansimando.

«Cos'era?» chiedo.

«Un test.»

«Come faccio a passare?»

«Convincimi.»

Annuisco.

La sua mano si sposta sotto il tavolo ed eccolo di nuovo: il giocattolo vibra contro il mio clitoride, c'è solo un sottilissimo strato di seta tra quell'affare e la mia pelle dolorosamente sensibile.

Mi mordo il labbro, cercando di non fare rumore.

Gli occhi di Nick rimangono fissi sui miei. È come se fosse folgorato.

La tensione cresce nel mio intimo. Sono vicina.

Ma le vibrazioni si fermano.

Ansimo il più silenziosamente possibile. «Stai cercando di uccidermi?»

«Vuoi che mi fermi?»

«No.»

La sua espressione è arrogante da morire.

Mi ci vuole un minuto intero per riprendere fiato. Mi pulsa il sesso. Ho un disperato bisogno di sfogarmi e lui se ne sta seduto lì paziente, mi sfida a chiedergli di andare avanti fino alla fine.

La cameriera lascia una bottiglia d'acqua e un bicchiere di whisky per Nick. «I vostri antipasti saranno pronti tra poco, signor Marlowe.»

In quel momento, il vibratore si accende. Stringo le palpebre, lottando contro il desiderio di urlare.

Il piacere si estende alle cosce, ai polpacci, alle dita dei piedi.

Quando riapro gli occhi, studio l'espressione della nostra cameriera. Non c'è segno che sappia cosa stiamo facendo.

Com'è possibile? Sembra che l'intero sedile stia vibrando.

«Grazie.» Nick parla con calma, come se non stesse controllando il mio orgasmo con un telecomando in tasca.

Oddio, quella vibrazione è maledettamente intensa. Cerco di guardarlo negli occhi, ma ci riesco solo per pochi secondi prima che mi si richiudano le palpebre.

La stanza scompare finché non restano altro che i suoni e le sensazioni che ho in corpo. Il debole ronzio del giocattolo, l'esalazione acuta che mi esce dalle labbra, l'inspirazione calma che riempie i polmoni di Nick.

Sono vicina.

«Guardami.» La sua voce è imperiosa. «Se no lo spengo.»

Mi costringo ad aprire gli occhi. È molto più intenso fissare Nick.

Senza l'anonimato di una scopata occasionale o i poteri inibitori del Rum e Diet Coke, mi sento intimidita ed esposta dal mio respiro affannoso e dalle guance arrossate.

Affondo i denti nel labbro. Nonostante i miei disperati tentativi di rimanere in silenzio, gemo.

Il giocattolo è molto più forte della mia mano.

Mi si contrae il sesso. Quasi. Guardo Nick, tutto il desiderio nei suoi occhi. Mi ha in pugno. Che Dio mi aiuti, il pensiero me lo fa desiderare di più.

I miei occhi si chiudono spontaneamente. Il vibratore si spegne all'istante. Mi mordo la lingua, smorzando a malapena un'imprecazione.

«Ti prego, non fermarti.» Lo guardo di nuovo, studiando la sua espressione.

Quando il giocattolo si riaccende, rinuncio a rimanere in silenzio.

«Come ti senti, sapendo che posso impedirti di venire?» chiede.

«Impotente.»

«Ti piace?»

Il piacere si diffonde nel mio intimo. «Sì.»

«Ti fidi di me?»

L'intensità della vibrazione rende difficile concentrarmi.

Guardo Nick negli occhi. Sono determinati e controllati, ma anche seri.

Annuisco. Sì, mi fido di lui. Mi fido di lui.

«Tieni gli occhi aperti» ordina.

Un orgasmo mi monta dentro. Quasi. È così intenso che riesco a malapena a respirare. I miei occhi minacciano di chiudersi. «Non ci riesco.»

«Sì invece. Guardami.»

Il desiderio nei suoi profondi occhi castani è il tocco finale.

La pressione sale alle stelle. È troppo da contenere. Le mie palpebre si fanno pesanti, ma combatto l'impulso di chiuderle.

Invece, gemo. Gemo abbastanza forte perché le persone al tavolo accanto possano sentire.

Ecco. La pressione si allenta, mi si riversa nelle cosce, fino alle dita dei piedi.

Un altro gemito mi sfugge dalle labbra. È troppo forte, ma non riesco a trattenermi. Devo fare qualcosa per contenerlo.

Lascio che le palpebre si chiudano.

Il giocattolo si spegne.

Ci vogliono alcuni minuti per riprendere fiato. Quando finalmente guardo Nick, mi sento ancora più esposta.

Com'è riuscito a farmi lasciare andare così?

Come ha fatto a farmi rischiare così tanto per lui?

Mi guardo intorno nella stanza, certa che tutti sappiano cosa stiamo facendo. Ma non ci guarda nessuno. Nessuno se n'è accorto.

Passiamo la cena a parlare di TV. Nick guarda solo gialli, soprattutto polizieschi, e solo quando non riesce a dormire.

Dovrebbe essere un argomento di conversazione sicuro, ma continuo a immaginarmelo da solo su un divano in qualche grande stanza vuota, senza suoni tranne il basso rombo della TV. Dev'essere molto triste vivere così.

Il dessert è una torta al cioccolato fondente. Sono troppo agitata per continuare a mangiare. Presto saremo a casa sua. Passeremo alla prossima parte.

Nick si lecca una briciola sul labbro. «Voglio tornare a casa in macchina.»

Deglutisco a fatica. Mi sta guardando, è concentrato su di me come si concentra sul suo computer.

«Perché?» chiedo. «Possiamo andare a piedi.»

«Certo. Ma posso sfruttare meglio il tempo sul sedile posteriore di una limousine.»

Mi trema la mano. Una limousine è la peggiore di tutte. Niente cinture di sicurezza. Niente che ti protegga se si schianta.

Beve l'ultimo sorso del suo caffè, poi sposta i resti del dolce su un lato del piatto. «Sai guidare?»

«No, e non voglio imparare.»

Il tremore delle mie mani mi si estende alle spalle. Stringo le cosce per tenere ferme le gambe.

Non posso imparare a guidare. Mi basta e avanza soffrire sul sedile posteriore di un taxi.

Mi batte più forte il cuore. Mi si secca la bocca. Prendo il caffè per bagnarmi la gola, ma riesco a malapena a deglutire.

La cameriera lascia un elegante porta assegni nero. Con un rapido movimento, Nick estrae la sua carta di credito dal portafoglio e gliela porge. Non c'è bisogno di guardare il conto. Il denaro non significa nulla per lui.

Non è sufficiente a distrarmi dall'angoscia che ho nello stomaco. Ho ancora il terrore di salire su una macchina.

Lui mi capisce con uno sguardo.

Odio che mi capisca con uno sguardo.

La sua voce ha un tono di sfida. «Se hai paura...»

Balbetto un insieme incomprensibile di suoni.

«Ammettere la propria paura non è un segno di debolezza.»

Stringo le labbra. «Hai mai ammesso di avere paura con qualcuno?»

«Ero terrorizzato quella notte a San Francisco.»

«Di cosa?»

«Di perdere qualcosa di importante per me.»

Bevo un altro sorso del mio caffè, ma la mia bocca è ancora troppo secca. «Non è la stessa cosa. Non è che hai paura delle api o dei ragni o di qualcosa che tutti sono sicuri non ti farà male.»

La sua voce si ammorbidisce. «Capisco se non sei pronta...»

«Smettila di farlo sembrare come se io stia fallendo in qualche sfida. Non ho bisogno di saper guidare. Non sono costretta a salire di nuovo su una macchina.»

«E se vuoi andare all'aeroporto?»

«Posso prendere l'autobus.»

«Se vuoi andare a trovare un amico che vive al nord?»

«Posso prendere il treno.»

«E se vive a trenta chilometri dalla stazione ferroviaria più vicina?»

«So andare in bicicletta.»

«Ti sono venute le nocche bianche.»

Mi porto le mani in grembo. La cameriera ci interrompe. Nick le augura buona notte con un cenno cortese e firma il conto.

La sua attenzione resta fissa su di me, anche se il suo sguardo si concentra sulla carta.

«Ho paura di perdere questo progetto» dice.

«Tutti hanno paura di perdere il proprio lavoro.»

«Non così. Sarebbe come perdere un arto. Quando ci penso, smetto di respirare.» Si infila il portafoglio nei pantaloni mentre si alza.

Mi porge la mano. Non la prendo.

Questa non è una relazione non impegnativa. Mi affretto verso l'uscita. I tavoli qui sono ben distanziati, ma è comunque difficile muoversi velocemente. Mi scontro con una cameriera con una coda di cavallo bionda e mormoro un "mi scusi".

Ahi. L'impatto mi provoca una fitta di dolore su e giù per la spina dorsale. Si ferma al centro della schiena. Mi si tendono i muscoli.

Troppo lavoro, troppe notti fuori con i tacchi. Faccio un respiro profondo ma non mi rilassa i muscoli. È un dolore lieve. L'ibuprofene dovrebbe farlo passare.

Posso occuparmene quando torno a casa. Anche se la tensione peggiora di secondo in secondo.

La mia andatura si stabilizza mentre mi avvicino all'ascensore.

Cazzo. Fa male. Sono tutta tesa e indolenzita dalla nuca alla base delle scapole.

Nick mi abbraccia.

Mi stringe contro il suo petto. «Stai bene?»

«Non qui.»

Mi prende in braccio, mi porta come se fossi una specie di damigella in pericolo, e mi fa sedere su una panchina alla fine di un corridoio vuoto.

Mi allontano da lui e mi piego a riccio.

Mi sfila il cappotto dalle braccia. Mi passa le dita sulla spina dorsale. «Dove ti fa male?»

«Sto bene.»

«Non devi prendere una macchina, ma non mentirmi. Dove ti fa male?»

«Un po' più in basso.»

Mi massaggia la schiena con un tocco delicato. Quando la tensione si allenta, faccio un sospiro profondo.

I suoi movimenti si ammorbidiscono. «So che sei forte. Non devi convincermi. Voglio sapere se non stai bene.»

«Vado nel panico ogni volta che sono in una macchina.» Mi abbandono al suo tocco. «Cerco di tenerlo per me, per non fare la guastafeste. Non viene fuori spesso in città.»

«Capisco.» Mi preme le labbra contro il collo. «Ti accompagno a casa.»

«Vieni dentro?» dico con un tono carico di bisogno.

«No.»

«Per favore. Voglio... Voglio scoparti. La mia schiena è a posto. Lo giuro.» Mi volto verso di lui e lo fisso negli occhi. «Non mentirei su questo.»

Mi passa i polpastrelli sulla guancia. «Sono quindici minuti a piedi fino al mio appartamento.»

Praticamente salto in piedi. Ahi. Troppo veloce. Mi ricordo di andarci piano mentre mi stiracchio.

Nick mi aiuta a mettermi il cappotto. Mi mette la mano sulla schiena e mi guida verso l'ascensore e poi verso la strada.

La nostra passeggiata è tranquilla. La sua mano resta premuta contro la mia schiena, morbida e dura allo stesso tempo.

Ci fermiamo in un enorme condominio proprio di fronte a Battery Park.

Mi tolgo il cappotto mentre entriamo nell'atrio. «Vivi qui? L'affitto dev'essere astronomico.»

«Sì. Sto facendo una fortuna.»

«Cosa?»

«Sono il proprietario dell'edificio.»

Mi mordo la lingua, cercando di fare i conti a mente. Trenta piani più venti appartamenti per piano equivalgono a una montagna di soldi in affitti. È ovvio che i soldi non significhino niente per lui.

Ci sguazza nei soldi.

«Lizzy.» Nick mi passa i polpastrelli sulle clavicole. «Stai bene?»

Annuisco mentre lo seguo in ascensore. È tutto di vetro. Ci sono quattro ascensori nell'edificio e sono tutti di vetro.

La superficie riflettente si prende gioco della mia incapacità di mantenere una faccia impassibile.

Come posso essere nervosa per qualcosa che voglio così

tanto? Non sono vergine. Sono stata anche con Nick prima d'ora.

Ora tutto è diverso.

È il mio capo.

Anche mio amico.

Gli piaccio.

Nick si gira verso di me, la sua espressione intensa. «Come va la schiena?»

«Bene.»

«Allora tirati giù la lampo del vestito.»

Deglutisco a fatica, il mio sguardo va alle porte di vetro. «Qualcuno vedrà.»

«Non ho intenzione di chiederlo di nuovo.»

Riconosco quello sguardo. È un test. E sono abbastanza sicura che non mi piaceranno le conseguenze se non lo passo.

Capitolo Dieci

Vuole che mi spogli in un ascensore di vetro? Qualcuno mi vedrà. Anche a quest'ora di notte, è un rischio.

Ha uno sguardo infuocato. C'è qualcosa nella sua espressione che mi comanda. Il mio corpo si muove di sua iniziativa. Le mie mani vanno alla lampo.

Esito. Posso davvero farlo?

«Non ho intenzione di chiederlo di nuovo.»

Mi sta fissando.

I miei capezzoli si inturgidiscono, il mio corpo risponde al posto mio.

Devo farlo. Devo darmi a lui.

Tiro la cerniera più in basso possibile.

Nick mi spinge il vestito giù dalla spalla sinistra. Il mio seno salta fuori, in mostra per chiunque in un ascensore che passi a fianco, per chiunque nel corridoio accanto alla zona dell'ascensore.

Mi si contrae il sesso.

Fa altrettanto con la spalla destra. Non c'è niente che mi copra dalla vita in su.

Sono esposta.

A lui.

A chiunque capiti di vedere.

Il pensiero mi manda un brivido lungo la schiena. Faccio per spingermi il vestito fino ai piedi ma Nick mi ferma.

«Non hai voce in capitolo su quando ti togli il vestito.» Il suo sguardo è infuocato. «Non quando facciamo questo.»

Annuisco.

Mi passa i polpastrelli sulle clavicole. «Girati.»

Mi posiziona in modo che io sia di fronte alle porte dell'ascensore.

Abbiamo altri dieci piani da fare. Qualcuno potrebbe vedermi. Potrebbe vedere tutto di me.

Il suo petto mi preme contro la schiena. Il suo inguine mi preme contro il culo.

È duro, ma è così paziente nel portare le mani al mio ventre e nel tracciare la linea della mia lampo. Le sue dita trovano il mio capezzolo e lo stuzzicano senza pietà.

Guardo fuori dalle porte di vetro. Non c'è una sola parte di me che vuole che si fermi. Come posso essere disposta a rischiare così tanto per un uomo? Per la mia liberazione sessuale?

C'è qualcosa in Nick. Voglio sottomettermi a lui. Voglio essere sotto il suo controllo.

Le sue labbra mi premono contro il collo. Mi bacia mentre gioca con i capezzoli. I miei fianchi si muovono da soli. Il mio corpo ha un bisogno disperato di Nick.

«Metti le mani contro la parete.» Fa cenno al punto vicino alla porta dell'ascensore.

Siamo quasi arrivati. Cinque piani. C'è qualcuno a questo piano, alla fine del corridoio.

Si girano verso di noi, ma non c'è modo di sapere se possono vederci.

Appoggio le mani alla parete. Sono così sudate che scivolano sul vetro.

Le asciugo sul vestito e riprovo. Meglio.

Mi tremano le gambe quando Nick infila le mani sotto il mio

vestito, sopra il sedere. Le sue dita mi sfiorano l'orlo delle mutandine.

«Stai gocciolando» geme.

Di nuovo, sposto i fianchi, un tentativo disperato di sentire di più di lui.

Lui allontana la mano. Sospiro quando non sento più il suo tocco.

«Tu fai quello che dico, quando lo dico. Non prima. Non dopo.» Trascina i polpastrelli sulle mie cosce, fermandosi in cima alle calze per giocare con il pizzo.

Combatto il desiderio di premere il corpo contro il suo.

«E se voglio che ti fermi? Se qualcosa fa male o...»

«Usiamo un codice.» Il suo palmo preme contro l'esterno delle mie mutandine. «Un semaforo. Rosso significa stop. Giallo significa rallentare. Verde significa via libera.»

Spinge via il perizoma e mi fa scivolare un dito dentro.

Ansimo, faccio fatica a mantenere la presa contro la parete.

Manca un piano all'attico.

Finalmente l'ascensore si ferma all'ultimo piano. Le porte si aprono ma Nick non si muove.

Quando i suoi denti mi affondano nella spalla, perdo interesse nell'ascensore. Perdo l'interesse in qualsiasi cosa che non sia il suo corpo contro il mio.

Fa scivolare un altro dito dentro di me. Sempre più a fondo, finché non è così tanto che fa male.

Grido.

«Giallo?» chiede.

«Giallo.»

Il suo tocco si fa più morbido. È ancora intenso ma non doloroso.

Ansimo quando allontana le mani. Mi arrotola il vestito sulle cosce poi mi fa scendere il perizoma fino alle ginocchia.

Sono completamente esposta a lui.

Arrossisco.

Lui emette un basso gemito di approvazione. «Sei bellissima.»

«Io o la mia fica?»

«Entrambe.» Mi provoca con la punta del dito. «Mi piace la tua arguzia, ma non quando facciamo sesso. Non voglio sentire nessuna difesa. Se sei nervosa, dimmi che sei nervosa.»

«Ok.» Mi si agita lo stomaco. In qualche modo, quella promessa sembra più rivelatrice che avere il culo all'aria.

«Fai di nuovo la furba sul sesso e vai di nuovo a letto senza. Capito?»

«Sì.»

Mi stuzzica senza pietà.

Il piacere mi si diffonde in corpo. Non mi sta toccando come si deve. Ho bisogno che mi tocchi come si deve.

Sposto i fianchi di un centimetro, spingendo il suo dito dentro di me.

Lui tira indietro la mano. «Ti piace essere esposta a me.»

«Sì.»

«Mi vuoi venire sulla mano?»

Mi si contrae il sesso. Dio, sì. «Sì.»

«Allora stai ferma.»

Mi stuzzica ancora, e ancora, e ancora. Ci vuole ogni oncia di forza che ho in corpo per non farlo andare più a fondo.

Sono eccitatissima, ho un disperato bisogno di sentirlo come si deve.

Gemo. «Nick. Per favore.»

Raschia i denti contro la mia spalla. «Per favore cosa?»

«Scopami.»

«Presto.» Mi fa scivolare un dito dentro.

Sospiro di sollievo.

I suoi movimenti sono ruvidi, aggressivi. Mi graffia i fianchi mentre va più a fondo e con più forza.

Chiudo gli occhi. Il mio respiro si fa irregolare. Nick è così bravo. È così preciso. E il modo in cui geme...

La pressione mi si accumula tra le gambe. Gemo in preda all'estasi. Ci siamo quasi.

Ci vuole una grande concentrazione per rimanere ferma. Ho una gran voglia di dondolare i fianchi per farlo entrare più a fondo dentro di me.

Ho bisogno di più. Più in fretta.

Ho bisogno di venire.

Comincia a baciarmi il collo mentre mi scopa con le dita. Le sue labbra sono dure e aggressive come la sua mano.

Mi appoggio al suo corpo, cercando di fare del mio meglio per sciogliermi. Non è la posizione più facile. Mi tremano le gambe. Mi stanno per scivolare le mani.

Ma sono al limite. Non posso fare nulla che possa farlo smettere.

Le sue carezze mi spingono più vicino. Quasi. Stringo il vetro tra le dita.

Ecco. Mi pulsa il sesso mentre vengo. Il piacere si diffonde giù per le gambe. È troppo da sopportare. Mi cadono le braccia lungo i fianchi. Mi si piegano le ginocchia.

Nick mi prende e mi raccoglie tra le braccia. Mi porta in braccio come ha fatto a San Francisco.

Ci spostiamo nell'attico. È troppo buio per distinguere i dettagli. Posso solo percepire le enormi dimensioni di questo posto. Il soggiorno dev'essere di mille metri quadrati. Ci sono finestre ovunque. Si affacciano sul fiume Hudson.

Nick mi adagia su un morbido divano di pelle. Si siede accanto a me, si mette le mie gambe in grembo e mi toglie delicatamente gli occhiali.

Tutto diventa sfocato, ma lui è abbastanza vicino che posso distinguere la sua espressione. È ancora paziente.

«Posso offrirti qualcosa?» Mi passa i polpastrelli lungo l'interno del ginocchio.

«No, grazie.» Arrossisco. È allarmante la sua calma.

«Ho preso una bottiglia di rum e un'altra di Diet Coke.»

Mi si agita lo stomaco. È una bibita, non una lettera

d'amore. Dico ai miei muscoli di rilassarsi, ma l'impazienza rende la cosa impossibile. «Ok.»

Scosta le mie gambe e si alza in piedi. Ho il vestito mezzo giù, quindi lo sfilo da sopra la testa e lo lascio a fare un mucchietto per terra.

Ha servito il suo scopo.

Ora è inutile.

Nick ritorna con due drink. Li mette sul tavolino e si siede accanto a me.

Mi metto dritta e giro il corpo verso il suo.

È così vicino.

Il desiderio si diffonde sul suo viso mentre mi guarda su e giù. Allunga il braccio e passa il pollice sul mio labbro inferiore.

Chiudo gli occhi. Mi giro verso le finestre, sopraffatta dall'intimità del suo tocco.

Mi fa scorrere il pollice lungo il mento, mi posa il palmo sulla guancia.

Mi bacia, succhiandomi il labbro inferiore con la stessa precisione.

Sono avida di esplorare la sua bocca. Whisky e Nick. È una combinazione inebriante. Più intima di lui che mi scopa con un dito in un ascensore. Più intima di qualsiasi cosa abbia mai provato.

Gli sospiro in bocca, sciogliendomi contro il suo corpo.

Il nostro bacio finisce. Mi passa la mano tra i capelli, i suoi occhi sono concentrati su di me. Mi avvicino, gli passo le mani sulla coscia per sentire la sua erezione.

Come fa a essere paziente quando è così duro, cazzo?

Mi prende la mano e me la riporta al fianco. «Non toccarmi se non ti do il permesso io.»

«Non ti piace?»

Lui risponde pizzicandomi il capezzolo. Lo fa di nuovo. Più forte. Più forte. Poi abbastanza forte da farmi gridare.

Il suo tocco si ammorbidisce. Mi disegna dei cerchi intorno

con il pollice. «È lusinghiero che tu sia impaziente, ma non ti porterà da nessuna parte.»

«Ok.» Mi rilasso arrendendomi al suo tocco. Chiudo gli occhi mentre lui passa all'altro capezzolo, stuzzicandolo, poi pizzicandolo.

Ogni movimento delle sue mani mi manda una fitta di desiderio fin nell'intimo.

Perdo la cognizione del mio respiro. Il mio corpo vibra di piacere. Ne ho un bisogno così disperato da star male. «Ti prego.»

«Come sta la tua schiena?»

«Non fa male per niente.»

Si alza in piedi e mi porge la mano. Lo seguo in una stanza dove sono appese delle catene di lucine che effondono un morbido bagliore bianco nella stanza, quasi come la luce delle candele.

Mi fa cenno di sedermi sulle lenzuola viola. Sono belle, di seta, morbide ed eleganti come se fossero nuove.

«Per me?» chiedo.

Lui annuisce come se fosse normale comprare a una ragazza delle lenzuola del suo colore preferito.

Si chiude la porta alle spalle e rivolge la sua attenzione a me. «Sdraiati sulla schiena e metti le mani sopra la testa. Ti lego i polsi.»

Una scarica di anticipazione mi attraversa. Mi vuole legare?

Mi viene un nodo allo stomaco. Mi sposto in modo da essere completamente sul letto, mi sdraio e metto le braccia sopra la testa.

Nick si slaccia la cravatta. Si toglie la giacca del vestito e slaccia i primi due bottoni della camicia.

Devo fare uno sforzo enorme per non balzare su e premere le mani contro la sua pelle.

Tira fuori qualcosa da sotto il letto. È un sistema di immobilizzazione con fibbie d'argento e cinghie di pelle morbida. È ancorato da qualche parte sotto il materasso. Mi metterà completamente alla sua mercé.

Nick si siede accanto a me. Mi guarda dall'alto, osservando la mia espressione mentre mi stuzzica i capezzoli. Dolcemente, poi più forte, poi abbastanza forte da farmi mugolare.

«Nick.» Gli afferro la coscia e vi affondo le dita. «Ti prego. Ti prego, scopami.»

«Braccia sopra la testa.»

Seguo il suo comando. Lui mi chiude bene le cinghie intorno ai miei polsi.

Fletto gli avambracci per testarne la forza. Sono abbastanza strette da non potermi muovere, ma non al punto da fermarmi la circolazione. Non al punto da farmi sentire in trappola.

Prende qualcos'altro dal letto: un cuscino a forma di cuneo, anch'esso viola, alto circa trenta centimetri e largo il doppio.

Lo guardo come per chiedere una spiegazione.

Lui risponde sollevandomi il sedere e facendomici scivolare sotto il cuscino.

È un cuscino per fare sesso.

«Anche questo è per me?» chiedo.

«Sì.»

Si slaccia i bottoni uno alla volta poi si sfila la camicia dalle spalle.

Il desiderio mi travolge. Spazza via la mia tensione nervosa.

Nick si alza per togliersi lentamente i pantaloni e i boxer. È quasi come se si stesse spogliando per me.

Osservo i contorni del suo corpo come posso. Quelle spalle larghe, quel petto forte, la vita stretta.

Gli occhi di Nick stabiliscono un contatto visivo con i miei. Mi fissa come se sapesse che sono imbambolata.

Non c'è timidezza sul suo volto. Solo sicurezza.

Prende un preservativo e si inginocchia accanto a me.

Le sue labbra premono contro le mie. C'è meno morbidezza. I suoi movimenti sono duri. Carichi di bisogno.

Ricambio il bacio, esplorandogli la bocca con la lingua.

Nick scarta il preservativo e se lo infila sull'uccello.

Mi mette le mani sulle ginocchia e le apre. Con il sedere sul cuscino e lui in ginocchio, i nostri corpi sono perfettamente allineati. Lui è a pochi centimetri di distanza.

Il mio sesso si contrae impaziente.

Mi attira a lui. Sento il suo uccello contro il mio sesso che mi stuzzica.

Gemo.

Lo fa di nuovo.

Il mio corpo pulsa trepidante. Manca poco a ottenere ciò che vuole, ma non ancora.

Di nuovo. Di nuovo. Di nuovo.

«Nick. Per favore.» Stringo le ginocchia contro i suoi fianchi.

Mi aggiusta le gambe per farmi tenere i piedi sul letto. Mi tiene sollevata, a ponte. Il peso dei miei fianchi è nelle sue mani.

«Vuoi venire di nuovo?» Mi passa le unghie sui fianchi.

«Sì.»

«Usami.»

Usarlo? Intenderà il suo uccello. Il mio sesso si contrae impaziente. Me la sta facendo sudare. C'è qualcosa di eccitante in tutto questo.

Sposto il peso sulle gambe, inclinando le anche per testare il mio raggio di movimento. Muovo i fianchi. Di nuovo, il suo uccello si tende contro di me. Non è abbastanza.

Inarco di nuovo i fianchi. Lui si tende contro di me.

Quasi.

Sospiro quando mi scivola dentro. Dio, che bella sensazione. Come se tutto nell'universo fosse dove dovrebbe essere.

Geme. Mi affonda le unghie nei fianchi. Ma la sua presa non vacilla. Mi tiene ancora quel tanto che basta da permettermi di muovermi a malapena.

Ci vuole qualche tentativo per provare dove devo mettere il peso. Una volta che ho trovato il punto giusto, dondolo i fianchi il più possibile. Questo movimento lo spinge in profondità dentro di me. Lo faccio ancora. Ancora. Ancora.

La sensazione mi travolge. Devo chiudere gli occhi per contenerla. Dimentico ogni accenno di timidezza, dimentico che lui è così composto, e mi lascio sfuggire un forte gemito.

Gemo sempre più forte quanto più a fondo lo spingo. Ormai ho tutti i muscoli della parte inferiore del corpo stanchi. Le mie gambe sono già stremate, ma non posso fermarmi ora.

Vado più forte. Più forte. Finché non è perfetto, poi mi muovo ancora e ancora.

I suoi occhi si riempiono di piacere. Gli tremano le spalle. Anche lui è vicino. Voglio sentirlo.

Qualche altra spinta, sono avida. Ho un languore tale che non ce la faccio più. Ho bisogno di venire. Al diavolo tutto il resto.

Perdo il controllo del mio respiro, gemo di piacere mentre dondolo i fianchi contro di lui.

È bellissimo, cazzo.

Mi si accumula dentro un orgasmo. È molto più intenso dell'ultimo. Tutto in me si tende forte. Si libera in un'ondata di piacere. È così forte da farmi ricadere sul letto col sedere.

Nick si sfila. Spinge via il cuscino, mi abbassa sul letto e mi apre le gambe.

Con un movimento rapido, appoggia il corpo sul mio e mi penetra.

Dio sì.

Si dondola dentro di me. Apro gli occhi per vedere il piacere che riempie la sua espressione. È una bella espressione su di lui. È sexy da morire.

Si muove più veloce. Mi bacia, mi reclama la bocca con la lingua, le spalle con le unghie. Restiamo bloccati così per diversi minuti, la sua lingua nella mia bocca, il suo uccello nel mio sesso.

Posso sentire arrivare il suo orgasmo. Geme, gli tremano le cosce, i suoi respiri sono rapidi.

Ecco. Anche con il preservativo, posso sentirgli pulsare l'uccello.

Sposto i fianchi per tenerlo più in profondità.

I suoi gemiti riecheggiano nella stanza come una sorta di bellissima musica.

Quando è completamente svuotato, Nick si toglie di dosso. Si occupa del preservativo e allenta delicatamente le mie cinghie.

Mi esamina i polsi uno alla volta. Il suo tocco è attento. Affettuoso.

Mi dà un bacio sulle labbra e poi si rimette i boxer. «Riesci a muoverti?»

«Ne dubito.»

Mi prende in braccio e mi porta sul divano. Non sembra una relazione non impegnativa. È una cosa estremamente intima.

Sono troppo spossata per pensieri del genere. Mi accoccolo contro il suo corpo mentre lui accende la TV e sceglie un film.

È *Terminator.*

Sta iniziando la nostra maratona di fantascienza.

Gli appoggio la testa sul petto. Cerco di tenere gli occhi aperti, ma non ho più energia.

Mi addormento tra le sue braccia.

NON C'È QUANDO MI SVEGLIO.

L'altro lato del materasso è freddo, come se fosse stato via per ore.

Mi alzo, mi lavo i denti e trovo i miei occhiali sul tavolo del soggiorno. C'è del caffè già pronto e un biglietto sul bancone.

Lizzy,

Sarò fuori tutto il giorno. Resta tutto il tempo che vuoi. Ci vediamo domani mattina.

- Nick

Decisamente sintetico.

Faccio razzia nel frigorifero per fare colazione. Solo latte e condimenti. Non mangia mai qui. Non intrattiene ospiti se non per un cocktail. È un appartamento così bello ed è così vuoto.

Deve sentirsi solo.

Cerco di scrollarmi l'immagine dalla mente mentre mi vesto e torno al mio appartamento. Ma sento la sua presenza mentre faccio i miei esercizi di yoga. Sento la sua presenza quando faccio la doccia.

Sento ancora la sua presenza quando Kat viene a guardare un film. Dopo una cena a base di cibo indiano da asporto, un mix di pollo vindaloo e verdure al curry, ci mettiamo a guardare *Ghost World*. È basato sul suo romanzo a fumetti preferito.

Kat sottolinea ogni dettaglio visivo, fermandosi solo quando si addormenta.

Bussano alla porta. Dev'essere Blake, che viene a prendere la sua fidanzata. Attraverso il piccolo corridoio per farlo entrare.

Eccolo lì con le mani nelle tasche del suo vestito firmato.

«Come stai?» La sua voce è calda.

«Bene. Stanca. Settimana lunga.» Faccio un cenno a Kat, addormentata sul letto. «Hai intenzione di portarla fuori di qui in braccio o attireresti troppa attenzione?»

«Adesso la sveglio.» Chiude la porta. «Dopo che avrò parlato con te.»

«Stai progettando qualcosa per San Valentino? Ormai devi conoscere i suoi gusti quanto me.»

«Non si tratta di Kat.»

Sposto il peso da un piede all'altro, ho improvvisamente bisogno di una scusa per porre fine a questa conversazione. È già abbastanza brutto che Kat si preoccupi per me quando dovrebbe godersi la sua prima possibilità di prendersi cura di se stessa.

Non riuscirò a sopportare che anche Blake si preoccupi per me.

Mi guarda, serissimo. «Si tratta di Phoenix Marlowe.»

«Oh.» Mi schiarisco la gola, tentando di assumere un'espressione impassibile.

«Sono informazioni riservate.»

Blake mi guarda dritto negli occhi per chiedermi se si può fidare a rivelarmi informazioni riservate.

Annuisco. «Vai avanti.»

«Uno degli avvocati di Odyssey ha contattato il nostro dipartimento di acquisizioni con un'offerta per venderci il progetto Haley Bot.»

Mi viene un nodo allo stomaco. Non ha alcun senso.

Faccio un respiro profondo. «Nick non venderebbe mai Haley.»

«Nick?»

Cazzo. Il mio silenzio non è una risposta efficace.

«Ho bisogno che tu capisca una cosa, Lizzy.»

«Sì?» Mi preparo a sorbirmi una ramanzina.

«Sei parte della mia famiglia ora. Se Marlowe ti fa del male, lo distruggo.»

«Non lo farà. Mi fido di lui.»

«Ho visto cosa succede alle donne in gamba che si scopano i loro capi. Finisce bene per i capi...»

«Anche alla Sterling Tech?»

«È contro la policy aziendale, ma succede.» Blake si acciglia. «Avrà trent'anni.»

«Ventisette. E tu hai cinque anni più di Kat.»

I suoi occhi diventano intensi e protettivi. «Lei lo sa?»

«No, e preferirei che la cosa rimanga tra noi. Ha passato abbastanza anni della sua vita a prendersi cura di me. Sai qualcos'altro su questa offerta?»

«No. Ma posso scoprire tutto quello che vuoi su Nick.»

«Tipo cosa?»

«Una fidanzata.»

«Non ha una fidanzata.»

Blake aggrotta la fronte. «Provi qualcosa per lui?»

«È solo sesso.»

Blake alza un sopracciglio come se non fosse sicuro che io possa gestire una relazione strettamente sessuale.

Ma gli uomini pensano tutti di saperne di più o solo quelli ricchi?

Dietro di me, Kat si stiracchia con un forte sbadiglio. «Cosa state bisbigliando voi due?»

«Ti stiamo preparando una sorpresa. Non origliare.» Abbasso la voce. «Grazie per l'informazione, ma ho tutto sotto controllo.»

Tutta l'attenzione di Blake si sposta su Kat. Le mette le braccia intorno, attirandola in un lungo e profondo abbraccio. Lei sospira, le si illumina il viso mentre sorride.

«Mi sei mancato» sussurra.

«Anche tu mi sei mancata.»

È un momento personale e chiaramente sono in mezzo, così vado in bagno dicendo forte "scusatemi" e mi tolgo le tracce di trucco dal viso.

Quando torno in salotto, sono ancora lì abbracciati.

Kat fa un passo indietro. «Non ti convinco più a scegliere altri film che piacciono a me.»

«Puoi scegliere ancora il prossimo.» La abbraccio e poi rivolgo la mia attenzione a Blake. «Lascia che sia io a gestire quella cosa di cui abbiamo discusso.»

«Se non puoi...»

«Posso.» Li accompagno alla porta. «Mancano solo due mesi al vostro matrimonio. Preoccupati di questo.»

Gli occhi di Kat si illuminano. Guarda Blake con infinito affetto. Il muro di pietra è sparito. L'espressione di Blake è premurosa, amorevole.

È disgustosamente dolce.

«Buonanotte.» Saluto con la mano.

Ricambiano con un cenno ed escono dalla porta mano nella mano.

Mi piazzo davanti al computer e cerco di trovare altre informazioni sull'azienda di Nick.

Non c'è niente di utile.

Dovrò chiederlo a lui.

Capitolo Undici

Non riesco a dormire. Mi alzo presto, faccio una lunghissima sessione di yoga, faccio la doccia e vado direttamente in ufficio.

Sono in anticipo di qualche minuto ma Nick è già arrivato, in piedi dietro la sua scrivania, focalizzato sul suo computer.

«Buongiorno.» Il suo tono di voce è uniforme, come se fossi una collega qualsiasi.

Come se non avessimo fatto sesso.

«Buongiorno.» Preparo la mia tazza di caffè e taglio il mio bagel in quattro parti.

La porta dell'ufficio è chiusa ma non a chiave. Si suppone che siamo su un piano professionale.

Dovrei stare qui per due ore, ogni mattina, come se non volessi che lui mi legasse al suo letto.

È impossibile.

Ma è l'unica opzione.

«Ha qualcosa in mente, signorina Wilder?» Tira fuori il lavoro che dobbiamo fare oggi e mi fa cenno di prendere posto dietro il computer.

Ho così tante cose in testa. Metto da parte l'avvertimento di

Blake. Devo capire come gestire la situazione prima di iniziare a tirare fuori cose che potrebbero far scattare Nick.

Nella mia mente balena il ricordo di lui che slaccia i bottoni della sua camicia oxford.

Oggi indossa lo stesso tipo di camicia. La stessa colonia.

Mi schiarisco la gola. «Niente di interessante.» Osservo il codice sullo schermo. «Su cosa lavoriamo oggi?»

«Debugging. Quanta esperienza ha?»

Molta. Mi concentro sulle mie competenze, cercando di non pensare a nient'altro che non riguardi al cento per cento la programmazione. Sento ancora un brivido di calore quando la mano di Nick mi sfiora il fianco, ma per il resto sono solo una stagista e lui è solo un mentore.

Va avanti così per tutta la settimana. Cerco di convincermi a chiedere informazioni sulla vendita mentre vado al lavoro. Me la faccio sotto appena vedo Nick.

Lui è strettamente professionale, tutto calmo e distaccato come se fosse facile per lui tenere le cose separate. Non lo è altrettanto per me. Crollo quando torno a casa dal lavoro. Riesco a malapena a preparare la cena o a guardare la TV.

Venerdì, sono ansiosa. Mi ci vuole fino all'ultima oncia di forza che ho in corpo per tenere le mani a posto.

Alle dieci non ho più energie. Raccolgo le mie cose, chiedendomi se bere il caffè di merda nella cucina dell'ufficio o prendermi venti minuti per prendere un latte alla vaniglia nel locale dall'altra parte della strada.

Nick mi trapassa con lo sguardo. C'è intenzionalità nel suo sguardo, ed è più che professionale.

Vince il latte alla vaniglia.

«Sta bene, signorina Wilder?» chiede.

«Dobbiamo darci del lei in ufficio?»

«Rende più facile tenere le cose separate.» Si avvicina abbastanza da toccarmi. «C'è qualcosa che la preoccupa. Lavoro o vita privata?»

«Un po' tutte e due.»

«Cos'è più urgente?»

«Il lavoro.»

Il suo sguardo va all'orologio sul muro. «Ho una conference call. Torni qui per pranzo. Ordinerò il nostro take away per le 12.30, ma la voglio qui a mezzogiorno.»

«Per parlare?»

«No.»

Oh... Considero l'idea di fare la timida, ma non è proprio il mio forte. «Mezz'ora è abbastanza?»

«Non quanto vorrei.» Un lampo di determinazione gli attraversa gli occhi. «Ma mi assicurerò che lei venga almeno due volte.»

Arrossisco. Non ho altre risposte oltre a "cazzo, sì". Faccio un cenno di saluto e raggiungo la porta. «Certo, signor Marlowe. Non vedo l'ora.»

Improvvisamente, non ho più bisogno del caffè. Sono completamente sveglia.

A MEZZOGIORNO MENO CINQUE VADO NELL'UFFICIO DI NICK CON tutta la fiducia in me stessa che riesco a mettere insieme.

La porta è abbastanza aperta da poter vedere all'interno.

È seduto dietro la sua scrivania. Senza giacca, con le maniche arrotolate fino ai gomiti.

I suoi occhi incrociano i miei. Mi fa un cenno *vieni qui.*

Entro. Non c'è cibo sulla sua scrivania. Nessun piatto o argenteria.

Posso farlo. «Devo chiedere una cosa.»

«Dopo. Chiudi la porta a chiave.» I suoi occhi lampeggiano di desiderio.

Quando siamo insieme, da soli, con la porta chiusa…

Lo fisso di nuovo. «È importante.»

«Ne parleremo dopo.»

C'è qualcosa nella sua espressione. Non solo desiderio, ma anche bisogno. Ha bisogno di me.

Dio sa quanto voglio che mi tocchi. È stata una sofferenza comportarsi in modo professionale per tutta la settimana.

Spingo la porta e faccio scattare la serratura.

La sua voce è un comando. «Togliti il vestito.»

Slaccio il vestito e me lo sfilo dalle spalle.

Mi cade ai piedi.

Lui mi scruta da capo a piedi lentamente, come se stesse assorbendo tutti i dettagli. Gli si dilatano le pupille. Schiude le labbra.

Dio, il desiderio lo fa sembrare ancora più bello.

Questa conversazione può aspettare. Ho più bisogno di quello sguardo. Prendo il reggiseno e lo sgancio.

La voce di Nick diventa roca. «Non finché non te lo chiedo.» Si alza, i suoi occhi sono ancora fissi su di me. Si avvicina. Abbastanza da toccarmi. Le sue dita mi sfiorano il fianco. Tirano le cinghie del mio reggicalze. «Lo hai messo per me?»

Annuisco. «Non mi hai toccato per tutta la settimana.»

«Ti aspettavi che ti spogliassi?»

Scuoto la testa. «No, non so mai cosa farai. Ma speravo che lo facessi. Ci ho pensato ieri sera.»

«Ti sei toccata?»

Arrossisco. Faccio sì con la testa.

Mi passa la mano sul fianco e traccia il profilo del mio reggiseno. È il più bello che possiedo, dopo quelli che mi ha regalato lui.

Mi sgancia il reggiseno e lo toglie. Gli si spalancano gli occhi mentre gioca con i miei capezzoli. «Hai fatto in fretta o ti sei presa il tuo tempo?»

«Non ci avevo pensato in questo modo.»

Il suo tocco diventa più ruvido. «D'ora in poi, fallo durare il più a lungo possibile.»

Mi dice come masturbarmi? Dovrebbe darmi fastidio che cerchi di comandare un aspetto così privato della mia vita.

Ma non è così.

Voglio fare quello che dice. Voglio compiacerlo.

Come faccio a volere compiacerlo così tanto?

Incontro il suo sguardo. «Come farai a saperlo?»

Mi pizzica il capezzolo. Il dolore mi arriva dritto nell'intimo.

Stringo le ginocchia. Punto i talloni nel pavimento.

«Lo saprò.» Mi prende il mento con la mano. «Se mi menti, è finita.»

«E se mi mentissi tu?»

«Puoi porre fine a questa relazione in qualsiasi momento.» Mi passa il pollice sul labbro inferiore. «Ma non ti mentirò.»

Lo fisso negli occhi. Questa cosa è importante. «Me lo prometti?»

«Sì.» Mi toglie gli occhiali e li mette sulla scrivania. «Ci tengo a te. Non voglio farti del male.»

I suoi occhi sono così onesti. Gli credo, credo che non mi mentirebbe mai.

Non mi fido mai di nessuno tranne che di Kat, e gli credo.

La domanda mi ribolle nelle viscere. C'è un muro tra noi e non lo sopporto. Lo conosco meglio di un mese fa, ma non è abbastanza per fidarmi di lui così profondamente.

Per pensare a lui così spesso.

Nick mi passa la mano tra i capelli e mi scioglie lo chignon. «A cosa stai pensando?»

Mi mordo la lingua. Nick non deve conoscere ogni pensiero che mi passa per la testa, ma voglio che siamo sulla stessa lunghezza d'onda su questa cosa. «Anch'io ci tengo a te. Mi spaventa quanto ci tengo a te.»

«Lizzy, non posso offrirti...»

«Lo so. Non mi aspetto che tu... Non voglio un ragazzo.» Ma voglio lui. Tutto quello che posso avere di lui.

Ingoio il pensiero. Non posso farmi coinvolgere troppo con

Nick. Non è una cosa impegnativa. Finirà più prima che poi. Lo perderò più prima che poi.

Mi fissa di nuovo negli occhi e mi passa le dita tra i capelli.

Apre la bocca come se stesse per parlare, ma non dice nulla.

Si protende in avanti. È a una spanna da me. Abbastanza vicino da baciarmi.

Chiudo gli occhi.

Aspetto.

Le nostre labbra si uniscono.

È veloce, ruvido, elettrico. La sua lingua mi scivola in bocca. Le sue mani mi affondano nelle natiche, attirando il mio corpo nel suo.

È duro. Muovo i fianchi per sentirlo meglio. Dio, è così duro, cazzo.

Il suo tocco mi accende un fuoco dentro. Il calore si diffonde dal petto fino agli arti.

Mi tremano le gambe.

Mi cedono le ginocchia.

Nick mi mette entrambe le mani sotto il culo. Mi solleva. Avvolgo le gambe intorno ai suoi fianchi, le braccia intorno alle sue spalle.

Mi mette giù sul divano. Nessun tonfo. I suoi movimenti sono precisi.

Porta le mani sui miei fianchi e mi tira giù le mutande fino alle ginocchia, poi ai polpacci, poi ai piedi.

Poi spariscono. Per terra, da qualche parte. Gli si dilatano le pupille mentre avvolge le mani intorno alle mie caviglie e mi divarica le gambe.

Sono praticamente in mostra per lui.

Mi provoca una fitta nell'intimo.

Nick si scioglie il nodo della cravatta. «Metti le mani sopra la testa. Palmi uniti.»

Obbedisco.

Mi mette la cravatta intorno ai polsi e fa un nodo stretto.

Sono sul divano del mio capo, legata e quasi nuda. Il resto

dell'ufficio è dall'altra parte di quel muro. Se facciamo troppo rumore qualcuno sentirà.

Possiamo essere scoperti.

Il calore che mi attraversa si raccoglie tra le gambe. Tengo stretti insieme i palmi delle mani. Strizzo il divano con le dita dei piedi.

Non mi sta ancora toccando.

Ho bisogno che mi tocchi.

Gli occhi di Nick incontrano i miei. «Devi tenere la voce bassa.»

Annuisco.

Mi passa la mano sul ventre. Sempre più in basso. Col pollice preme contro il clitoride. Morbido. Poi duro.

«Nick» gemo. Il piacere mi attraversa. «Quanto forte è troppo forte?»

«Non un solo decibel di più.»

Continua a stuzzicarmi con il pollice facendo dei movimenti circolari. Più pressione. Di più. È troppo. Rantolo. Lui allontana la mano.

Lo guardo di nuovo. I suoi occhi sono spalancati per l'estasi. Le sue guance sono arrossate.

Si eccita davvero ad avere il controllo.

Dio, quanto mi piace che si ecciti.

Annuisco. «Farò silenzio.»

Porta il pollice al mio clitoride, strofinandomi finché non trova il punto giusto. Gemo il più silenziosamente possibile.

Le sue dita si arricciano intorno a me. Stuzzicano il mio sesso. Sono quasi dove devono essere, ma non proprio lì.

Stabilisco un contatto visivo. È concentrato su di me, studia le mie reazioni come se la sua vita dipendesse da questo.

Mi rilasso sul divano, chiudo gli occhi, affondo i denti nel labbro per trattenermi dall'urlare.

Mi fa scivolare un dito dentro. Poi due. Mi strofina mentre spinge le dita più in profondità. Ansimo. Non posso farci niente. Il suo tocco è maledettamente intenso.

Mi monta dentro un orgasmo. Non posso fare altro che sentirlo. La tensione si accumula nel mio intimo. Ogni tocco del suo pollice la fa aumentare.

Dischiudo le labbra. Mi sfugge un gemito. «Nick, non ce la faccio a stare zitta. Devo urlare.»

«Puoi farlo.»

Io gemo. «Come?»

«Ti fidi di me?»

Riesco a malapena ad annuire.

«Guardami.» La sua voce è sotto controllo.

È vero. Dio, il piacere sul suo volto. È imperioso. Quel nodo si stringe. Con il suo prossimo tocco, si scioglie. Un'ondata di piacere si espande fino alle dita delle mani e dei piedi.

Vedo bianco, nient'altro che accecante luce di estasi mentre un orgasmo mi travolge.

Un gemito mi sale in gola. Non c'è modo di contenerlo. Non appena gemo, la sua mano mi copre la bocca e mi zittisce.

Nick prende qualcosa sullo scaffale. Un preservativo. Si slaccia i pantaloni e se lo mette.

Gli sfugge un gemito dalle labbra mentre mi afferra le ginocchia e mi solleva il sedere. Avvicina i nostri corpi. Il preservativo tira per un momento, poi Nick mi è dentro.

Io sussulto. È così bello.

Il piacere si diffonde sul viso di Nick. Tiene le mani avvolte intorno alle mie gambe, usandole come leva per spingersi più a fondo.

I suoi movimenti non sono vigorosi come nel suo letto. Sono più morbidi, come se fossero fatti apposta per non fare rumore.

Spinge quanto basta per non far tremare il divano. Mi affonda le unghie nella pelle quanto basta per spingermi a un passo dall'urlare.

Chiudo gli occhi. Concentro tutta l'attenzione sulle sensazioni nel mio corpo. Sulla fitta di dolore quando mi passa le unghie lungo la carne delicata del mio interno coscia. Sul pulsante piacere che mi provocano le sue spinte.

Voglio gemere, ansimare, urlare. Ma non ci riesco. Non m'interessa nemmeno che ci becchino. Ho solo paura che si fermi.

Mi prende le caviglie con le mani e si preme le mie gambe contro il petto. Gli aggancio le caviglie intorno alle spalle. Lui si china su di me, mi immobilizza sul divano e spinge in profondità.

Lotto contro la mia voglia di urlare. La pressione è troppa. È troppo intenso.

«Nick» gemo.

Mi fa scivolare le sue dita in bocca. È strano all'inizio, è il mio sapore. Ma sono invitanti. Morbide e dure allo stesso tempo.

Gliele succhio per tenere basso il volume.

Sempre più forte mentre lui va sempre più in profondità.

I suoi gemiti diventano più forti. Quasi troppo forti. Le sue spalle si tendono. Affonda la mano libera nelle mie natiche.

Ci sono quasi. Spingo i fianchi, ho un bisogno disperato di ogni centimetro di lui che posso ottenere. La tensione sale di nuovo. Così forte che vorrei urlare.

Invece, lo mordo.

Geme. Il suo respiro si fa pesante.

La spinta successiva mi fa esplodere. Vengo, lo spremo col mio sesso.

Per un secondo dimentico quanto sia bello vedere l'estasi sul suo volto, e non sento altro che l'intenso pulsare del mio orgasmo.

Quando finalmente riacquisto i sensi, lui è lì, che si agita, geme, mi graffia la pelle. Porta la bocca al mio collo e mi affonda i denti nella carne.

Geme mentre viene.

Si riverbera lungo il mio collo, fino alle dita dei piedi.

Nick si tira su. Si disfa del preservativo, si rimette il pacco nei pantaloni e chiude la cerniera.

Puzzerà di sesso tutto il giorno.

Come me.

Si siede di nuovo sul divano accanto a me, scioglie il nodo

della cravatta e se la rimette al collo. A parte i capelli arruffati e una camicia non proprio senza pieghe, sembra normale.

Si china per premere le labbra sulle mie. «Il nostro pranzo sarà pronto tra pochi minuti. La signora Lee ce lo porterà quando arriva.»

Quindi devo vestirmi. Nick mi aiuta a rimettermi l'abito. Mi mette gli occhiali sul viso con un tocco delicato.

C'è qualcosa di dolcemente intimo in questo. Posso quasi immaginarlo nei panni del mio marito devoto che mi aiuta con la lampo prima di un'occasione speciale.

Cos'ho che non va? Una relazione con Nick è già fuori discussione. Se continuo a pensare così, lo spaventerò, e non sono pronta a rimanere di nuovo sola.

«Dovrei ripulirmi.» Raggiungo la porta e la sblocco lentamente. «Chiedo scusa.» Entro nella stanza principale. È tranquillo. Ci sono solo tre o quattro persone e sono tutte nell'angolo opposto.

È impossibile che ci abbiano sentito.

Vado in bagno. Il mio trucco non è una disastro totale. I miei capelli invece… li lego in una coda di cavallo incasinata. Ecco. Non è terribile.

Ora non resta altro da fare che chiederglielo.

Quando torno nell'ufficio di Nick, è pulito e ordinato, come se non fosse successo niente. Riordina la scrivania in modo che le sue cose siano da una parte e il nostro pranzo da asporto dall'altra.

«Curry verde o rosso?» Mi fa cenno di sedermi.

«Verde.» e mi siedo.

Mi porge un contenitore di plastica. Tolgo il coperchio e gli odori di galangal, lime e peperoncino mi arrivano al naso. Mi brontola lo stomaco. Sembra buonissimo.

Tuttavia, aspetto che Nick sia seduto di fronte a me, e che tutto sia diviso ordinatamente sui piatti di carta.

Mi porge una forchetta di plastica. «Di cosa vuoi parlare?»

Mi scervello per trovare un modo di spiegarlo senza rivelare la mia fonte o mentire. «Ho sentito dire una cosa. Puoi chiamarlo un pettegolezzo.»

«Da chi?»

«Non posso dirlo. Ho promesso di mantenere il segreto.»

«Allora non dovresti chiedermelo.»

La sua espressione è dura, è tornato su un piano professionale.

Giocherello col cibo. «Non vuoi sapere cos'è?»

«I segreti degli altri hanno un peso.»

«Oh.»

«Puoi chiedermelo, ma non posso promettere di tenerlo riservato.»

Inforco un peperone. «Ho sentito dire che qualcuno dell'azienda sta cercando di vendere il progetto Haley.»

Si fa visibilmente preoccupato. «Da chi?»

«Nick. Non posso dirlo.»

Aggrotta la fronte.

«Mi è sembrato strano. Quel progetto significa tutto per te. Ma tu sei molto...» Distolgo il viso così che Nick non possa guardarmi negli occhi. «...enigmatico. Ho pensato di chiedertelo.»

Anche senza voltarmi, so che mi sta fissando.

«Lizzy, chi te l'ha detto?» La sua voce si fa roca.

«Non posso dirlo.»

«Posso solo tirare a indovinare la fonte delle tue informazioni. È stato Blake Sterling?»

Non dico nulla.

Nick sospira. «Non posso parlarne con te.»

«Perché non voglio rinunciare alla mia fonte?»

«No. La tua fonte è ovvia. Non c'è nessun altro che condividerebbe questo tipo di informazioni con te.»

«Forse c'è un amministratore delegato di un'altra azienda di informatica che vuole scoparmi. Sei tu che hai detto che gli uomini mi troveranno irresistibile.»

Liquida il mio commento con un cenno. «Non dovresti essere così imprudente con le tue domande.»

Spingo indietro la mia sedia. «Te l'ho chiesto perché mi fido di te.»

«È stato imprudente.»

«Quindi non dovrei fidarmi di te?» Stringo le mani. «Voglio aiutarti.»

«Non puoi.»

«Ma...»

«Non insistere. Non sono affari tuoi. Non avresti dovuto chiedere.»

«Ma Nick. Sei arrabbiato. Non devi parlarmi come tua collega, ma siamo amici... Non è vero?»

«Sì.»

In qualche modo, sembra un *no*. Sembra un *vai via.* Sembra un *questo è il mio fardello e non voglio il tuo aiuto.*

C'è tanto dolore nella sua espressione, ma mi chiude fuori. Ogni impulso che ho in corpo mi sta implorando di cancellare quel dolore. Di baciarlo, o di accarezzargli i capelli, o di sussurrargli all'orecchio che andrà tutto bene.

Non voglio mai farlo. Non so nemmeno come si fa a consolare qualcuno. Ho provato e fallito alcune volte quando Kat era turbata.

Ma so come resistere al conforto di un'altra persona. E in questo momento, Nick sta resistendo al mio aiuto.

E dovrebbe andare bene così. Se questa è davvero una relazione non impegnativa. Se siamo davvero solo trombamici.

Batto le dita contro la gonna. Do qualche morso al mio cibo, ma non ha alcun sapore. Non lo voglio più.

Non va bene.

È vicino a me, ma non è qui. È perso da qualche parte nella sua testa.

Ci sono passata con tante altre persone. Ma non con lui. Non più.

Stargli seduta accanto e sentirmi sola è troppo difficile.

Mi alzo e mi liscio la gonna. «Chiedo scusa. Devo fare una telefonata. Devo andare. Grazie per il pranzo, ma non ho molta fame.»

«Lizzy...»

«Vuoi stare da solo. Non voglio intromettermi.»

Mi fissa di nuovo, un muro di pietra. «Ci vediamo alle sette per controllare il tuo lavoro.»

Gli do dieci secondi per dirmi che mi sbaglio, per chiedermi di restare.

Non lo fa.

Capitolo Dodici

Pranzo con le merendine della sala relax e mi immergo nella programmazione. C'è molto da fare. Mi aiuta a non distrarmi.

Alle sette in punto, Nick arriva alla mia scrivania per controllare il mio lavoro. Siamo le uniche persone in ufficio. Le luci sono spente.

È calmo e distaccato. «Stai bene?»

«Niente che non possa superare.» Prima o poi. Mi schiarisco la gola. «Hai bisogno che resti?»

«Sì.» La sua postura si irrigidisce. Si gira verso lo schermo e indica una mezza dozzina di errori. «Questa parte è buona. Puoi finirla domani.»

«Grazie. Buona serata.» Trovo il mio cappotto appeso allo schienale della sedia e vado a mettermelo.

Nick mi aiuta a infilarmelo. I suoi occhi incrociano i miei, ma non dice nulla.

A CASA SPINGO I MOBILI DA PARTE, STENDO IL MIO TAPPETINO DA yoga e mando in streaming un video vinyasa molto veloce.

Spingo troppo. La mia schiena la pagherà presto. Non posso farci niente. Ho bisogno di liberarmi dai miei pensieri.

Fa male vedere Nick che soffre.

Molto più di quanto dovrebbe.

Bussano alla porta. Dev'essere un vicino che ha bisogno di qualcosa.

Mi asciugo il sudore dalla fronte e mi dirigo verso la porta. «Sì?»

«Vorrei parlarti.»

Nick.

Apro la porta. «Perché?»

Il suo sguardo va al mio stomaco scoperto. Scruta lentamente il mio corpo.

Mi viene un nodo allo stomaco. Adoro il modo in cui mi guarda. Non posso farci niente.

«Posso entrare?» La sua voce è uniforme.

«Certo.» Gli faccio cenno di seguirmi e mi metto sul letto.

Nick mi guarda negli occhi. «Mi dispiace.»

Deglutisco a fatica. «Davvero?»

«Sì. Apprezzo che tu voglia aiutare.»

«Davvero?»

Lui annuisce. «Ma nessuno può farci niente. Ho una quota di un terzo della società. Gli altri soci non hanno bisogno del mio permesso per vendere. Avrei dovuto spiegartelo.»

Gli faccio segno di sedersi sul letto accanto a me. «Non sopporti perdere il controllo, eh?»

«Già.» Si siede accanto a me.

«È per questo che ti piace il BDSM?»

«Preferirei non parlarne adesso.»

«Sono felice di non essere la tua ragazza. Scommetto che sentirei queste parole ogni singolo giorno.»

«Probabilmente.» Mi tira in grembo. «Vorrei farmi perdonare. Portarti da qualche parte domani sera.»

«Dove?»

«È una sorpresa.»

«Devi darmi un indizio se vuoi che sia d'accordo.»

«Avrai la possibilità di mettere alla prova la tua filosofia di vita.»

«Questo è il peggior indizio che io abbia mai sentito.»

Mi cinge la vita con le braccia. «Avrai la possibilità di correre un rischio.»

«Questo è un po' meglio.»

Lui sorride. «Dovrei lasciarti continuare la tua serata.»

Ma non se ne va. Mi tira più vicino. Mi preme le labbra sul collo. Sulla guancia. Sulle labbra.

Dio, ha un buon sapore.

Quando il bacio finisce, lo fisso negli occhi. C'è la stessa solitudine, come se gli facesse male non potermi parlare.

Colpisce in profondità. Non mi piace vederlo solo. È troppo familiare. Troppo doloroso.

«Perché non rimani?» chiedo. «Possiamo cenare e guardare il secondo film di Terminator. È meglio del primo.»

Si guarda intorno come se avesse paura di intromettersi. Nick non ha mai amato nessuno. Possibile che non abbia mai passato la notte nell'appartamento di una donna a fare altro che scoparc?

«Devo fare la doccia» dico. «Ma per il resto, sei il benvenuto.»

«Ok.»

«Ok.» Sorrido molto più di quanto non voglia. «Vuoi ordinare la cena o vuoi un panino al formaggio?»

«Ordinerò qualcosa di piccante.»

BANCHETTIAMO PER TERRA A BASE DI CIBO CINESE SUPER piccante. Zuppa agrodolce, pollo Kung pao, fagiolini fritti. È genuino, la giusta quantità di olio e sale. Non come il cibo da asporto ricco e sano che piace a mia sorella.

Dopo cena, guardiamo *Terminator 2: Judgment Day*. Non c'è nessun posto dove sedersi se non il mio letto.

Nick si mette dietro di me con le gambe intorno ai miei fianchi e il petto contro la mia schiena.

Nel film ci sono molti più incidenti d'auto di quanto ricordassi. Chiudo gli occhi e mi appoggio al suo corpo. Mi attira più vicino. Mi accarezza i capelli.

È così caldo.

Morbido e duro allo stesso tempo.

Anche se è ancora in giacca e cravatta, non è rigido o impacciato. È a suo agio. È passato così tanto tempo da quando mi sono sentita così bene, così al sicuro.

Tengo gli occhi chiusi mentre mi sciolgo tra le sue braccia. Non dovrei addormentarmi così, ma non riesco a resistere...

Mi sveglio che è buio. C'è un peso che si sposta sul letto. Nick. Se ne sta andando. La TV è spenta.

«Hai finito il film?» chiedo.

«Sì.»

«Non è stato dolce, alla fine?»

Annuisce.

«Scusa se ti ho chiamato robot. Non te lo meritavi.»

«Sì invece.» Mi bacia. «Buona notte, Lizzy.»

«Buona notte, Nick.»

Capitolo Tredici

Mi sveglia un messaggio di Nick.

Nick: Ho lasciato un pacco alla reception del tuo palazzo. Verrò a prenderti alle 8:00. Partiamo alle 8:30.

Lizzy: Cosa facciamo con quei trenta minuti?

Nick: Non ci vai per il sottile.

Lizzy: Dacci un taglio. Mi sono appena svegliata. Riproviamo. Hai intenzione di passare quei trenta minuti a scoparmi?

Nick: No.

Gli mando un'emoji con la faccina accigliata.

Nick: Sai cosa diceva mia madre quando mi vedeva accigliato?

Lizzy: "Non piangere. Un giorno sarai un miliardario".

Nick: "Non fare il broncio. Ti verranno le rughe".

Lizzy: Non ha funzionato. Sei sempre accigliato.

Nick: Ti scoperò stasera. Dopo.

Questo gli fa guadagnare un emoji con la faccina sorridente. Lascio il telefono sulla scrivania e scendo di sotto. Come previsto c'è un pacco per me. Il portiere me lo consegna con un sorriso malizioso.

Ricambio il sorriso nonostante abbia voglia di dirgli di farsi gli affari suoi.

È difficile sentirsi arrabbiati quando sono impegnata a sognare le belle immagini che la promessa di Nick evoca.

Ci sono tantissime possibilità. Potrebbe scoparmi qui, o nel suo appartamento, o in ufficio, o dovunque stiamo andando.

Il pacchetto non è molto utile come indizio. È un abito da cocktail viola e un set di lingerie nella stessa tonalità di ametista. Reggiseno senza cuciture e perizoma striminzito. Entrambi sono di morbida seta.

È sexy.

Ma cosa diavolo significa?

Bussano alla porta esattamente alle 8 di sera.

Nick.

«Solo un minuto.» Mi tolgo i vestiti da casa, mi infilo il completo reggiseno e mutandine viola e apro la porta.

Nick è dannatamente bello nel suo elegante vestito nero. Meglio con gli occhi spalancati.

In qualche modo, non c'è sorpresa nella sua espressione. È freddo, composto.

Entra, chiudendosi la porta alle spalle.

Mi mette le mani sul culo. Mi solleva e mi preme contro il muro. Tutto il calore del suo corpo si fonde con il mio.

Siamo vicini e mi fissa negli occhi con un'espressione che non so collocare.

«Stai cercando di provocarmi?» Mi affonda le unghie nella pelle.

L'esplosione di dolore mi risveglia tutti i sensi. Gli passo le mani tra i capelli.

Per una volta, posso toccarlo. È dannatamente bello toccarlo.

«Sei arrabbiato perché ho risposto alla porta in lingerie?» Premo il corpo contro il suo. «Lingerie che mi hai mandato tu?»

«No.» Mi raschia il collo con i denti.

«Sembri arrabbiato.»

Muove i fianchi, bloccandomi contro il muro. «Mettimi le mani sulle spalle.»

Lo faccio.

Nick mi abbassa la coppa del reggiseno e mi fa saltare fuori il capezzolo. Mi lascia una scia di baci lungo il collo e sul petto, fino a quando la bocca è intorno al capezzolo.

Mi morde.

Cazzo.

Mi si contrae il sesso. Fa male, ma in modo molto piacevole.

Lo fa di nuovo, un po' più forte.

«Nick.» Stringo le cosce attorno ai suoi fianchi. «Non so cosa stai facendo, ma per favore continua a farlo.»

Mi morde ancora e ancora, sempre più forte. Ogni volta la mia carne brucia dal dolore.

Gli tiro la giacca del vestito. Stringo le gambe intorno al suo corpo.

Mi preme il palmo contro il sesso, sopra le mutandine. Mi eccita. Dio, voglio che mi tocchi.

Quando mi morde di nuovo, guaisco. Lui non si ferma. Si limita ad andare più forte. Chiudo gli occhi per concentrarmi sul dolore, sul modo in cui il mio corpo urla per lui. È intenso, ma riesco a gestirlo.

Più forte.

Più forte.

«Ahi.» È troppo. Gli tiro la giacca. «Giallo.»

Fa più piano poi passa all'altro capezzolo e lo stuzzica senza pietà. Il suo palmo sfrega contro le mutandine, premendomi la seta contro la pelle.

Rinuncio a capire le sue intenzioni e mi arrendo al bruciore del dolore, alla pulsazione dell'attesa nel mio intimo.

Lo voglio così tanto che riesco a malapena a respirare.

Mi morde fino a farmi gridare. I suoi occhi incrociano i miei. Sono pieni di desiderio ma è ancora molto calmo e composto.

Senza smettere, mi morde di nuovo.

Cazzo. È troppo. «Rosso.»

Nick si muove, mi libera e mi mette a terra. È duro. È duro, ma è composto senza sforzarsi.

Mi passa i polpastrelli sulla guancia, guardandomi negli occhi come se volesse assicurarsi che io stia bene.

«Che cosa doveva essere?» chiedo.

«Mi hai provocato. Ti ho provocato anch'io.»

Ok... ha senso. Più o meno. Forse meno. Cerco di trovare un indizio nella sua espressione. Sembra quasi che sia frustrato.

Il mio sguardo va al rigonfiamento che ha nei pantaloni. Sembra un problema frustrante.

Cazzo, è una tortura anche solo guardarlo senza averlo tra le mani o in bocca o nella fica.

«Volevi scoparmi» dico.

Non batte ciglio.

«L'hai quasi fatto.» Non posso fare a meno di sorridere. «Ti ha fatto incazzare il fatto di voler andare contro il tuo editto. Di volermi così tanto.»

«A nessuno piace uno che non sa perdere.»

Il mio sorriso è molto compiaciuto. «Abbiamo venticinque minuti. Non c'è motivo per non sfruttarli.»

«Dopo.» Va alla mia scrivania. «Quanto conosci il Texas Hold 'Em?»

«Bene, credo. Ho programmato quel bot un anno fa. Ho giocato un paio di volte da allora. Perché? Se ci sapessi giocare, mi scoperesti?»

«Sì.»

Accidenti. Pessimo momento per non conoscere una variante del poker. Studio l'espressione di Nick. Non è ferrea, ma è determinata. Otterrà ciò che vuole. Tanto vale che mi metta i vestiti.

Mi infilo il mio abito da cocktail e gli presento la schiena. «Chiudimi la lampo.»

Le sue dita indugiano sulla mia pelle esposta. Mi manda una fitta di lussuria dritta nell'intimo. È una tortura sapere che non mi toccherà come si deve fino a più tardi.

È una tortura anche per lui?

Prende un mazzo di carte dalla tasca della giacca e fa un cenno verso la scrivania.

Mi siedo. «Non è stato difficile insegnare le statistiche al bot. La parte difficile è stata insegnargli quando bluffare.»

«Il tuo programma era l'IA di poker più ambiziosa che abbia mai visto.»

«Davvero?»

Annuisce.

Sono raggiante. C'è affetto nella sua espressione. Mi riscalda ovunque. «Perché stiamo parlando di poker?»

«Stasera giochi in un torneo.»

«Non è possibile, perché vorrebbe dire che mi hai iscritto a un torneo senza il mio permesso.» Incrocio le braccia. «Non posso giocare per soldi. E certamente non… Nick, hai pagato una quota di partecipazione per me?»

«La posta non è alta.»

«Sono abbastanza sicura che abbiamo idee diverse su cosa voglia dire posta alta.»

«Il piatto è di circa cento mila dollari. La maggior parte dei giochi seri sono due o tre volte tanto.»

Improvvisamente mi manca il fiato. Centomila dollari. Spiccioli per Nick. Una fortuna per me. Per qualsiasi persona ragionevole.

Mi mette i capelli dietro l'orecchio. «La quota d'iscrizione era di circa quattromila dollari. Ci sono trenta giocatori. I primi sette ne escono vincitori. Qualsiasi cosa dopo l'ottavo posto e si torna a casa senza niente.»

Prendo le sue carte e gliele premo contro il petto. «Non puoi pagare la mia quota d'iscrizione. Uh-uh. Non esiste, cazzo.»

«Consideralo un investimento. Dividiamo la tua vincita, fifty-fifty.»

Che mucchio di stronzate. «Troverai qualche scappatoia per costringermi a tenere tutti i soldi.»

Mescola il mazzo e lo mette sulla scrivania. «No. Te lo

prometto. Ne teniamo metà ciascuno.» Allunga la mano per stringerla.

Non la prendo. «Il gioco d'azzardo è illegale.»

«Non dirmi che hai paura del rischio.»

«Sono i tuoi soldi.»

«Ormai ho pagato.»

Distribuisce le carte. Tre a faccia in su. Due coperte a ciascuno. «Conosci le regole?»

«Sì.» Lo fisso in quei suoi profondi occhi castani. «Farai qualche stronzata come spendere tutta la tua vincita in lingerie per me.»

«La lingerie è un regalo per me tanto quanto lo è per te.»

Faccio un cenno verso la porta. «Non sembrava.»

«Non ti è piaciuto?»

Arrossisco. «Allora perché...»

«Ti piace essere provocata. Ti piaceva che ti provocassi. Cosa c'è da spiegare?»

«Ma a te non... non sembrava che ti piacesse.»

«Sì invece. Mi piaci quando sei così vogliosa e disperata.»

Questo spiega molte cose.

Passa la punta delle dita sulla scollatura del mio vestito.

«Nick...»

Mi preme le labbra sul collo. «Voglio buttarti su quel letto, strapparti le mutandine e scoparti finché non urlerai il mio nome.»

Dio, è bravo a provocarmi. È su un altro livello.

«Sei malvagio» gemo.

Mi libera e si inginocchia accanto alla scrivania. I suoi occhi incontrano i miei. «Una volta, una donna saggia mi disse che è un bene volere le cose. Ti fa capire che sei vivo.»

«Saggia, eh? Sei sicuro che non stesse cercando di manipolarti?»

«Stava flirtando. A modo suo.» Sorride e mi passa i polpastrelli sulla guancia.

Il tocco è così dolce, così intimo. Mi manda un brivido lungo la schiena. Me lo fa desiderare su tutt'un altro piano.

La sua voce diventa più dura. «Indossi quella lingerie per me.»

Non è una domanda. Annuisco comunque.

«Questo mi eccita. Sapere che sei mia. Sapere che vuoi la mia attenzione.»

Se sono sua come fa a essere una relazione non impegnativa? Ricaccio in gola la domanda. Devo preoccuparmi di non perdere quattromila dollari. Non posso gestire altre distrazioni.

Mi fa scorrere i polpastrelli sulla nuca mentre mi passa in rassegna una dozzina di casistiche come esempio. Ricordo le regole, le statistiche, le strategie. Certo, so bluffare bene, e so come decifrare gli altri per capire quando vedere e quando lasciare, ma non c'è modo di competere con qualcuno che prende il poker seriamente.

Tanto vale che Nick dica addio ai suoi quattromila dollari.

Prendiamo la metropolitana fino a un palazzo di lusso di fronte all'Hudson. Una parola d'ordine al portiere ci permette di accedere al piano attico.

Il covo del peccato è uno splendido appartamento con una vista incredibile. La sala principale ha un bar, sedie a sdraio e varie possibilità di gioco d'azzardo. Non solo poker stasera: c'è la roulette, i dadi, il blackjack.

Nick fa un cenno verso una stanza sul retro. È di un giallo brillante per via delle luci fluorescenti, in qualche modo ha un'aria minacciosa e sterile allo stesso tempo. La maggior parte della stanza è nascosta alla vista, ma riesco a scorgere un tavolo da poker e diverse sedie disposte in cerchio.

«Questo è il primo torneo. La posta in gioco diventa più alta man mano che si va avanti.» Mi prende il cappotto e lo appende a un attaccapanni. Mi rimette le mani sulle spalle, il suo tocco è gentile. «Sei pronta?»

Annuisco. «Sei proprio un ragazzaccio a infrangere la legge in questo modo. Forse dovrei punirti.»

Lui sorride. «Non ti conviene.»

Non ammetto nulla.

Però sa di avere ragione. Lo vedo nel suo sorriso presuntuoso. Mi piace.

Mi piace il modo in cui sorride, il modo in cui gli si illuminano gli occhi e gli si allargano le guance.

Ho questa leggerezza in corpo. Tutto grazie al sorriso di Nick.

Controlla l'orologio e fa un cenno verso la stanza sul retro. Lo seguo.

La stanza è abbastanza grande per tre tavoli. Ci sono circa trenta persone. Per lo più uomini. La maggior parte di loro strabuzza gli occhi quando mi vede.

Mi fissano il petto, si leccano le labbra. La scollatura è una distrazione astuta. Non avrei mai pensato che Nick avrebbe sponsorizzato una tattica da due soldi del genere.

Forse mi sbaglio sul fatto che sia un uomo d'onore.

Il maestro del torneo dirige la nostra attenzione su una lavagna bianca con la disposizione dei posti a sedere. È ora di iniziare.

Nick mi stringe così forte che riesco a malapena a respirare. Dio, mi sento bene così. Lo abbraccio di nuovo, poi sposto tutta la mia attenzione sul gioco.

Forse quattromila dollari non sono niente per lui, ma sono molto per me. Devo fare del mio meglio per raddoppiare i suoi soldi. Non voglio essere in debito con lui.

Trovo il mio posto e osservo i miei avversari. Ci sono altri sette giocatori. Cinque sono tipici uomini d'affari sulla quarantina. Uno è più un playboy presuntuoso, più giovane. Uno è una donna anziana.

All'inizio, mi trattengo, seguo l'energia del tavolo. Al quarto giro, mi sono fatta un'idea dei miei avversari. Il playboy presuntuoso è, come avevo immaginato, eccessivamente sicuro di sé. La donna più anziana si tocca il naso quando ha una buona mano. Dei cinque tipici uomini d'affari, solo uno è difficile da interpretare. Agli altri quattro gli si legge in viso che carte hanno.

Le mie puntate diventano più aggressive. Vedo tre bluff e mi ritrovo con più della metà del piatto. I giocatori escono uno alla volta, finché siamo solo io e la donna anziana.

Il maestro del torneo cambia tutti i posti. Di quattro tavoli ne sono rimasti due. Ho nuovi avversari. Cinque questa volta. Mi prendo il mio tempo per capirli, poi divento aggressiva, bluffo quando ho una possibilità decente, vedo le carte di chiunque vacilli o si morda il labbro un po' troppo a lungo.

Nick è in disparte con un'altra dozzina di persone. Tira fuori il telefono, lo guarda attentamente e si acciglia. Sua madre gli ha davvero detto di non accigliarsi? È un accigliato cronico. Ha un fardello enorme sulle spalle. Lo detesto. Detesto quando si acciglia. Voglio che sorrida, che mi abbracci e...

Cazzo.

Tocca a me puntare e non ho idea di cosa stia succedendo al tavolo. La mia mano è così così, ma siamo solo io e un altro uomo d'affari che punta alto.

Lascio. Non vale la pena rischiare.

La mia attenzione torna al gioco, ma mi si è piantato qualcosa nella mente che mi distrae. Qualcosa preoccupa Nick. Non mi piace che qualcosa lo preoccupi.

In qualche modo, gioco bene anche mezza distratta. Nessuno capisce se sto bluffando. Dopo una dozzina di giri, siamo scesi a sei giocatori e un tavolo.

Sono già tra i vincitori.

Qualunque cosa io faccia, non perderò i soldi di Nick. Il che significa che tutto il rischio è mio.

Mi concedo di fare un gioco più aggressivo. Gli uomini al tavolo mi guardano come se mi trovassero divertente. Non importa. Sono abituata alle persone che mi sottovalutano.

Mi diverto a chiamare i loro bluff. È meno bello quando il full di un tipo batte la mia doppia coppia, ma cosa ci si può fare? È il poker.

Al tavolo restano in quattro.

Tre.

Io e due uomini. Il più vecchio mi guarda come se pensasse che sono un'idiota. Rilancia, raddoppiando il piatto. L'altro tipo lascia.

Siamo solo noi due.

Ho una buona mano. Due re con un terzo re sul tavolo. Chiamo.

La prossima carta è una regina, anch'essa di cuori, ma le probabilità di fare scala sono basse. Una scala colore è praticamente impossibile.

Punto alto. Il tipo chiama.

L'ultima carta è il dieci. Anch'esso di cuori.

Il tipo punta tanto alto che devo lasciare o vedere. Mi sta sfidando.

Studio la sua espressione. È un bluff. So che è un bluff.

È ora di fare le cose in grande o di andare a casa. Vedo.

Non resta altro da fare che girare le nostre carte. Comincio io. Lui annuisce, senza rivelare nulla.

Poi lui.

Fanculo.

Ha la scala reale.

«Bella giocata.» Faccio un cenno di saluto e torno verso Nick. Ero sicura che quel tipo stesse bluffando, ma la mia mano non giustificava una puntata così alta. Ecco come va a finire quando mi fido del mio istinto.

Nick mi massaggia le spalle. La sua bocca si sofferma sul mio orecchio. «Non fare il broncio. Ti verranno le rughe.»

Rido.

«Hai appena vinto ventimila dollari. Diecimila se conti solo la tua metà.»

No, non può essere vero. Lo guardo in faccia in cerca di un segno che stia scherzando, ma non c'è.

Lui annuisce.

Io scuoto la testa.

«Il terzo posto prende il diciotto per cento del piatto.»

Faccio i conti a mente. Ha ragione. Mi si agita lo stomaco. «Cosa dovrei fare con tutti quei soldi?»

«Spenderli.»

«In cosa?»

«C'è una cassaforte nel tuo appartamento, se vuoi tenerli da parte.»

«Non ti offrirai mica di aiutarmi a riciclarli?»

«No.»

«Quando me li danno?»

Nick mi passa una mano tra i capelli. «Da quando sei così impaziente?»

«Phoenix Marlowe, non fare giochetti con me.»

Sorride. Niente più angoscia, niente più frustrazione. Sorride.

«Possiamo ritirarli prima di partire o posso farli portare in ufficio.» Mi passa i polpastrelli sul collo. «Non torno a casa a piedi con una valigetta piena di soldi. Se li vuoi ora, prendiamo una macchina.»

Cazzo. Non ci avevo pensato. È così tardi che la metropolitana passa solo ogni ora o giù di lì.

«Ti va bene prendere una macchina?» chiede.

Deglutisco a fatica. Il mio impulso mi dice di fare la forte, di rispondere di sì. Ma il modo in cui mi sta toccando....

«Non lo so» sussurro. «Possiamo riesaminare l'argomento dopo aver fatto sesso?»

Ride. «Spero che tu non cambi mai, Lizzy. Sei perfetta così come sei.»

Le parole sono dolci, ma mi confondono.

Annuisco come se il suo affetto non mi turbasse.

Capitolo Quattordici

Seguo Nick attraverso la lounge del casinò improvvisato. Il mio sguardo è attratto da qualsiasi posto con del potenziale. I box sono troppo visibili. Il bagno è troppo trafficato. Tutte le stanze sono occupate.

Nick mi conduce alle scale nell'angolo.

Oh. L'attico ha un secondo piano.

La scala è splendida. Pavimenti in marmo, ringhiera in acciaio inossidabile. Le grandi finestre di vetro si affacciano su una dozzina di grattacieli del centro.

La mia attenzione va subito alla cima dell'Empire State Building. Oggi è illuminato di viola. Sono sicura che è per l'Università di New York, ma mi sembra che sia per me.

Per noi.

La porta si chiude a scatto alle nostre spalle. Non c'è nessuno qui, ma nulla impedisce che qualcuno ci segua.

Che ci becchino.

Nick fa scivolare il braccio intorno alla mia vita. «Hai giocato bene.»

«Sono stata arrogante.»

Mi fa passare le dita sulla schiena lungo la parte bassa del mio vestito fino a trovare la lampo. «Ti penti della puntata?»

«No. Valeva la pena rischiare.»

«E adesso?» Tira giù la lampo. Poi la spallina sinistra.

La spallina destra.

Faccio un passo indietro finché non sono schiacciata contro il muro. Sono rivolta verso la porta. Se qualcuno entra, mi vedrà. Al momento sono mezza vestita, ma presto sarò nuda.

Mi si contrae il sesso.

«Lizzy, ti ho fatto una domanda.» Nick mi tira il reggiseno da parte e fuoriesce il seno. Coi polpastrelli gioca con il mio capezzolo.

Ogni tocco manda una fitta di desiderio al mio intimo. Sono esposta a lui. A chiunque entri. È pericoloso ma è esaltante.

Annuisco. «Sì, vale la pena rischiare.» Rischiare di essere beccata. Di innamorarmi perdutamente di qualcuno che perderò.

I suoi occhi scuri si riempiono di aspettativa.

I miei pensieri scivolano via.

Inarco la schiena e stringo le palpebre mentre lui mi stuzzica.

Schiudo le labbra. Niente più pensieri. Solo questo.

«Nick» gemo. «Per favore.»

Tira via l'altra spallina del reggiseno, così sono come in topless.

Le sue labbra trovano le mie mentre mi tocca i seni. Mi bacia in profondità, lentamente. Non è il bacio di due persone che scopano freneticamente su una scala. È un bacio intriso di affetto.

Non impegnativa. Non è una cosa impegnativa. Cerco di ricordarmi i suoi termini, ma c'è così tanto sentimento nel suo bacio.

Preme il corpo contro il mio, bloccandomi al muro. È duro. Sposto i miei fianchi di qualche centimetro per strusciarmi contro di lui.

Mi preme le labbra sul collo. «Implorami.»

Non esito. «Ti prego, scopami.»

«Continua.»

«Ti prego, Nick. Ho bisogno di te. Sono disperata da quando sei arrivato nel mio appartamento. Da quando mi hai detto che mi avresti scopato questa mattina.»

Mi fa scivolare il vestito giù dai fianchi. Cade a terra. Invece di togliermi il perizoma, lo spinge da parte. Il suo dito mi stuzzica, ancora, e ancora.

Lo bacio più forte. Ho bisogno di più di lui. Ho bisogno di toccarlo. Gli metto le mani in cintura.

In un istante toglie le mani dal mio corpo e fa un passo indietro. I suoi occhi si annebbiano come se venisse tirato da un'altra parte.

«Non vuoi che ti tocchi?» chiedo.

Mi afferra i polsi. «Posso farlo solo alle mie condizioni.»

Si irrigidisce. Tutto a modo suo o niente.

Lo guardo negli occhi. «Va bene se non vuoi che ti tocchi. Voglio solo sapere.»

«Voglio che mi tocchi.» Preme il palmo contro il mio sesso. «Ma non ancora.» Mi spinge da parte il perizoma e mi strofina il clitoride.

Non vuole parlarne.

Posso rispettarlo, anche se ho una voglia matta di mettergli le mani addosso.

Anche se odio la traccia di dolore nei suoi occhi.

Premo le unghie nel palmo della mano. «Ok, le tue condizioni. Quello che vuoi, ma per favore scopami. Ho bisogno di averti dentro. Ho bisogno di sentirti venire.»

Nick allontana la mano. «Girati.»

Mi giro in modo da dargli le spalle.

Mi spinge giù il perizoma fino alle ginocchia. «Metti le mani contro il muro.»

Mi lascio comandare dalla sua voce. Premo i palmi delle mani contro il muro. Un brivido mi passa dalla testa ai piedi. Cerco di mettere da parte le mie preoccupazioni. Mi piacciono le sue condizioni.

Ne ho una voglia matta.

Nick fa scivolare due dita dentro di me. Ansimo per lo shock. Non c'è più nessuna provocazione. Va in profondità e con forza.

Mi affonda la mano nei capelli. Mi tira la testa indietro, attirando il mio corpo contro il suo.

Ci sono passi fuori dalla porta. Voci. Sono vicine.

Nick non fa nulla per rallentare. Sposta il peso. Sento una cerniera che si apre, un preservativo che viene estratto. Mi mette le mani sui fianchi e mi posiziona.

Nessuno apre la porta.

Siamo ancora soli.

Mi penetra con una rapida spinta. A fondo. Forte.

Ho un sussulto. Fanculo. Non posso sopportare di tenere il volume basso. Non faccio nulla per moderare i miei gemiti.

Mi mette un braccio intorno al bacino per tenermi in posizione. Con l'altro gioca con i miei capezzoli, uno alla volta.

Non ci sono più provocazioni. Nick continua a spingermi dentro. I suoi movimenti sono duri e veloci, come se stesse abbassando la guardia.

Io faccio altrettanto, dondolando i fianchi per andare incontro ai suoi, premendo le dita contro il muro.

Geme. Mi graffia la schiena. È un movimento duro e violento. Sicuramente lascerà un segno.

Mi sta marcando.

Dio, adoro il fatto che mi stia marcando.

Giro la testa per premere il collo contro la sua bocca. Lui mi morde. Il dolore è così intenso che distoglie la mia attenzione dall'orgasmo che mi sta montando dentro.

Non m'interessa. Ho bisogno di sentirlo venire, di sentirlo perdere il controllo.

Morde più forte.

Gemo.

Più forte.

Urlo.

Faccio un respiro profondo, rilasso il corpo nel suo, concentrandomi su ogni sensazione.

Nick è qui. In questo momento, lui è mio e io sono sua. In questo momento, esistiamo solo per appagarci a vicenda.

Mi morde di nuovo.

È troppo. «Rosso.»

Si ferma immediatamente. Porta la bocca al mio orecchio e succhia il lobo. Mi affonda le dita nelle cosce.

Il suo respiro è pesante. Erratico.

Ci sono altri passi. Si avvicinano. Più vicini. La maniglia gira.

La porta si apre di uno o due centimetri. Si chiude. Non si sa se la persona ha visto ed è scappata, o se ha cambiato idea.

Per poco non ci beccavano.

Possiamo ancora essere beccati.

Il pensiero mi fa contrarre il sesso. Lascio che i miei occhi si chiudano e mi arrendo al crescente piacere.

Nick mi mette le mani sui fianchi. Guida i miei movimenti.

Quasi. Gemo. Ci dev'essere qualcuno dall'altra parte di quella porta.

Ciononostante gemo più forte che posso.

Lui fa altrettanto. Il suono della sua estasi mi spinge al limite. Ancora una spinta e precipito in un orgasmo.

Il mio mondo è luminoso e caldo, di una tonalità di viola bellissima. Lo spremo col mio sesso mentre vengo.

Ancora qualche istante e lui è lì, a scavarmi le unghie nelle cosce, ad affondarmi i denti nel collo. È qui, con me, in questo momento.

Non voglio mai più perdermelo.

Non voglio perderlo.

Scuoto la testa per riacquistare i sensi. È solo sesso. Ti fa sentire delle cose, a volte. Offusca il giudizio.

Ma non riesco a scrollarmi di dosso il pensiero.

È come se mancasse qualcosa quando si sfila e si aggiusta i vestiti invece di prendermi tra le braccia.

Ha senso. Non possiamo restare qui.

Ma lo detesto.

Avvicina la bocca al mio orecchio. «Torno tra un minuto.»

Sale le scale e apre la porta del secondo piano. Come se sapesse qualcosa che io non so su un posto vuoto dove sistemarsi. Come se non fossi la prima ragazza che si è scopato in questa particolare tromba delle scale.

Mi concentro sui rumori fuori dalla porta mentre mi infilo i vestiti. Ci sono voci, tintinnio di bicchieri, passi, risate. Ma sembra tutto molto lontano.

Sono così presa dai suoni della stanza che non mi accorgo che Nick è tornato finché non mi avvolge con le braccia.

Non sento più freddo. Non manca nulla.

Dev'essere il sesso che mi dà pensieri strani. Faccio un respiro profondo mentre Nick fa scivolare il braccio intorno alla mia vita e mi riporta nella stanza principale.

È solo sesso.

Niente di che.

Una dozzina di persone ci guardano. Tutti sanno che stavamo scopando nella tromba delle scale.

Arrossisco, ma il rischio di imbarazzo sembra niente in confronto al rischio dei miei sentimenti.

Sorride mentre compila un modulo per raccogliere la mia vincita. Mi sciolgo. Voglio solo vederlo sorridere di nuovo.

«Sei sicura per la macchina?» chiede.

Annuisco. Anche questo sembra meno spaventoso.

Ci viene a prendere un'elegante berlina nera. L'autista mi apre la porta con un cenno educato. Entro e scivolo fino alla fine del sedile.

Mi sono sbagliata. È troppo difficile. Troppo terrificante.

Cerco di ragionare.

Sono solo dieci minuti di macchina fino al suo appartamento. I limiti di velocità in città sono bassi. La possibilità di un incidente grave in cui restare feriti è quasi nulla.

Mi tremano le mani mentre mi allaccio la cintura di sicurezza. Non posso tirarmi indietro adesso. Deluderò Nick.

Lui entra dopo di me. Nonostante la sua considerevole altezza, si siede nel sedile centrale, allaccia la cintura e mi prende la mano.

È afoso da morire ma non si lamenta.

L'autista si mette al suo posto. «Dove andiamo?»

Nick gli dà il mio indirizzo. Quindi non dormo da lui. Significa qualcosa, ma i miei pensieri sono ghirigori disordinati.

Nick mi passa le dita tra i capelli. Si china su di me. «Se è troppo, dimmelo. Possiamo andare a piedi.»

«Ma come facciamo con...» faccio un cenno alla valigetta.

«Mi inventerò qualcosa.» Mi fissa negli occhi. «Promettimi che non soffrirai in silenzio.»

Non posso mentirgli. Devo fare sul serio. Un respiro profondo. «Lo prometto.»

La macchina si accende.

Sono stata in una macchina una decina di volte dopo l'incidente, ma è passato un po' di tempo. Mi sembra che vada a scatti.

Ci immettiamo sulla strada principale. Faccio un respiro profondo.

Stiamo andando a una velocità ragionevole. Non siamo ancora morti.

L'autista frena di colpo. Stringo le palpebre. Mancano nove minuti, più o meno. Sono troppi. Non ce la faccio.

«Lizzy.» Nick mi passa le dita tra i capelli. «Va tutto bene.»

«Giusto. Non è niente.»

«Non prendermi per il culo.» Preme le labbra contro la mia fronte. «Non permetterò che qualcosa ti faccia male.»

Scuoto la testa. «Non puoi proteggermi da un'altra macchina.» Il mio corpo si contrae. Siamo ancora qui. Vado a cercare la maniglia della portiera. Non posso più stare qui dentro, ma non posso fiondarmi in strada. Stiamo andando a cinquanta chilometri all'ora.

«Va tutto bene.» Mi avvolge le braccia intorno, tenendomi stretta. «Ci sono io con te.»

Il suo tocco è così confortante. Non abbastanza per contrastare il fatto di essere in una macchina. Ma abbastanza per impedirmi di saltare fuori da quella cazzo di portiera.

È la cosa migliore che abbia mai provato, le sue braccia. Le sue labbra. La sua voce, quando è così, morbida e dolce.

Di nuovo, l'auto si ferma di colpo. Ci sono clacson che suonano.

Tutti i miei muscoli si tendono contemporaneamente.

«Non ce la faccio. Non sono abbastanza forte.» Stringo il braccio di Nick finché la pelle non gli diventa bianca.

«Sì invece.» Mi passa le mani tra i capelli. «Sei la persona più forte che conosco.»

«Non dici sul serio.»

Mi attira più vicino. «Dico solo cose che penso.»

Le sue parole mi confondono. Basta parlare. Gli tiro la giacca. Non abbastanza vicino. Gli tiro la camicia.

Mi passa le dita sulla pelle con un tocco delicato. Mi calma quel tanto che basta per rendere la cosa sopportabile.

Mi abbandono al suo conforto. Finirà presto. Posso resistere ancora qualche minuto. Anche se devo farlo con le palpebre serrate.

Respiro profondo. Cerco di dimenticare tutto tranne il tocco di Nick, ma sento ancora il movimento della macchina, sento ancora il ronzio del motore.

«Siamo quasi arrivati.» Mi passa i polpastrelli lungo il collo.

Mi appoggio alla sua mano. Mi tranquillizza. Riesco ad aprire le palpebre. Siamo vicini. Ancora qualche isolato su Broadway. La strada è vuota.

Andrà tutto bene.

Tuttavia, chiudo gli occhi per il resto del viaggio. Finalmente parcheggiamo davanti al mio palazzo. Nick mi aiuta a scendere dalla macchina, il suo tocco è morbido.

La sua mano scivola intorno alla mia vita mentre mi conduce dentro il palazzo. In ascensore.

Siamo solo noi, da soli. Mi guarda negli occhi come se mi vedesse attraverso.

Vede troppo.

L'ascensore arriva al mio piano. Nick mi fa strada. Fruga nella mia borsa per trovare la chiave e mi apre la porta.

Afferro la borsa mentre entro in casa. Ha visto troppo di me. Non posso permettergli di vedere altro. Non visti i termini di questa relazione. Farà già così male quando lo perderò. Se mi avvicino ancora di più...

Sarà insopportabile.

Entra dopo di me. Chiude la porta.

«Dovrei andare a letto. Sono stanca. E devo incontrare Kat domattina presto per un brunch.» Vado subito in bagno, mi spoglio restando in mutande, mi lavo la faccia e i denti.

È lì in piedi in corridoio, potente e intoccabile.

«Grazie per il poker. E per il resto.» Mi aggiusto il reggiseno e le mutande nella speranza di sentirmi meno esposta. Non funziona.

Gli occhi di Nick mi scrutano il corpo per un momento. Poi tornano ai miei. «Certo.» Fa un cenno alla valigetta. «Sono un uomo di parola.»

«Oh, giusto. Prendi la tua metà.»

Apre la valigetta, s'infila alcuni mazzi di banconote da cento dollari nei pantaloni, poi mi fa un cenno. «La vuoi qui o nella cassaforte?»

«Va bene lì. Sono molto stanca, ci vediamo domani.» Trovo il letto, mi infilo sotto le coperte e perdo le mutande.

È ancora lì in piedi.

«Nick, non riuscirò a dormire se stai lì a guardarmi. È strano.»

Non se ne va.

Chiude la porta, si spoglia fino a restare in boxer e si mette a letto accanto a me.

Non dico nulla. Sono senza parole da quanto è bello sentire il suo corpo contro il mio.

Da quanto mi sento più tranquilla con le sue braccia che mi avvolgono.

Da quanto è più caldo il letto con lui qui.

Capitolo Quindici

Al mattino, se n'è già andato.

Passo la giornata con Kat, ma i miei pensieri sono rivolti a Nick.

Mia sorella mi chiede una dozzina di volte cosa c'è che non va.

Ogni volta, mento e dico che non è niente.

Detesto mentirle.

Lunedì, arrivo al lavoro alle otto in punto. Ci sono bagel e caffè sulla scrivania di Nick, come se tutto fosse normale.

Le nostre due ore insieme sono intense e si concentrano esclusivamente sulla programmazione. Dopo che abbiamo finito, se ne va per una riunione.

Mi tengo occupata. Affogo i pensieri nel lavoro.

C'è un'atmosfera diversa oggi. La gente parla di qualcosa di succulento.

Stare seduta in sala relax ad ascoltare Gabriel e David bisbigliare non aiuta a rendere il mio panino fatto in casa più appetitoso. Tolgo la crosta dal pane mentre origlio.

«È il secondo mese di fila che va a San Francisco. Cos'altro potrebbe fare in quei viaggi?» Gabriel parla con la bocca piena.

«Sono sicuro che è una donna.»

«Nah, Marlowe le farebbe prendere un aereo per venire lei qui in hotel. Ha un sacco di figa a New York. Perché dovrebbe farsi tremila miglia per trovarne altra?» Gabriel guarda oltre me, verso la scrivania di Jasmine.

Lascio cadere il panino.

Mi guardano e poi tornano alla loro conversazione con sorrisi maliziosi. Sono accanto a Jasmine nella lista delle donne di New York che Nick può scoparsi.

Il che significa che non sanno che me lo sto scopando.

Questa è una buona cosa.

Ma il resto della loro conversazione è tutt'altro che rassicurante.

La voce di David spezza la mia concentrazione. «Spero che Tech Edge abbia ragione. Sto cercando di trovare una scusa per trasferirmi a San Jose.»

Carico la homepage di Tech Edge sul telefono. Eccola lì: *Google sul punto di comprare la prossima Siri.*

L'articolo è tutto una congettura. Riporta solo un fatto decente: i proprietari di Odyssey Industries stanno ricevendo offerte per il loro software di assistente virtuale IA.

Passi affrettati mi distraggono. I tacchi alti di una donna e le scarpe eleganti di un uomo.

Mi giro e ci sono Nick e Jasmine che bisbigliano mentre vanno nel suo ufficio. Aspetto che passino e poi mi nascondo dietro una scrivania ad ascoltare.

«Convocherò una riunione, ma non mentirò a nessuno qui dentro.» Lei incrocia le braccia sul petto, non ha paura di affrontarlo. «La storia è uscita due ore fa.»

«Stai spettegolando?»

«Phoenix, se stessi spettegolando te ne accorgeresti. Sentiresti gli sguardi sulla schiena mentre tutti si chiedono quanti...»

«Hai chiarito il tuo punto di vista.»

Lei gli si avvicina, abbassando la voce. «Ha già lasciato tre messaggi. Se lo incontri, scusati per l'anno scorso...»

«È fuori questione.»

«Non hai alcun controllo su questa cosa. Sai com'è fatto.»

La sua voce è morbida. «Non c'è bisogno di...»

«Questo è il mio lavoro. Non avrei dovuto accettarlo se non sono in grado di relazionarmi con uno dei comproprietari.» Si aggiusta il cardigan. «Prepara una dichiarazione per lo staff. Fisserò una riunione per le due.»

«Grazie.»

«Nick, io...»

Mi si contorce lo stomaco. Non mi piace la loro familiarità.

«È arrivato oggi in aereo.» Si morde il labbro. «Mi dispiace. Avrei dovuto inoltrare la chiamata, ma eri con la signorina Wilder e so... quanto significano per voi quelle mattine.»

«Non c'è problema.»

Condividono uno sguardo d'intesa. Non lo sopporto.

Jasmine torna alla sua scrivania. Il suo sguardo incrocia il mio e poi guarda per terra.

«Signorina Wilder.» La voce di Nick rimbomba. «Posso parlare con lei?»

Mi trapassa con gli occhi. Ha la fronte corrugata. La mascella serrata. È arrabbiato, ma non può essere tutto diretto a me. Non per una cosa così banale come origliare.

«Adesso.»

Premo le mani sui fianchi. «Certo.» Cinque passi e sono nell'ufficio di Nick, con la porta chiusa alle mie spalle.

Si trova a un metro da me. La sua espressione diventa intensa. «Chiudi la porta a chiave.»

«Cosa?»

«Devo spiegare?»

La sua intenzione è proprio lì nei suoi occhi.

Mi fissa di rimando, sfidandomi. Faccio un respiro profondo, sperando che mi torni il giudizio.

Forse ha bisogno di spiegazioni. Non so cosa vuole da me.

Ma qualunque cosa sia, la voglio anch'io.

Chiudo la porta a chiave.

Nick indica il divano. «Siediti.»

Lo faccio.

«Sbottona la camicetta.»

«Cosa stai...»

«Adesso.»

Mi slaccio i bottoni uno alla volta.

La sua espressione è per metà frustrazione e per metà desiderio.

«Hai intenzione di spiegare cosa sta succedendo?» chiedo. «Con l'azienda?»

«Presto.» Si siede sul divano accanto a me. Non è paziente oggi. Mi tocca il seno sopra il reggiseno. Il tessuto di pizzo sfrega contro i miei capezzoli, ruvido e morbido allo stesso tempo.

«Continui a indossare la lingerie che ti ho comprato.» Il suo tocco si fa più duro. «È questo che speravi accadesse?» Comincia a baciarmi il collo.

Chiudo gli occhi e il resto della stanza svanisce. Il mio mondo è Nick: i suoi denti, le sue mani, il suo respiro.

«Ti ho fatto una domanda» geme.

«Sì.»

Nick mi toglie gli occhiali. Li appoggia sul bracciolo del divano e mi afferra le ginocchia.

Mi attira sulle sue ginocchia, così sono a pancia in giù, con la faccia premuta contro il cuscino del divano. Mi passa le dita sul retro dei collant.

«Nick» sospiro. «Cosa stai facendo?»

Mi arrotola la gonna fino in vita. «Se vuoi che mi fermi, dillo.»

La mia pelle vibra sotto il suo tocco. Sono già eccitata, ma ci sono troppe sensazioni diverse che mi turbinano in testa. «È una punizione?»

«No.»

«Allora cos'è?»

«Ho bisogno di sentirti sottomettere.» Mi sfila la parte superiore dei collant dal sedere e lungo le cosce. «Se vuoi qualcos'altro, dimmi di fermarmi.»

Mi si contrae il sesso.

No. Non può fermarsi. Non ora.

Premo le mani sul cuscino. «Hai intenzione di scoparmi?»

«Stasera.»

«Mi farai venire?»

«Se non fai rumore.»

Nick mi passa le dita sulle cosce. Mi sistema in modo che ho il culo esposto, come se fossi in attesa di essere sculacciata.

Cazzo. Sono in attesa di essere sculacciata.

Il desiderio si raccoglie tra le mie gambe. Ha una tale presa su di me. Com'è possibile?

Mi stuzzica trascinando i polpastrelli sulla mia pelle. Tracciano il contorno del mio perizoma da un fianco all'altro, ripetutamente.

Mi preme il palmo contro il sesso, sopra le mie mutandine. «Cazzo, Lizzy. Stai grondando.»

Deglutisco a fatica.

«Ti piace essere sculacciata?»

«Sì.»

Si lascia sfuggire un leggero gemito poi porta una mano alle mie labbra. Mi passa il pollice sul labbro inferiore, quello stesso movimento gentile e tenero che mi fa credere che ci tiene davvero a me.

Stringo le palpebre. Come può essere così premuroso, lui che mi piega in due sulle sue ginocchia per sculacciarmi?

Mi fa scivolare le sue dita in bocca. «Succhiami se vuoi urlare.»

Mi sta di nuovo stuzzicando.

Dio, come stuzzica.

Senza preavviso, la sua mano entra in contatto con la mia carne. È più un colpetto che una sculacciata. Gli succhio le dita per non implorare.

Mi colpisce ancora. Più forte. La fitta di dolore si riverbera fino alla mia bocca. Succhio più forte. Quando non basta, lo mordo.

Geme mentre mi colpisce di nuovo.

La sua mano è a pochi centimetri dal mio sesso e io sto palpitando, desidero che mi tocchi.

Stanotte. Non adesso. Non presto, ma stasera.

Come faccio ad aspettare così a lungo?

Dei colpi alla porta lo interrompono.

La voce di Jasmine è attutita dalla porta. «Signor Marlowe, ho bisogno di parlarle. Quando ha... finito. Faccia con comodo. Mi scusi per l'intrusione.»

Ha un tono imbarazzato nella voce.

Jasmine sa cosa stiamo facendo.

Sa che mi scopo Nick.

Scendo dal divano atterrando sul pavimento con un tonfo molto sgradevole.

Sento uno spasmo alla schiena. Sarà un problema più tardi, ma in questo momento la mia preoccupazione principale è rimettermi i vestiti prima di perdere completamente la testa.

Mi tiro su i collant, mi sistemo la gonna e vado verso la porta. Mi mancano gli occhiali. Li prendo dal divano.

Nick mi afferra il polso e mi ferma. «Hai la camicia sbottonata.» Mi tira in grembo, la sua presa si fa più stretta. «Non ti ho detto di andartene.»

«Rosso.» Mi libero dalla sua presa e armeggio con i bottoni. «Che cazzo è successo al discorso di tenere segreta questa relazione?»

Non dice nulla.

«Ci sono altri segreti che condividi con Jasmine?»

«Sì.»

Mi aggrappo alla maniglia della porta, ma non posso ancora girarla. Sono troppo agitata.

«Lizzy, non è una cosa personale.»

«No, come potrebbe essere personale? Non ti fidi di me nemmeno da permettermi di toccarti.»

«Ne parliamo stasera. Ti porto a cena.»

Con tempismo perfetto, mi brontola lo stomaco. «Come mai

sei tu a stabilire tutte le condizioni? Sai quanto mi è difficile nascondere le cose a mia sorella?»

«Sì.»

«E tu lo dici alla tua cazzo di segretaria?»

«Non è la mia segretaria. Abbiamo dei trascorsi.»

«Pensi che io sia stupida o solo ingenua?»

«Lizzy.»

Faccio un respiro profondo, apro la porta e torno alla mia scrivania. Sono profondamente consapevole degli occhi su di me.

Cerco di lavorare, ma non riesco a pensare. Mi chiudo nel box per disabili del bagno delle donne in modo che nessuno possa disturbarmi.

Il telefono non è una consolazione. C'è un nuovo messaggio di Nick. Invece di leggerlo, spengo quel maledetto aggeggio.

Dopo che mi sono calmata, esco dall'ufficio e vado alla caffetteria dall'altra parte della strada. Non ritorno fino a ben dopo la fine della riunione.

Capitolo Sedici

L'ufficio si svuota alle cinque, ma sono troppo in ritardo per andare a casa. Mi concentro sul mio lavoro, fermandomi solo per prendere l'acqua o andare in bagno.

Le luci si spengono verso le otto. Tutte tranne quella che filtra dall'ufficio di Nick. La porta si apre e lui entra nella stanza principale.

Non è giusto che sia così bello. Rende più difficile resistergli.

I suoi occhi incrociano i miei. «Ti ho ordinato scampi ai gamberi. Ho della sriracha nel mio ufficio.»

«Hai fatto incetta di salsa piccante?»

Annuisce.

«Probabilmente dovrei prima finire questo.»

«È una tua decisione.» Entra in ascensore.

Il mio lavoro non riesce più ad assorbire la mia attenzione. Sono troppo stanca e svuotata per pensare bene. Tanto vale che trovi conforto negli spaghetti piccanti.

Le porte dell'ascensore si aprono. Nick entra nella sala principale con un sacchetto di carta in mano. Mi fa cenno di seguirlo nel suo ufficio.

Obbedisco.

Lascia la porta aperta. «Siamo soli, quindi...»

«Hai intenzione di mantenere la tua promessa di scoparmi stasera?»

Mi passa un contenitore da asporto e una forchetta. «Lo vorresti davvero?»

«Non lo so.» Ci penso su. «Sì. Ti capisco quando facciamo sesso. Altre volte...» Non così tanto.

Gli odori di aglio, pomodori e gamberi mi entrano nelle narici mentre tolgo il coperchio. È proprio come l'ultima volta che abbiamo cercato di mangiare nel suo ufficio. C'è ancora un muro tra noi. Lui ha ancora tutte le carte.

Mi passa una bottiglietta di sriracha. «Jasmine era la fidanzata di mio fratello al liceo. Mi aiutava ogni volta che avevo un problema con lui. Era sempre affidabile.»

«Com'è finita a lavorare per te?»

«Le ho offerto un lavoro dopo che si sono lasciati. Aveva intenzione di rimanere a San Francisco a lavorare in un'altra startup, mentre io volevo che Odyssey avesse sede a New York.»

«Perché?»

«Qui la gente è seria. Non passano le serate a bere shottini anche quando devono andare al lavoro il giorno dopo. Non vengono a lavorare in felpa e maglietta.»

«Non ti piace la rilassata Silicon Valley?»

«E a te?»

«No. Ci hanno coniato una parola per descriverlo, sai, "fragrammatore", un fratello programmatore. Quei tipi s'imbucano alle feste di Stanford nei fine settimana e rimorchiano le ragazze del college vantandosi dei loro stipendi a sei cifre. Sono tutti stronzi.» Mescolo la salsa piccante negli spaghetti. Uno spasmo alla schiena. Per quanto mi dimeni o mi stiracchi non mi passa. «Grazie per la cena.» Mi ficco un boccone di pasta in bocca per non dover parlare.

«Jasmine mi ha chiesto se andavamo a letto insieme qualche settimana fa. Ho capito che conosceva la risposta.»

«Dovete essere molto uniti perché tu conosca così bene le sue espressioni.»

«Non sono interessato a lei.»

«Ma è tua amica. Ti fidi di lei.»

«Mi fido di te.»

C'è rammarico nei suoi occhi. Tocca a malapena il cibo.

Mangio un altro boccone per non dire qualcosa di stupido.

Ancora una volta, tutto ciò che voglio è avvolgergli le braccia intorno per cancellare il dolore dalla sua espressione.

Non posso continuare a fare così. Non posso tenere a lui così tanto. Non se ha intenzione di nascondermi delle cose. Non se questa è davvero una relazione passeggera.

Dopo un altro boccone, spingo il cibo da parte. Mi pulisco la faccia. I miei occhi incrociano quelli di Nick. «Non devi spiegare. La tua azienda è la tua priorità. Tu non vuoi una relazione impegnativa. E tutto questo non mi sembra più non impegnativo.» Abbasso gli occhi sul tavolo. «È meglio se la finiamo qua prima di farci coinvolgere troppo.»

«È davvero quello che vuoi?»

No, ma non vedo altra scelta. Apro la bocca per parlare, ma non me la sento di aggiungere altro allo sguardo ferito nei suoi occhi.

Se mi sbaglio, dimmi che mi sbaglio.

Ti prego, Nick. Ti prego, dimmi che mi sbaglio.

Non dice niente.

«Hai detto che non volevi farmi del male.» Giocherello con le mani. «Se è davvero così...»

Qualcuno bussa alla porta. Mi interrompo.

Maledizione, sta diventando una moda fastidiosa.

La persona, chiunque sia, non aspetta una risposta.

Entra un uomo in completo blu. Assomiglia molto a Nick. Altrettanto alto e massiccio. Altrettanto bello. Stessi capelli scuri, ma gli occhi sono blu.

Guarda prima me poi Nick con un'espressione divertita. «Dov'è Jasmine?»

«L'ho mandata a casa» dice Nick.

«Shepard Marlowe.» Mi porge la mano.

Riesco a malapena a stringerla. «Lizzy Wilder.» Il mio sguardo va a Nick. Shepard Marlowe. È impossibile che il cognome sia una coincidenza.

E ha chiamato Jasmine per nome.

Shepard guarda Nick negli occhi. Si acciglia. «Stai ancora facendo finta che io non esista?»

«Eri in congedo fino al mese scorso.» Nick stringe i denti. «Signorina Wilder, questo è mio fratello, Shepard.»

«Direttore Amministrativo della Odyssey.» Shepard fa un passo indietro.

«Quindi è lei la persona che sta cercando di vendere l'azienda?» chiedo.

«Sì.» Batte l'alluce per terra con impazienza. «Odio essere scortese, ma potrebbe lasciarci soli un minuto?» Guarda Nick. «Dubito che tu voglia che la tua ragazza stia a sentire quello che ho da dire.»

«Non sono la sua ragazza» dico.

«Come preferisce.» Shepard incrocia le braccia e resta in attesa. «Ti sei stancato di Jasmine o hai ereditato la vena di donnaiolo di papà?»

Nick aggrotta la fronte. «Lizzy, lasciaci soli un minuto.»

Non mi piace la frustrazione sul suo volto. Voglio restare, fare tutto quello che posso per proteggerlo.

«Adesso» dice Nick.

«Certo, signor Marlowe.» Lascio la porta aperta di qualche centimetro mentre entro nella stanza principale.

Rimango abbastanza vicino da origliare. La tensione nella schiena si espande per tutta la spina dorsale. Ho bisogno di sdraiarmi con una borsa termica e una forte dose di ibuprofene. E potrebbe non essere sufficiente.

Dovrei andare ora. Prima che le cose si mettano davvero male.

Ma non posso andare finché non sento cosa succede.

«Santiddio, e io che pensavo che Jasmine fosse giovane per te. Quanti anni ha quella ragazza?» chiede Shepard.

«Non ho mai toccato Jasmine.»

«Racconta quello che ti pare. Non ho alcun interesse ad ascoltarti mentire sul fatto che ti sei scopato l'unica donna che io abbia mai amato.» Shepard si schiarisce la gola. «Domani torno a San Francisco. Ho bisogno di un numero o non posso negoziare.» C'è una pausa, come se stesse aspettando una risposta. «Quanto vale Odyssey in questo momento?»

«Un decimo di quello che varrà fra tre anni.»

«Quanto vale oggi?»

«Se vuoi uscirne, compro la tua parte.»

«Non voglio i tuoi soldi.»

C'è una pausa. Non posso vederli, ma posso sentire la tensione fino qui.

Nick rompe il silenzio. «Se vuoi farmi del male...»

«La mia vita non gira intorno a te.» La voce di Shepard assume un tono irritato. «Dammi un numero, così puoi tornare al tuo giocattolino.»

«Non parlarne così.»

«Sono sicuro che voi due siete innamorati e vivrete felici e contenti. Non è che tu sei il suo capo e lei cos'è, la tua stagista? Pensavo fossi migliore di quello stronzo che ha sposato la mamma.» Shepard si schernisce. «Dovresti ringraziarmi se vendo quest'azienda prima che lei ti faccia causa spillandoti tutto quello che vale.»

«Non parlare così di Lizzy.»

«Nick, non m'interessa sapere della tua vita sessuale.»

«Non sono mai andato a letto con Jasmine.»

«Non mentirmi. Si è sempre confidata con te. Si è sempre fidata di te. Ti aspetti che io creda che non te ne approfitteresti nel modo in cui ti stai approfittando di questa povera ragazza?»

«Shep...»

«Dimmi quanto vale Odissey e la sua proprietà intellettuale, così posso andarmene.»

Nick sospira. «Trenta milioni per la maggior parte delle aziende. Cento milioni per l'azienda giusta.»

«Me ne farò dare duecento.»

C'è silenzio per un momento.

Shepard lo rompe. «Ti verranno le rughe ad accigliarti così tanto.»

La porta si apre e Shepard esce. Lui e Nick mi fissano entrambi. Sono sicura che con i miei occhi spalancati e la bocca aperta sto rivelando che ho sentito tutto.

Shepard mi guarda. «Attenta. Nick ama solo Haley.»

Guardo Nick. C'è così tanta frustrazione nei suoi occhi.

Non posso restare qui con questo disperato bisogno di confortarlo. Devo andarmene ora, prima di essere troppo coinvolta.

Faccio un passo verso la mia scrivania. I tacchi non aiutano la mia schiena a sentirsi meglio. Non dovrei portare i tacchi, ma sono stanca di non poter fare le cose.

Prendo il cappotto e vado direttamente all'ascensore.

Le porte si aprono con un *ding*.

«Lizzy, aspetta.» Nick fa un passo verso di me.

Non esiste. Entro in ascensore e premo il pulsante "chiudi". Per fortuna, le porte si chiudono appena in tempo.

Mi aggrappo alla ringhiera, appoggiandomi al muro per riposare la schiena. Peggiora di secondo in secondo.

Dieci isolati fino al mio appartamento. Un tragitto breve.

Un respiro profondo non serve a smorzare il dolore. È già forte. Presto sarà uno spasmo di primo livello. Mi preparo per una notte di sofferenza.

L'ascensore suona quando arriva nella lobby. Ogni passo sul pavimento di piastrelle è duro. Il cemento è peggio. Faccio solo un isolato prima di dovermi appoggiare contro il muro di un edificio.

Altri nove isolati. Posso farcela.

Quando il freddo comincia a penetrare nel cappotto, mi stacco dal muro.

Ogni passo fa più male del precedente. Il nodo si stringe fino a fare così male che non riesco a respirare. So di essere stata negligente, ma la mia schiena doveva proprio scegliere oggi per arrendersi?

Mi accascio a terra e mi tiro le ginocchia al petto. Lo stiramento aiuta, ma non abbastanza. Le lacrime mi bruciano gli occhi. Fa male. Tutto fa male.

Ci sono dei passi. Senza dubbio qualcuno pensa che io sia svenuta per aver bevuto troppo. Questo è un bel quartiere ma è sempre New York. Non è sicuro essere così indifesi.

Faccio per guardare di chi sono i passi ma il collo mi tira. Fa troppo male.

«Lizzy.»

È Nick.

Mi è venuto dietro.

Suo fratello sta cercando di portargli via l'azienda. Non mi dirà la verità su nulla finché non sarà costretto a farlo. C'è tutto questo dolore nei suoi occhi e fa di tutto per tenerlo per sé.

Ma mi è venuto dietro.

La mia schiena si contrae di nuovo. Le fitte di dolore mi fanno venire le lacrime agli occhi. Mi preoccuperò più tardi delle intenzioni di Nick. In questo momento, non ho altra scelta che accettare il suo aiuto.

Qualunque cosa significhi.

Si inginocchia accanto a me, senza dubbio mette il suo costosissimo vestito firmato in una pozzanghera. I suoi polpastrelli mi sfiorano il mento. «La schiena?»

«Sì.» Il suo tocco è confortante. Ho una voglia matta di chiudere gli occhi e assorbire tutto ciò che lo circonda.

«Hai dei rilassanti muscolari con te?»

«No. E non ne ho a casa. Solo una borsa termica e un flacone di ibuprofene.»

«Ti riporto nel mio appartamento.» Mi stacca le mani dalle ginocchia e fa scivolare un braccio sotto le mie gambe. «Posso portarti in braccio per i venti isolati, ma ci vorrà un po'.»

Cazzo.

«C'è un taxi.» Mi fa scivolare l'altro braccio intorno alla schiena, cullandomi contro il suo petto. «Va bene se lo prendiamo?»

Mi mordo il labbro, cercando di farmi passare la paura. Ci sono riuscita sabato, ma a malapena.

Certo che non va bene.

Ma non ho molta scelta.

Mi aggrappo a Nick, affondandogli le unghie nel tessuto del vestito. Sento l'odore della colonia che usa sempre. Sento tutto il calore del suo corpo.

Non esiste che io possa sopravvivere a venti isolati cullata tra le sue braccia. Mi esploderà il cuore.

Espiro lentamente. «Va bene.»

Come diavolo faccio a sopravvivere al viaggio?

Come diavolo posso sopravvivere a innamorarmi di lui?

Capitolo Diciassette

La schiena mi fa ancora male da morire e devo salire in macchina.

È più facile tra le braccia di Nick, ma più facile non è sufficiente a evitare che le lacrime mi scendano lungo le guance.

Nick mi porta per tre o quattro metri. Mi rimette a terra con prudenza.

I miei piedi fanno contatto, ma non sto veramente in piedi. Sono premuta contro di lui. Il taxi è parcheggiato sulla strada, a due metri di distanza. Lo stesso colore giallo di sempre. La stessa insegna bianca sul tetto.

Raggiungo la portiera e la apro facendo appena presa sulla maniglia.

Sono solo cinque minuti. Non può essere così male.

La bugia non fa che peggiorare il mio mal di schiena. È come se i muscoli sapessero che stanno affrontando la fonte del loro dolore.

Mi chino quel tanto che basta per salire in macchina.

Nick si siede accanto a me, allunga la mano per allacciarmi la cintura di sicurezza. Mi tiene contro il suo petto, facendo scorrere i polpastrelli lungo la mia nuca.

«Andrà tutto bene» sussurra.

Mi limito a respirare. Mi è difficile fare anche quello. Ogni volta che inspiro le costole mi premono contro i muscoli tesi.

Chiudo gli occhi. Fingo di essere altrove. A un certo punto dovrei riuscire a gestire la mia paura, ma non oggi.

Nick dà il suo indirizzo al taxista. Mi tiene vicino, accarezzandomi la pelle con lo stesso tocco gentile. «Mi spiace per Shepard. Ha quest'idea che Jasmine lo abbia lasciato per me.»

«È così?»

«No. Se n'è andata perché lui non voleva smettere di bere. È una donna adorabile, ma non ho alcun interesse per lei.» Nick mi preme le dita contro il collo come se mi stesse sentendo le pulsazioni. «Ci sono molte ragioni per cui potrebbe voler farmi del male. O potrebbe avere bisogno di soldi per qualche altro progetto. Non ho idea di quali siano le sue intenzioni.»

Lo sento teso. Deve voler dire che il mio polso è totalmente irregolare. Di sicuro sembra che il mio cuore stia battendo abbastanza forte da saltarmi fuori dal petto.

«Lizzy.» Il suo tono cambia, più come se tutto fosse a posto. «Quando si sposa tua sorella?»

Una cosa facile di cui parlare. Perfetto. «Ad aprile. Ai Brooklyn Botanicals Gardens. Ha una passione per i ciliegi in fiore. Credo sia un'ossessione di famiglia. I nostri genitori li hanno sempre amati. Andavamo a Washington ogni anno finché...» Finché quell'incidente d'auto non ci ha portato via tutto.

Non è più facile parlare.

Non è facile respirare.

La voce di Nick rimane calma. «Tua sorella sa del tuo tatuaggio?»

«No, morirebbe. Sono andata con la mia amica Sarah. Quella con il vestito rosa shocking.»

«Cosa succede se andate al mare?»

«Non tieni il passo con i trend, Nick? Il retrò va di moda. Indosso un costume intero o un longline che lo copre.»

«Mi piacerebbe vedertelo indosso.» Mi passa le dita sul collo. «Anche se preferirei togliertelo.»

Arrossisco. È una distrazione molto efficace. Mi accorgo a malapena di quando il taxista frena di nuovo.

C'è un'altra macchina a circa tre centimetri davanti a noi, ma è un normale semaforo rosso.

«Sei invitata?» Nick mi stringe a sé.

«Sarò damigella d'onore.» Sono l'unica damigella, ma sono sicura che sarei la damigella d'onore anche se ci fosse concorrenza. Kat non è esattamente una persona socievole. Sta per lo più a casa a disegnare o a leggere.»

«Cosa legge?»

«Cose che riguardano l'angoscia e i sentimenti. Ho cercato di farla appassionare ai manga shōnen, ma dice che non le interessano le cose destinate ai quattordicenni. L'unica volta che ne abbiamo letto uno insieme, mi ha fatto notare tutti gli errori anatomici.»

«Le vuoi molto bene.»

«Certo. È la mia migliore amica. Farei qualsiasi cosa per lei.» Faccio un respiro profondo. Non è poi così difficile. «Perché tuo fratello ti odia così tanto?»

«Ne parleremo più tardi.» Mi passa le mani tra i capelli. «Voglio sapere cosa ti rende felice.»

«Mi piace perdermi in città. Ci sono tantissime possibilità qui. Fai un chilometro e tutto è diverso.»

«Che altro?»

«Mi piace muovermi.» Mi sfugge una risata di dolore. «Non al momento, ma di solito sì.»

Tengo gli occhi chiusi, la testa sepolta contro il suo petto. Nonostante la schiena mi pulsi, riesco a respirare bene.

Non benissimo, ma quanto basta.

Il silenzio mi riporta la mente a quella terribile mattina. I freni che slittano, lo stridore del metallo, quel momento in cui tutto divenne bianco.

«Cosa faresti se non studiassi informatica?» chiede.

«Non mi piaceva moltissimo lavorare in negozio, ma mi piace la moda, il modo in cui i vestiti possono trasformare una ragazza da femme fatale a innocente bibliotecaria. E tu?»

«Non c'è nient'altro che io voglia fare.»

«A parte il nuoto, il poker e i polizieschi.»

«Sì.»

«*Law & Order?*»

«Sì.» Lo dice con tono timido. «Anche se non è il mio preferito.»

«Ci credi che ho vissuto a New York per tutta la vita e non sono mai inciampata su un cadavere? Devo lavorare sulle mie battute taglienti.»

Nick ride. «Sei davvero incantevole, Lizzy.»

«E se avessi trovato un cadavere? Sarebbe stato più affascinante?»

Si lascia sfuggire un sospiro di piacere.

Sbatto gli occhi, mi rendo conto di essere in un'orribile automobile. Sembra che la città ci sfrecci accanto, anche se stiamo andando solo a cinquanta chilometri all'ora.

«Vorrei insegnarti a guidare» dice. «Un giorno. Quando sarai pronta.»

Non esiste proprio. Mi batte più forte il cuore. Non so se mi sta mettendo alla prova o se è sincero, e non m'interessa. Voglio solo pensare a qualcos'altro.

Affondo le mani nel tessuto morbido della giacca del vestito di Nick. A questo punto, mi è familiare. C'è qualcosa di rilassante in tutto questo.

La macchina rallenta. Apro gli occhi sbattendoli. Ci siamo quasi. Mi siedo diritta per quanto me lo conceda la schiena. Sembra arricciata come un punto interrogativo.

Ci fermiamo davanti al palazzo di Nick. Lui paga il taxista e mi aiuta a scendere dalla macchina. Un braccio mi cinge la vita, l'altro le ginocchia. Mi porta nel palazzo, poi in ascensore.

Sono sicura che stiamo dando spettacolo, ma non m'importa.

Gli metto un braccio intorno al collo e lo tengo più stretto che posso.

Nel suo appartamento Nick mi stende sul divano.

La mia mente si riempie del ricordo dell'ultima volta che siamo stati su questo divano. Un ricordo così bello.

«Resta qui.» Mi preme le labbra sulla fronte e va in un'altra stanza. Qualche minuto dopo, ritorna con una pillola e un bicchiere d'acqua. «Un rilassante muscolare. Ti darà sonnolenza. Dovrai passare la notte.»

«Ok.» Ingoio la pillola e bevo metà dell'acqua.

Nick mette il bicchiere sul tavolo. È mezzo vuoto. Dovrebbe significare qualcosa il fatto che vedo il bicchiere mezzo vuoto.

«Metto su qualcosa. *Matrix* o *Terminator*?» Sorride, prendendomi in giro.

È davvero un bel sorriso. Faccio un respiro profondo. Non posso incolpare l'auto per la terribile sensazione che ho nello stomaco. «Voglio solo sdraiarmi. Nel tuo letto, se va bene.»

Lui annuisce. Di nuovo mi solleva, mi porta nell'altra stanza e mi mette sul letto. Nick si siede accanto a me. Mi toglie le scarpe una alla volta, poi mi sfila i collant dai piedi.

Le sue dita sfiorano la cintura del mio perizoma. «Ci dormi dentro?»

«No.»

Lentamente, mi tira giù le mutandine fino alle caviglie. Riesco a togliermele dai piedi mentre mi giro su un fianco.

«Suppongo che sia troppo disturbo chiederti di togliermi anche il reggiseno?» Mi lascio sfuggire una mezza risata e un mezzo gemito.

Stare su un fianco non aiuta le cose. Chiudo gli occhi, sperando che la droga faccia effetto più velocemente.

Nick mi toglie il vestito dalle spalle. Mi passa i polpastrelli sulla schiena per slacciarmi il reggiseno.

Mi sfila il reggiseno da una spalla come se fosse un gioco da ragazzi.

Cado sulla schiena, con il vestito mezzo giù e il seno esposto.

Nick si china e preme le labbra sulle mie. C'è calore nel bacio, ma è più tenero che esigente.

Il mio corpo vibra, cercando disperatamente di aggrapparsi a una sensazione piacevole.

Prima che ne abbia la possibilità, Nick mi libera. Mi fa scivolare il vestito dall'altra spalla, poi il reggiseno, poi il reggiseno è per terra.

Rimango immobile con il vestito in vita, lo sguardo sul soffitto.

Cerco di rilassarmi mentre Nick mi tira le maniche fino alle spalle. Ecco. Il mio vestito è di nuovo al suo posto, senza niente sotto.

La sua mano indugia sulla mia clavicola. «Ti lascio riposare.»

«Vuoi restare con me?» Mi mordo il labbro, maledicendo il bisogno che traspare nella mia voce. Fa ancora male e lui è di grande conforto.

«Per qualche minuto.» Si toglie i boxer e si stende sul letto dietro di me.

Tutto quel calore ritorna nel mio corpo. Nick ci copre con un morbido piumone. Poi mi prende tra le braccia.

Blocco ogni pensiero cosciente, specialmente quelli su quanto sia bello il suo corpo accanto al mio.

Le droghe fanno la loro magia. Uno dopo l'altro, i miei muscoli si distendono. La mia mascella si rilassa. Le mie palpebre diventano pesanti. Dopo qualche respiro profondo mi rilasso.

Mi addormento tra le sue braccia.

Capitolo Diciotto

Sono le due del mattino quando mi sveglio. Sono ancora nel letto di Nick che mi tiene abbracciata.

Senza la magia dei rilassanti muscolari, la mia schiena è rigida. Ma è tollerabile.

Nick si muove. Mi fa scivolare il braccio intorno alla vita e mi tira più vicino.

Il calore si diffonde attraverso il mio corpo, mi rende tesa e mi rilassa allo stesso tempo

Faccio un respiro profondo. Sono nel letto di Nick, tra le sue braccia. Questo è territorio pericoloso.

«Come ti senti?» chiede.

Stravolta. «Un po' tesa.»

«Posso prepararti un bagno.» Mi passa la mano sul ventre e più giù. «O posso scaricare un po' della tensione.»

Faccio finta di niente. «Cosa vuoi dire?»

Si sposta, mi mette l'altra mano sopra la testa. «Non sai fare la timida.»

«Non so di cosa stai parlando.»

Nick fa scivolare la mano sulla mia coscia e appena sotto l'orlo del vestito. Mi fa scivolare i polpastrelli tra le gambe per accarezzarmi il clitoride. «Maledizione, Lizzy. Mi farai morire.»

«Credo che sia il contrario.»

Con le dita mi sfiora il sesso. «Il tuo corpo è così reattivo.»

«Solo perché sei tu.»

Si sposta, mi preme l'inguine contro il sedere in modo che io possa sentire la sua erezione. «Non ti legherò stasera.»

Cerco di non aggrottare la fronte. Com'è possibile che io abbia già voglia di lasciargli il controllo?

«Cos'è meglio: le braccia sopra la testa o lungo i fianchi?»

Così va molto meglio. Le tiro sopra la testa, spostandomi finché non sono a mio agio. Il movimento mi stira i muscoli del petto, ma in modo piacevole. «Così.»

«Dimmi se ti fa male la schiena.»

«Non se significa che ti fermerai.»

«Mi assicurerò che tu arrivi fino in fondo.» Allontana la mano dal mio sesso. «Vuoi venire?»

«Sì.»

«Allora promettimi che mi dirai se ti fa male la schiena.»

«Lo prometto.»

Con una mano Nick mi tiene i polsi contro il cuscino. L'altra accarezza il mio interno coscia. Su, su, su.

Il suo tocco è leggero mentre mi sfiora il sesso con i polpastrelli. È come se mi stesse stuzzicando da diversi minuti. Smetto di respirare e tutti i miei muscoli si contraggono. Ho bisogno delle sue mani su di me.

Inarco la schiena per spezzare la tensione dei muscoli. È sufficiente a rilassarli. Il tocco di Nick è così leggero. Mi manda fuori di testa.

Chiudo gli occhi, mi immergo nella sensazione. Non sono legata, ma sono comunque alla sua mercé.

Mi strofina il clitoride. Lo shock della pressione mi manda delle fitte fin nel profondo. Non penso. Non resisto. Respiro e sento.

Il mio orgasmo monta rapidamente. Inarco il corpo per premergli il culo contro il suo uccello. I boxer sono in mezzo, ma non lo contengono.

Lo voglio così, duro, dentro di me, mio.

Non ancora.

Mi concentro sull'estasi che mi cresce dentro. Ancora qualche tocco e vado in caduta libera. Salgo sempre più in alto.

Poi spicco il volo.

«Nick» gemo. «Dio, Nick.»

Il piacere mi esplode dentro. Inizia dal mio intimo e si fa strada su per il ventre e giù per le gambe. La schiena e il collo si rilassano. Ho gambe e braccia di gelatina, le può muovere a suo piacimento.

Mi bacia il collo, tenendomi vicina per un momento. Poi si sposta, estrae qualcosa dal cassetto del comò. Un preservativo.

Il desiderio mi ritorna in corpo alla grande. Sono avida, lo so, ma non posso farci niente. Lui è maledettamente irresistibile.

«Nick.» Mi avvicino e faccio scorrere le mani sui suoi addominali ben definiti. «Voglio toccarti.»

«Non stasera.»

«Presto?»

«Sì, te lo prometto.» Scarta il preservativo e se lo mette. «Rimetti le mani sopra la testa.»

Sento la sua punta contro il mio sesso. Il modo in cui mi stuzzica è orribile e meraviglioso allo stesso tempo. Ho una gran voglia di averlo dentro. Gemo, mi tremano le braccia.

Affonda le dita nei miei fianchi. «Dimmi cosa vuoi.»

«Ti voglio dentro di me. Così a fondo da non riuscire a respirare.»

«Chiudi gli occhi.»

Lo faccio.

Mi tiene contro di lui. «Voglio che tu senta questo. Ogni secondo. Senza fretta di arrivare alla parte successiva.»

Nick mi scivola dentro lentamente. È un accenno, poi si tira fuori.

Lo fa di nuovo.

Di nuovo.

Mi stuzzica finché non ansimo così forte da dimenticare di respirare.

Di nuovo.

Resisto all'impulso di dondolare i fianchi per andargli incontro. Ogni secondo è agonia ed estasi allo stesso tempo.

Mi concentro sull'estasi, il piacere che si diffonde attraverso le cosce, la tensione che mi si accumula nell'intimo.

Di nuovo.

Mi si contrae il sesso. Mi mordo il labbro spostando le braccia per tenere fermi i fianchi. Quasi. Quasi.

Ecco. Si muove dentro di me. Fino in fondo. Niente più provocazioni. Il mio corpo si rilassa. Emetto un leggero sospiro.

I gemiti di Nick riverberano contro il mio collo. Mantiene lenti i movimenti mentre spinge dentro di me. Ogni impulso mi implora di farlo andare più a fondo.

Invece, mi sciolgo in lui.

Il languore dentro di me cresce lentamente. Ogni volta che spinge dentro di me, ogni volta che geme, sono più vicina. Posso sentire il suo piacere nel tremolio del suo petto, nel modo in cui le sue dita mi scavano la pelle. Giro la testa per premere il collo contro la sua bocca. Lui succhia con forza.

La mia impazienza svanisce. Questa graduale ascesa è troppo bella per avere fretta. Non voglio che finisca mai. È tutto bellissimo: le luci a corda sulle pareti, le morbide lenzuola viola, la sensazione delle sue mani sulla mia pelle.

Non può essere molto più di qualche minuto, ma è così intenso da sembrare ore.

Le sue labbra rimangono sulla mia pelle.

I suoi movimenti rimangono controllati. Tutta la pressione nel mio sesso si accumula finché non sono di nuovo al limite.

Questa volta, non vado in caduta libera. Mi godo ogni secondo di beatitudine.

La spinta successiva mi manda oltre il limite. Chiudo forte gli occhi. I miei fianchi si muovono da soli per il bisogno disperato di sentirlo un po' più in profondità.

Lui geme come se fosse altrettanto disperato.

Questo orgasmo è più intenso.

«Nick.» Il mio respiro è affannoso. I miei pensieri sono incoerenti.

«Vieni qui.» Ci cambia posizione per stare lui sopra. Continua a tenermi la mano intorno ai polsi mentre spinge dentro di me.

Più veloce. Più forte. Più a fondo.

Il mio sesso pulsa per la ricchezza di sensazioni.

I suoi gemiti mi riempiono di un diverso tipo di bisogno. È bello come il mio orgasmo. Anche meglio.

Assorbo ogni oncia del suo piacere mentre viene. Schiude le labbra e me le preme sul collo. Il suo bacio è morbido. Tenero.

«Nick.» Inarco i fianchi per sentire le pulsazioni del suo orgasmo.

Un'ultima spinta e ha finito. Mi crolla accanto. Le sue labbra si posano sulla mia fronte.

Non ci siamo baciati. Alito mattutino. Be', alito di mezzanotte.

Nick butta il preservativo e torna a letto. Si lascia cadere accanto a me e fa scorrere i polpastrelli lungo la scollatura del mio vestito. «Raggiungimi in doccia.»

Il mio cenno di assenso non riesce ad esprimere il mio entusiasmo. Gli prendo la mano e lo seguo in bagno. Non avevo notato la stanza l'ultima volta che sono stata qui. È enorme, con una doccia di vetro grande quanto il mio appartamento.

«Quante persone ci stanno qui dentro?» Mi sfilo il vestito da sopra la testa e lo lascio sul pavimento.

Nick guarda il casino con finta indignazione. «Non ho mai provato con altri.»

«Davvero?»

«Non porto donne a casa.»

«Dove le porti?»

«Una volta avevo un posto.»

«Avevi un appartamento solo per il sesso?»

Annuisce. Mi sfiora la guancia con le dita. «Non volevo invitare nessuna in casa mia.»

«Ma hai invitato me?»

«Sì.»

«Perché?»

«Perché ti voglio qui.»

Mi schiarisco la gola, mi sforzo di tenere i pensieri piantati nella sezione "lussuria" del mio cervello. «Hai uno spazzolino da denti? Voglio baciarti ma ho paura dell'aglio negli scampi.»

Mi mette la mano sull'incavo della schiena e mi conduce verso un lavandino di marmo. C'è uno spazzolino in più, ancora nella sua confezione, sul bancone. È viola.

Datti una calmata, ragazza. È uno spazzolino da denti, non una dichiarazione d'amore eterno.

Nick sta a guardare mentre scarto la confezione.

Gli passo la carta per non rovinare ulteriormente il suo bagno perfetto.

La getta in un cestino altrettanto pulito e moderno, poi la sua attenzione torna su di me.

«Non guardarmi. È strano.» Spremo il dentifricio.

«Abbiamo appena fatto sesso.»

«Lavarsi i denti è molto più intimo del sesso.» Gli faccio cenno di girarsi.

Non lo fa. Invece tira fuori il suo spazzolino da denti.

Lo fisso, aspettando che distolga lo sguardo.

Non succede.

Bene. Mi concentro sullo specchio mentre mi lavo i denti. Dopo qualche istante, la mia attenzione si sposta sul suo riflesso. Non ho mai visto un uomo lavarsi i denti prima d'ora. È così domestico.

Per una frazione di secondo, immagino una vita con qualcuno: prepararsi per andare a letto, lavarsi i denti, addormentarsi tra le braccia dell'altro.

Il qualcuno si mette a fuoco. È alto, con capelli neri e profondi occhi castani. È inequivocabilmente Nick.

Sono a disagio quando ho finito. Scaccio la sensazione alzandomi in punta di piedi per baciare Nick. La sua lingua è aggressiva, come se avesse aspettato impaziente quanto me.

Stiamo lì per diversi minuti, le sue mani sulla mia schiena, le mie intorno al suo collo, limonando come adolescenti disperati.

Quando il bacio finisce, mi porta in doccia. Ci sono dei pulsanti sul muro. Uno riscalda il pavimento. Un altro fa uscire l'acqua. Un altro ancora fa uscire l'acqua anche lui: ci sono tre rubinetti qui dentro.

Tra tutte le cose per cui spendere soldi, perché qualcuno dovrebbe scegliere una doccia?

Nick si mette dietro di me. Il contatto pelle a pelle mi fa fremere. È così bello sentire il suo corpo contro il mio.

Mi passa i polpastrelli tra i seni, fino all'ombelico.

«Non ti impedirò di ricominciare, ma se lo fai, avrò bisogno di una giustificazione per il mio capo sul perché arrivo al lavoro in ritardo.» Metto la mano sotto il soffione della doccia più vicina. L'acqua è tollerabilmente calda.

«Dovresti prenderti la giornata libera. Va' da un dottore per la schiena.»

«Ora va bene. Qualcosa ha sciolto la tensione.» Vado sotto la doccia per bagnarmi i capelli. Mi viene in mente che il mio trucco non è impermeabile. Fanculo. Getto la testa indietro e mi strofino la faccia.

Nick fa scorrere il pollice sulla parte superiore delle mie guance come se mi stesse pulendo dal mascara. È stranamente intimo. Allunga la mano, prende lo shampoo dal portaoggetti nell'angolo e se lo spreme nelle mani. «Girati.»

Lo faccio.

Mi passa le mani tra i capelli, distribuendo lo shampoo. Il suo tocco è morbido e delicato. Non posso credere di aver preso in giro Kat perché le piace farsi lavare i capelli da Blake in doccia. È incredibile.

Mi sfugge un gemito dalle labbra mentre lui mi massaggia il cuoio capelluto. L'acqua scorre sulla mia fronte. Ho troppo caldo per pensare a qualsiasi cosa che non sia un sì.

Quando ha finito, Nick mi gira e mi fa inclinare la testa sotto l'acqua. Mi mette la mano sotto la nuca, sostenendomi la testa mentre mi sciacqua i capelli.

Fa altrettanto con il balsamo. Sono così eccitata che vorrei urlare.

I suoi occhi sono spalancati, la sua espressione attenta.

Nick si china abbastanza vicino da sussurrare. «L'altro soffione si può staccare.»

Il pensiero mi fa gemere.

«La prossima volta.» Mi strofina con il sapone e mi sciacqua.

Quando vengo ritenuta pulita, gli faccio io lo shampoo e il balsamo ai capelli.

È così alto che non posso raggiungerlo nemmeno in punta di piedi. Porta il mento al petto, così posso passare le mani tra quei suoi capelli disordinati. Non sono d'aiuto nel risciacquargli i capelli, ma di sicuro mi piace guardargli i muscoli del petto contrarsi e rilassarsi mentre tira indietro il collo. Facciamo lo stesso con il balsamo, poi mi prendo il mio tempo per insaponarlo. Tanto tempo.

È la mia prima occasione per esplorare davvero il suo corpo. Faccio scorrere le dita sulle linee della sua schiena e intorno ai contorni del suo petto. Le sue natiche e le sue cosce sono altrettanto muscolose ed è bello sentirle tra le mani.

Geme mentre gli passo la mano sulla coscia, ma non vado oltre i suoi quadricipiti. Non stasera. Ma presto.

È come se lo sentissi nelle ossa.

Ho fiducia che Nick mi darà quello che voglio.

Ma alle 3 del mattino non ho intenzione di contemplare quanto mi fido di lui. O quanto lo voglio.

Capitolo Diciannove

C'è un pigiama viola nel cassetto del comò di Nick. È nuovo, ancora con i cartellini, un'accogliente miscela di flanella che privilegia il comfort al sex appeal.

È mio.

Mi asciugo con un asciugamano e mi metto il vestito nuovo. È strano che continui a comprarmi vestiti. Sono tentata di rifiutare. Non sono una bambola, e non ho bisogno di regali, ma c'è qualcosa di così Nick in tutte le sue scelte. Classico, bello, sobrio.

Si mette i boxer e i pantaloni del pigiama. «Vieni. Ti preparo qualcosa da mangiare.»

Mi brontola lo stomaco. Sono scappata fuori molto prima di finire la cena. Annuisco. «Tu cucini?»

«Sì.»

Mi preme il palmo sull'incavo della schiena per condurmi in cucina.

Mi appoggio al bancone e lo guardo perlustrare il frigorifero. È quasi sempre vuoto. Immagino che Nick non abbia molte occasioni per cucinare, visto che lavora tutti i giorni dalle 8 di mattina alle 8 di sera.

Io sono esausta e lo faccio solo da poche settimane. Come fa a tenere un ritmo così costante?

È impeccabile in cucina, riscalda una padella mentre taglia e affetta. L'odore di peperoni rossi freschi riempie la stanza.

«Cucini spesso?» chiedo.

Fa scivolare una sfilza di verdure tritate in una padella sfrigolante. «Ho cominciato a cucinare quando mia madre si è ammalata, ma non sono mai stato motivato a cucinare per me stesso.»

Mi verso un bicchiere d'acqua e cerco di riordinare i miei pensieri. «Cucinavi per Shepard?»

«Finché non è partito per il college.» Nick si concentra intensamente sul cibo.

Studio la sua espressione, quel poco che riesco a vedere con lui girato dall'altra parte. Ha le labbra incurvate verso il basso. Le spalle afflosciate. È turbato.

Premo il palmo della mano contro il mio bicchiere vuoto. «Vuoi parlarne?»

«Quando ci sediamo.» Rompe una mezza dozzina di uova in una scodella d'argento lucido. «Vuoi qualcosa da bere?»

«Se mangiamo uova, questa è una colazione. Quindi caffè.» Il mio sguardo va alla caffettiera sul bancone. La stessa di quella del mio appartamento. «Posso farlo io.»

«Grazie.»

C'è un tono difensivo nella sua voce. Mi mordo il labbro, cercando di concentrarmi sul caffè a spese di tutto il resto.

Una goccia alla volta, la caraffa si riempie. Dopo qualche minuto, la stanza profuma di caffè. Preparo due tazze e le porto al tavolo di legno nell'angolo.

Il cielo è nero come la pece. L'unica luce che entra dalle finestre proviene dal complesso di appartamenti accanto e dai lampioni lungo Battery Park.

Guardo la corrente regolare del fiume mentre Nick porta due piatti di uova strapazzate.

E sriracha.

«Grazie per la colazione.» Disegno un punto interrogativo sulle uova con la salsa piccante poi le mescolo abbastanza velocemente da non farglielo vedere.

«Grazie per il caffè.» Guarda fuori verso il fiume, come se fosse immerso nei suoi pensieri. «La verità è che non so perché Shepard stia cercando di vendere l'azienda. Ma ha tutte le ragioni per odiarmi.»

Mangio un boccone, masticando lentamente per guadagnare tempo per pensare. Il mio cervello non sta lavorando troppo bene per la mancanza di sonno.

«È sempre stato incline agli eccessi. L'alcol prima che Jasmine lo lasciasse. Altre donne dopo che lei se n'era andata. Per un po' ha funzionato bene, ma lo scorso settembre l'ho costretto ad andare in un centro di ricupero.»

«Non si può costringere qualcuno a disintossicarsi.»

«Ho usato alcune clausole nel contratto della Odyssey. Lui non voleva andare, ma sapeva quanto poteva valere la Odyssey. Non aveva intenzione di perderla.»

«Era questo il problema che avevi a mano la sera in cui ci siamo incontrati?»

«Sì. Non avrei dovuto fondare una società con mio fratello. Troppo personale. Ma lui era bravo negli affari. Troppo bravo, in effetti. Ha in pugno il nostro principale investitore.»

«Oh.»

«Shepard è uscito dal centro di ricupero il mese scorso. Non abbiamo parlato mentre era in cura. Il suo consulente mi ha chiesto espressamente di non fargli visita.»

«È la prassi o era solo per te?»

«Solo per me.»

Deglutisco a fatica.

«Avrebbe intralciato la terapia.» Nick guarda il tavolo. «Beveva per dimenticare i suoi demoni. Quando ha smesso, sono tornati con tutta la loro forza.»

Non mi piace dove sta andando a parare. Bevo un lungo sorso di caffè per bagnarmi la gola, ma non è più facile parlare. «Che demoni?»

«Nostro padre se n'è andato quando avevo circa dieci anni. Mia madre era distrutta. Quando ha incontrato il nostro patrigno, è stato come se fosse tornata in vita. Era felice. Non sapevo molto dell'amore, ma sapevo che era innamorata di lui.»

Gioco con il manico della tazza.

«Avevo quattordici anni quando si sono sposati. Shepard ne aveva undici. Si è diplomato presto e ha fatto l'università in tre anni. Ha solo ventiquattro anni.» Nick si concentra sul tavolo. «Il nostro patrigno, all'inizio era gentile. Mia madre era così felice che lui si interessasse a noi. Ma era troppo interesse. Avrei dovuto capirlo.»

Oddio. Ha bisogno di avere lui il controllo. Non si fida di nessuno. Dev'essere...

Non voglio che sia vero.

Gli porgo la mano. Lui non la prende. È metà qui e metà in quel ricordo.

Si sforza di far uscire le parole. «Avevo quindici anni la prima volta che mi ha toccato. Ho pensato che fosse ubriaco, confuso, ma ha continuato a farlo.»

Mi si gela il sangue. Allungo il braccio. Anche se tiene gli occhi fissi per terra, si allontana. Come se fosse un riflesso.

«Ero forte quanto lui. Avrei potuto fermarlo. Avrei potuto ucciderlo. Ma anche così, avevo paura di lui.» Nick stringe il pugno. «Non ho detto niente. Ho pensato che fosse meglio. Avrebbe distrutto mia madre.»

Mi sforzo di non usare un eufemismo. «Ti ha violentato?»

Nick annuisce.

Non riesco a respirare. Mi mordo la lingua. Quando la gente viene a sapere del mio incidente, dice ogni sorta di stupidaggini. Non voglio fare questo a Nick.

«Mi dispiace che tu abbia passato tutto questo.» Piego le mani in grembo. «È quello... che è successo con tuo fratello?»

«Pensavo di poter proteggere Shepard se fossi rimasto a casa, ma mi sbagliavo. Mio fratello si vergognava così tanto che non l'ha mai detto a nessuno. L'ho beccato. Andai alla polizia, ma Shep mi pregò di non sporgere denuncia. Non è stato più lo stesso.» I suoi occhi si riempiono di tristezza.

«Non sei tu che hai fatto male a tuo fratello. Non è colpa tua.»

«Ho lasciato che quel mostro rimanesse in casa nostra.»

Mi avvicino. Toccarlo potrebbe spaventarlo, quindi gli offro la mano. Questa volta la prende e la stringe forte.

«Mi dispiace tanto, Nick. Nessuno dovrebbe mai passare una cosa del genere.»

«Avrei potuto proteggerlo.»

«Dà la colpa a te?»

«È stata colpa mia.»

Mi si spezza il cuore per lui. Crede davvero che sia stata colpa sua. Non c'è da stupirsi che vada in giro come se gli gravasse il peso di tutto il mondo sulle spalle.

Gli metto l'altra mano sul braccio, accarezzandolo leggermente per testare la sua reazione.

Si appoggia al mio tocco invece di indietreggiare.

Mi avvicino di più. Gli passo le dita sul braccio, sul collo, sui capelli. Devo confortarlo come lui ha confortato me.

Devo aiutarlo.

È l'unica cosa al mondo che so.

Rimaniamo così quasi un'ora. Quando ci stacchiamo, Nick mi pianta un bacio morbido sulle labbra.

Mi fissa negli occhi. «Sono stato in terapia per molto tempo, ma...»

«Va tutto bene. Non devo toccarti.»

«Voglio che tu lo faccia. Non voglio che sia stata l'ultima volta che qualcuno...»

«Sei stato quanto, otto anni senza che una donna ti toccasse?»

«Più o meno.» Mi passa i polpastrelli sulla guancia. «Dovrà essere alle mie condizioni.»

Annuisco. Gli avvolgo le braccia intorno e stringo forte. «Tra noi non è più una cosa informale, vero?»

«No, non lo è.»

Stringo più forte. Devo farlo sentire meglio e c'è solo un

modo per farlo con le parole. «Pensi che siamo a uno stile informale da lavoro o siamo a livello smoking?»

La sua risata spezza la tensione nella stanza. «Grazie. Ne avevo bisogno.»

La sua risata mi riscalda. Anche con tutta questa oscurità intorno a noi, mi fa sembrare il mondo leggero.

Capitolo Venti

Nick esce per andare al lavoro verso le sette. Organizza una visita a domicilio. Aspetto doverosamente davanti alla TV, tutta la mia attenzione sul passato di Nick e nessuna sullo schermo.

Ha sofferto profondamente. Forse non deve più soffrire così tanto.

Non so cosa significhi avere una relazione che non sia solo sesso. Non ho mai fatto sul serio con nessuno, non sono mai stata innamorata. Ma c'è qualcosa in Nick. Ogni molecola del mio corpo vuole stargli vicino, vuole che sia felice.

Il dottore arriva verso le dieci. Controlla i miei segni vitali, mi chiede di fare una serie infinita di esercizi e mi prescrive altra terapia fisica.

C'è un cambio di vestiti per me in camera da letto. Jeans, un maglione, stivali senza tacco, calze di lana. Non ho idea di come Nick li abbia portati qui così in fretta. O quando. Ma sono perfetti.

Ho in programma di vedermi con Kat per fare shopping durante la pausa pranzo. Mi metto i vestiti nuovi e vado a tutta velocità alla boutique rosa pastello.

Sono in anticipo di dieci minuti, quindi mi siedo su una delle panchine e mi metto a spulciare la lista di campioni di vestiti di Kat sul telefono. Solo due sono decenti. Gli altri non vanno affatto bene per lei.

«Questo è un succhiotto serio.» Kat si mette al mio fianco, mi fa scivolare il braccio intorno, poi si gira verso di me. «E quelli non sembrano abiti da lavoro.»

«Sai, dovresti comprare un abito da sposa sei mesi prima del gran giorno. Dovrai comprare qualcosa di confezionato.»

«Me la caverò.» Mi sposta i capelli per ispezionarmi il collo. «Non ricordo l'ultima volta che hai avuto un succhiotto. Dev'essere stato Robert. Cosa gli è successo?»

«Ci siamo lasciati dopo l'incidente.»

«Oh, sì. Che idiota.» Si sfila la borsa dalle spalle per togliersi il cappotto. «Vuoi prendere un caffè prima di iniziare a cercare?»

«Ho sempre voglia di caffè, ma macchieremo i vestiti.» Mi alzo e trovo il banco di vendita.

«Vuoi dirmi come ti sei fatta quel succhiotto?»

«Un uomo ha usato la sua bocca per fare pressione sul mio collo. Sono sicura che tu e Blake l'avete fatto, ma se non è così, posso spiegarti il processo passo dopo passo.»

La commessa ci saluta con la mano, mettendoci il suo tempo per arrivare al bancone. Gli occhi di Kat sono puntati su di me come se avessi bisogno di protezione.

«Elizabeth Marie Wilder.» Kat batte l'alluce per terra. «Hai qualcosa da confessare. Si vede.»

Per fortuna, la commessa si avvicina al bancone.

«Avevamo appuntamento all'una. Lei vuole qualcosa con le maniche, molto pizzo, senza strascico. A sirena, scampanato o a tubino. È un matrimonio all'aperto, quindi semplice.» Mi volto di nuovo verso Kat con un sorriso. «Ho fatto sesso ieri sera. Vuoi altre informazioni?»

La commessa non fa nulla per nascondere che sta origliando. «Da questa parte, signorina Wilder.» Mi guarda. «Lei è la damigella d'onore?»

«Sì.» La seguo verso il lato sinistro del negozio.

«Abbiamo una grande selezione di abiti da damigella d'onore nel retro del negozio.» Indica uno scaffale di abiti di tutti i colori dell'arcobaleno e poi uno scaffale di abiti di tutte le sfumature dell'avorio. «Questi sono di un marchio indipendente eccezionale. Ci sono più abiti firmati man mano che si va in senso orario.» Passa a Kat una dozzina di mollette. «Se vede qualche vestito che vuole provare, lo segni e le preparo un camerino.»

«Grazie.» Kat aspetta che la commessa se ne vada e poi si volta di nuovo verso di me. «Con chi hai fatto sesso?»

«Un tizio in disco.»

«Come si chiamava?» chiede mentre esamina un abito da ballo di chiffon.

Le indico un abito più sobrio, un tubino di pizzo color avorio. «Non gli ho chiesto il nome.»

Kat tasta il tessuto, lo giudica inaccettabile e passa alla rastrelliera successiva. «E che aspetto aveva?»

Tra tutti i vestiti, solo uno si adatta al suo stile. Lo indico. «Era buio.»

Kat si gira verso di me a braccia conserte. «E il suo corpo? Non è qualcosa che possa sfuggire durante una scopata estemporanea.»

«Non era male.»

«In particolare?»

«Cosa speri di dimostrare con tutte queste domande?»

«Non sono sicura.» Guarda il vestito con interesse. «Mi preoccupa che tu stia mentendo.»

Prendo una molletta e segno il vestito.

«Blake mi ha detto della vostra azienda, di come i proprietari potrebbero vendere. Dev'essere stressante.» Si muove tra i vestiti tenendomi d'occhio. «Vuoi parlarne?»

«No. Cose che capitano nelle startup. Nick sta cercando di impedire la vendita.»

«Nick?»

«Si chiama così.»

«Stai arrossendo.» Lo sguardo le cade sul mio collo. «Hai una cotta per lui o è qualcosa di più?»

Una scappatoia, una scappatoia perfetta. Ho una cotta per Nick e sono stata con un tizio per togliermelo dalla testa. Posso cancellare le sue domande con una piccola bugia. Ma non posso sopportare altre bugie.

«Ti rendi conto che stiamo comprando il tuo abito da sposa?» chiedo. «Forse dovremmo concentrarci su quello.»

«Qualsiasi cosa succeda con Odyssey e Nick, sei sempre la benvenuta da noi.»

«Grazie.»

«Se mi dici che ci fai sesso, non darò di matto. Lo giuro. Anche se è molto stupido andare a letto con il proprio capo.»

«Molto incoraggiante. Grazie, sorella. Mi fai davvero sentire come se non fossi un'idiota.» Gioco con il cappotto.

«Questi vestiti sono troppo vistosi. Facciamoli sparire e prendiamo un caffè.»

«Ti sposerai il mese prossimo. Devi trovare un vestito.»

«Torneremo dopo il caffè. In negozio non c'è anima viva. Cosa farà?»

«Dio, se lavorassi qui ti odierei.»

«Ma dai. Mi guarda come se avessi una carta di credito in fronte. Le importa solo delle provvigioni.»

«Non tutti hanno un fidanzato miliardario.»

«O un amministratore delegato... che le fa i succhiotti.» Kat fa un cenno alla commessa. «Andiamo a prendere un espresso. Torniamo presto.»

La commessa si acciglia. «Non possiamo tenere da parte i vestiti.»

«Va bene. Dovremmo metterci mezz'ora.» Kat mi prende a braccetto e mi conduce verso l'uscita.

Grido alla commessa mentre usciamo dalla porta. «Trovi qualcosa di classe con il pizzo. Comprerà qualsiasi cosa carina. Non ha gusto.»

Kat mi dà una pacca sul braccio. La strada è piena di gente

in pausa pranzo. Ci fermiamo nella prima caffetteria che non sia uno Starbucks e aspettiamo in fila.

«Allora...» Kat batte l'alluce per terra. «Come sta andando il tuo stage? A parte i succhiotti e i soci che cercano di vendere l'azienda?»

«Benissimo. Nick è un genio della programmazione e dell'intelligenza artificiale. Sto imparando molto sotto di lui.

«E stai imparando molto *sotto di* lui?»

Mi schiarisco la gola, pregando che il cliente in fila davanti a noi sia veloce.

Non lo è e Kat mi trapassa con uno sguardo preoccupato.

Finalmente il tipo finisce. Andiamo alla cassa e ordiniamo un latte alla vaniglia.

Kat estrae rapidamente la sua carta di credito, sventolando la mano per rigettare le mie obiezioni. «Mi stai aiutando con il vestito. Il caffè è il minimo che ti devo.»

«Non mi devi mai niente per il mio aiuto.»

«Ok. Allora voglio solo offrire un caffè a mia sorella. Tu puoi pagarmi il prossimo.»

Ci spostiamo a un tavolo contro il muro.

Kat si mette a sedere dritta, con le mani piegate in grembo e gli occhi puntati su di me. «Che succede con Nick? Non giudicherò, né cercherò di aiutare, né farò altro che ascoltare.»

«Giuri? Soprattutto la parte centrale.»

«Giuro sulle mie doti artistiche.»

Voglio dirle la verità, ma non sono così sicura della sua capacità di non farsi coinvolgere. Quando il barista chiama il nostro ordine, mi scuso.

Gli occhi di Kat sono spalancati. Si morde il labbro come se cercasse di non far vedere quanto è preoccupata. C'è più controllo e fiducia in se stessa che in questo periodo dell'anno scorso.

Lei ha preso in mano la sua vita. Va dietro a ciò che vuole.

Forse è possibile che non metta i miei problemi davanti ai suoi.

Metto le bevande sul tavolo e mi metto a sedere. La bevanda dolce e cremosa mi riempie di calore.

Rischiare i miei desideri è una cosa. Rischiare il benessere di Kat è assolutamente fuori discussione.

«Non mi stai facendo un favore tenendo segreto qualsiasi cosa sia.» Gioca con il suo maglione. «Mi stai solo facendo preoccupare di più.»

Dannazione, legge nel pensiero.

Faccio un respiro profondo. Posso farlo. Posso ammettere quanto sono stata sconsiderata e testarda. «Ci sono andata a letto.»

Allarga gli occhi e spalanca la bocca. La chiude velocemente, arricciando le labbra come se cercasse di nascondere il suo shock. «Solo una volta o di più?»

«Ci vado tutt'ora.»

«Oh.»

«Stai dando di matto.»

«Per niente.» Beve un lungo sorso, con la preoccupazione che si diffonde su tutto il viso. «Allora, state scopando o è più serio di così?»

«Non ne sono sicura. Lui mi piace. Più di quanto mi sia mai piaciuto chiunque altro.» Mi godo il calore della mia bevanda. «Mi confonde.»

«Perché?»

«Doveva essere una cosa informale, non impegnativa. La testa mi dice che è una cattiva idea, ma il cuore...»

La sua voce è morbida e dolce, non è più scherzosa, solo preoccupata. «È amore. Ascolta il tuo cuore.»

«Ma mi farà soffrire.»

«Chi non risica non rosica.» Studia la mia espressione. «Vuoi amarlo?»

Annuisco.

«Vuoi fidarti di lui?»

«Sì.» Lo voglio. Voglio scoprire tutto di lui. Annuisco.

«Allora, qualunque cosa tu decida, ti copro le spalle al cento per cento.»

«Grazie.»

«Anche se probabilmente è lui che ti copre le spalle, eh?» Sorride.

«Hai appena fatto una battuta a sfondo sessuale?»

«Non sono del tutto sfigata.»

«Solo la maggior parte delle volte.»

Quando torniamo, la boutique è vuota e la commessa ha uno stand appendiabiti con una mezza dozzina di abiti. Aiuto Kat a indossarli, uno alla volta, *facendo ooh* e *aah* quando sale sulla pedana.

Kat scruta il suo riflesso confusa. Dopo tre vestiti, è lenta e stanca.

«Avrei dovuto farmi fare un triplo cappuccino.» Scivola fuori dall'abito da ballo e lo appende. Si gira verso di me, per niente timida con indosso solo le mutande. «Perché dev'essere un tale calvario?»

«Non dev'esserlo per forza. Puoi presentarti così. Be', con dei copricapezzoli. Magari una 'B' e una 'S' per dimostrare il tuo amore.»

Kat sorride. «Ho dimenticato il reggiseno senza spalline. Non ti dispiace, vero?»

«Sono solo sorpresa. Una volta correvi in camera tua e chiudevi la porta a chiave per cambiarti.»

Lei scrolla le spalle. «Credo di essere abituata a essere in mostra.»

«Disgustoso.» Esamino i vestiti da provare.

Uno è carino ma troppo gonfio e appariscente per Kat. Lo sposto sul gancio "no".

Un altro è troppo grande. Non c'è abbastanza tempo per tutte queste alterazioni.

L'ultimo è bellissimo: una guaina di pizzo con maniche tre quarti e una scollatura a velo sul davanti e sulla schiena.

Guardo di nuovo mia sorella. È più piccola e più magra di quanto me la immagino di solito. Quasi come se fosse lei ad aver bisogno della mia protezione.

Sfilo il vestito dalla sua gruccia.

«L'ultimo?» chiede.

«L'ultimo. Poi prendiamo un altro caffè.»

«Quanti soldi spendi in caffè alla settimana? Dev'essere una cifra a due zeri.»

«Mi appello al quinto emendamento.» Apro la lampo del vestito e la aiuto ad indossarlo. Il busto è un po' stretto mentre è largo in vita (magari avere questi problemi). Per il resto, calza perfettamente.

Kat fa un respiro profondo. Scuote le spalle come se stesse cercando di rilassarsi. «Non dici niente.»

Mi sento invadere da una sensazione di calore. «Guardiamolo nella stanza principale.»

«Va così bene?»

«Meglio.»

Entra nella stanza principale, il suo sguardo va allo specchio a tre pannelli. Resta a bocca aperta.

È bellissima. Il vestito le segue le curve con una leggera svasatura sotto le ginocchia. È molto più semplice e dritto degli altri, ed è così suo. Il pizzo è femminile, sensuale e bellissimo. È Kat.

Una lacrima mi scende lungo la guancia. Mia sorella lo farà davvero. Si sta davvero per sposare.

«Sono abbastanza sicura che significa che ti piace.» Si volta di nuovo verso di me. «Mi farai piangere.»

«È perfetto. Devi prenderlo.» Mi asciugo le lacrime. «Se ti piace.»

Si volta di nuovo verso lo specchio, esaminando il suo riflesso. I suoi occhi si riempiono di meraviglia. È lo stesso sguardo che ha quando pensa ai suoi fumetti. «Lo adoro.»

«Sembri felice.» Quasi mi strozzo con le parole. Quella sensazione di calore nel mio stomaco si espande fino alle dita dei piedi. Non avrei mai pensato di vederla così felice. Non ho mai pensato che nessuna di noi due avesse la possibilità di esserlo.

Certamente non mi aspettavo che l'amore mi facesse venire le lacrime agli occhi. Non è una stronzata. È reale, cazzo.

È possibile. Il vero amore è possibile.

Kat sbatte le palpebre per non far cadere una lacrima. Si asciuga gli occhi. «Mi hai fatto cominciare tu.»

«Sei così bella.»

Scende dalla pedana per abbracciarmi. Giro il collo per evitare che il trucco che non sono riuscita a lavare via le finisca sul vestito. Tutta la persistente tensione nei miei muscoli si rilassa quando mia sorella mi abbraccia.

Avrò sempre Kat. Mi fiderò sempre di lei. Non tutti sono così fortunati.

KAT COMPRA IL COSTOSISSIMO ABITO E FISSA UN APPUNTAMENTO per delle modifiche urgenti. Festeggiamo con un lungo pranzo e un matinée al cinema.

Sfrutto il buio del cinema mezzo vuoto per fare un breve pisolino. Quello che vedo del film, una specie di dramma indie madre/figlia, non è poi così male.

Dopo, Kat va a casa per lavorare al suo ultimo fumetto. Sono a circa tre chilometri dal mio appartamento, e il giorno è assolato e caldo. Mi sbottono il cappotto e controllo il telefono mentre inizio ad incamminarmi giù per Broadway.

Ho un messaggio di Nick. È di qualche ora fa.

Nick: Come ti senti?

Lizzy: Bene. Il dottore dice che posso fare "qualsiasi attività fisica".

Nick: Come l'ha detto?

Lizzy: Con un occhiolino e un frustino. Hai paura della concorrenza?

Nick: No. Mi basta schioccare le dita per toglierti i vestiti.

Lizzy: Continua.

Nick: Finirò per distrarmi durante la mia riunione. Ha flirtato con te?

Lizzy: Sto andando a casa dove andrò a letto tutta sola. Potrei sopportare di essere distratta.

Nick: Mi stai provocando.

Lizzy: Ti piace. E se fosse? Flirtare è normale. Io flirtavo con ogni cliente maschio al Pixie Dust. E con ogni donna che mostrava interesse.

Nick: Non ti faceva sentire sfruttata?

Lizzy: Non potevo permettermi di preoccuparmene. Avevo bisogno della provvigione.

Qualcuno mi urta, rendendomi acutamente consapevole del fatto che mi trovo all'angolo con un cartello di divieto di transito davanti a me.

Mi premo il telefono contro il petto mentre attraverso la strada. Il telefono vibra quando arriva il prossimo messaggio di testo, ma mi costringo a camminare per altri tre isolati prima di guardarlo.

Lizzy: Dovrei lasciarti. Sto tornando a casa a piedi e finirò dritta contro un palo. Inoltre, tu hai quella riunione.

Nick: Tua sorella ha scelto un vestito?

Lizzy: È bellissimo. Perfetto per lei. Ho pianto quando l'ho visto.

Nick: Sei dolce.

Lizzy: La pensiamo diversamente.

Nick: Vediamoci stasera. Per una cena e un film. Danno Matrix in un cinema di Brooklyn.

Lizzy: E non me lo hai detto subito? Maledizione, Marlowe, pensavo che fossi bravo a ottenere quello che vuoi. Solo perché tu lo sappia, niente giochetti durante Matrix.

Nick: Giochetti?

Lizzy: Sì, giochetti. Sei stato adolescente una volta. Sono sicura che hai almeno pomiciato in un cinema.

Nick: Almeno?

Lizzy: Non hai mai fatto niente al cinema? Hai mai avuto delle fidanzate al liceo dopo tutto quello che è successo?

Nick: Non sono danneggiato. Non devi andarci piano con me.

Lizzy: Ne hai avute?

Nick: Una. Ci andavo talmente piano che disse a tutti i suoi amici che ero gay.

Lizzy: Dai.

Nick: È vero.

Lizzy: Ti ha dato fastidio?

Nick: Non dovevo dimostrare niente.

Lizzy: L'hai mai legata o altro? So che essere dominante non è causato da abusi o altro, ma sembra che ti aiuti.

Nick: Non ci ho provato finché non sono stato più grande. All'inizio, era l'unica cosa che riusciva a rilassarmi abbastanza da rendermi possibile godermi il sesso. Poi ha cominciato a piacermi. È una sensazione di potere quando qualcuno si dà volontariamente a te. La fiducia è inebriante.

Lizzy: Stai cercando di provocarmi, Marlowe?

Nick: Sì.

Lizzy: Devo andare. Hai quella riunione. Non voglio distrarti con l'immagine mentale di me sul tuo grembo, con le mutandine alle ginocchia e la tua cravatta intorno ai polsi.

Nick: Vediamoci per cena alle sette. Il film inizia alle otto.

Lizzy: Sei distratto?

Nick: Completamente.

Capitolo Ventuno

Mi vedo con Nick in un ristorante thailandese.

È seduto a un tavolo in jeans e maglietta viola. È così normale. È comunque bello, naturalmente, ma come qualsiasi ragazzo ventenne particolarmente attraente di Brooklyn.

Mi siedo di fronte a lui. «Hai dei vestiti normali.»

«Devi sforzarti di più con i complimenti.»

Faccio spallucce.

«Sei carina stasera.»

«Grazie.» Rubo un sorso del suo whisky. «Come hai fatto ad arrivare qui così presto? Di solito lavori fino alle otto.»

«Ero motivato.» Prende il bicchiere e lo riporta dalla sua parte del tavolo. Mi scruta la scollatura, fermandosi sullo stesso punto che ha incuriosito Kat.

Il maledetto succhiotto.

Nick ride. È una grossa risata, la più grossa che abbia mai sentito da lui.

«Cosa c'è di divertente in tutto questo?» chiedo.

«Niente.»

«Sai quanto è stato imbarazzante quando mia sorella mi ha chiesto come mi era venuto un succhiotto?»

«Cosa le hai detto?»

Mi mordo la lingua. Dannazione. La nostra relazione dovrebbe essere un segreto.

I suoi occhi incontrano i miei. «Volevo tenerlo nascosto a Shepard. Non importa chi altro lo sa.»

«Bene. Le ho detto tutto.»

«Tutto?» Alza un sopracciglio.

«Non quella parte.» Do una rapida occhiata al menu, ma so già che prenderò i gamberi al curry verde. «Perché vuoi tenerlo nascosto a Shepard?»

«Ho paura che ti faccia del male.»

«Hai pensato di provare a riconciliarti con lui? Forse è arrabbiato per la riabilitazione e non... per tutto il resto.»

L'espressione di Nick si irrigidisce. «Non ha importanza. Quando si mette in testa una cosa, non si ferma finché non l'ha ottenuta.»

«Non ti dà fastidio il suo odio?»

«Mi merito di peggio.»

«E se si trattasse di Jasmine? Se lui crede davvero che tu gliel'abbia portata via e lo sta facendo per riconquistarla?» C'è quasi qualcosa di romantico nel fatto che Shepard sia disposto a fare qualsiasi cosa per riconquistare la donna che ama.

Nick abbassa lo sguardo. «Lizzy, sono sicuro che hai delle buone intenzioni, ma non ti ho invitato a uscire per parlare di mio fratello.» Gli si arrossano leggermente le guance. Come se fosse nervoso. «Ho bisogno di una pausa da tutto questo.»

«E io sono una comoda distrazione?»

«No.» Beve un lungo sorso del suo drink. «Ho bisogno di te.»

Sta arrossendo. Per davvero.

Mi fa diventare tutta calda e molliccia dentro. Phoenix Marlowe, genio miliardario della programmazione, ha bisogno di me.

«In che modo hai bisogno di me?»

«Legata con le gambe aperte.»

Ora sono io ad arrossire. Balbetto qualcosa di incomprensibile. «Spero che servisse a dimostrare qualcosa.»

Lui annuisce. «Ci tengo a te. Anche di più.»

Anche di più. Come se mi amasse. Non l'ha detto, quindi non devo dirlo io.

Quella sensazione di calore mi arriva fino in pancia. «Anch'io ci tengo a te. Forse anche...»

La cameriera, una donna asiatica sulla ventina, mi salva dal finire la frase. Mi lascia una Diet Coke e ordiniamo la cena.

Il mio sguardo va a Nick. Ci sono delle occhiaie sotto i suoi profondi occhi castani. Tiene le spalle afflosciate. La ricrescita della barba è maggiore del normale. È stanco.

Abbiamo bisogno della stessa cosa: l'uno dell'altra.

Il pensiero mi inghiotte. Ho bisogno di lui. È l'unica persona, oltre a mia sorella, che mi capisce. Che vede la vera me.

Sorseggio l'ultimo sorso della mia soda. «Facciamo un gioco. Io ti faccio una domanda e tu devi rispondere onestamente. Poi tu mi fai una domanda e io devo rispondere onestamente.»

«Come si vince?»

«Vincere non è il punto.»

Agita il bicchiere. «Allora non è un gioco.»

«Oh. Che secchione.» Maledico la sua precisione. «È come il Tetris. Non puoi vincere. Puoi solo perdere.»

Lui si ravviva, interessato.

«Si perde se si rifiuta di rispondere a una domanda.»

«C'è qualcosa di off-limits?»

«Qualsiasi cosa su Odyssey o Shepard, credo.»

Nick beve un sorso e mette da parte il suo drink. Si mette a sedere diritto, con gli occhi puntati su di me. «Ti do il vantaggio. Puoi iniziare tu.»

«Sei molto generoso.» Mi scervello per farmi venire in mente una domanda. «Sei mai stato innamorato?»

«No. E tu?»

«No. Mi piaceva il mio ragazzo del liceo, ma non ho mai sentito di poter essere me stessa con lui. Era come se la mia personalità fosse troppo, troppo aggressiva o intensa o qualcosa del genere.» Guardo i suoi profondi occhi castani. «Perché non ti fidi di nessuno? A causa del tuo patrigno o per qualcos'altro?»

«Mi fido di te.»

«Per qualsiasi cosa?»

Guarda verso la finestra come se fosse immerso nei suoi pensieri. «Quasi tutto.»

Quel calore si diffonde fino alle dita delle mani e dei piedi. Non so nulla dell'innamoramento, ma conosco la fiducia.

E posso sentire l'intensità della nostra fiducia.

«Anch'io mi fido di te.» Balbetto le parole. «Per quasi tutto.»

Mi fissa negli occhi. È come se mi guardasse dentro la testa.

Di solito, questo genere di cose mi farebbe sentire esposta.

Ma mi piace il modo in cui lo fa. Mi piace che sappia cosa ho in testa, in cuore.

Voglio che sia felice.

Voglio stargli vicino.

Forse lo amo davvero.

La sua voce mi riporta al tavolo. Posso contemplare i miei sentimenti per lui più tardi. In questo momento, lui è qui ed è mio.

«Hai rinunciato al mondo dopo quell'incidente, vero?» chiede.

Annuisco. «Non sono mai stata Miss Simpatia, ma mi fidavo delle persone prima dell'incidente. Mi fidavo che il mondo non mi portasse via tutto quello a cui tenevo.» Guardo la strada fuori. Non ne parlo con nessuno, nemmeno con Kat. «All'inizio, quando sono uscita dalla terapia intensiva, la gente era davvero solidale, mi veniva a trovare e portava fiori, dicevano che erano felici che stavo bene. Ma era tutto per fare scena. Appena le cose si sono fatte difficili, sono spariti. È stato così anche quando è morta tua madre?»

Annuisce. «Un sacco di gente aveva promesso di aiutarla a godersi gli ultimi giorni. Ma nessuno di loro è rimasto oltre un saluto e una tazza di caffè. Nemmeno suo fratello. Non sopportavano di vederla malata.»

«Come si chiamava?»

«Olivia.»

«Com'era?»

«Affettuosa. Ma il suo lavoro veniva sempre prima.»

«E il tuo patrigno. Era ancora in giro allora?»

«Sì. Ho aspettato che non ci fosse più per sporgere denuncia.»

«Non l'ha mai saputo?»

«Sapeva che qualcosa non andava, ma mai cosa fosse.»

«Stavi cercando di proteggerla?»

«Sì.»

«Cerchi di proteggere tutti, anche quando questo va a discapito del tuo benessere, della tua felicità?»

«Tocca a me fare una domanda.»

«Ma lo fai.»

«Sì.» Mi guarda fisso negli occhi. «Pensavi che saresti morta?»

Annuisco. «Ricordo ancora il momento in cui l'altra macchina ha colpito la nostra. Era una strada senza divisorio, uno scontro frontale. Ecco perché i miei genitori... sul sedile anteriore andò peggio.»

Mette la mano sul tavolo. La stringo forte. È diverso dall'ultima volta che me l'ha offerta. Più forte.

Chiudo gli occhi. «La macchina veniva verso di noi. Sapevo che era grave. Poi tutto è diventato bianco. Ricordo ancora che speravo che mia sorella ricevesse la notizia dopo aver finito la sua corsa campestre, così avrebbe vinto la sua gara.»

Nick sorride. «Davvero?»

«Sì. Mi sono svegliata qualche giorno dopo. Probabilmente sono stata in coma. Non ricordo nulla se non la sensazione di un dolore attenuato dalla morfina. Hanno aspettato a dirmi che i miei genitori erano morti. Non volevano traumatizzarmi quando ero già così debole. Davvero, peggiorava le cose, non sapere cosa stava succedendo, avere la speranza distrutta in quel modo.»

«Ti mancano?»

Annuisco. «Litigavamo spesso, ma ho sempre saputo che mi volevano bene. Erano insegnanti, ed erano sicuri che avrebbero cambiato il mondo, o almeno la loro scuola sottofinanziata. Hanno fatto un sacco di bene. Non è giusto che non ci siano più.»

«Cos'è che mi hai detto a San Francisco?» Mi cita. «La vita se ne frega di quello che vuoi tu.»

«Qualcosa del genere. Non ti piace il sentimento o la volgarità?»

«Amo entrambi.»

Deglutisco a fatica. Quel verbo, amare, suona bene sulle sue labbra.

Scuoto la testa per concentrarmi sul presente. Dopo tutto, la vita se ne frega di quello che voglio. Devo aggrapparmi a quello che ho finché ce l'ho davanti.

Stabilisco un contatto visivo con Nick. «Com'era la tua vita, con tua madre che metteva il lavoro prima di tutto?»

«Triste. Pensavo di potermi prendere cura della famiglia, ma...»

«Mi dispiace tanto che tu abbia passato tutto questo. Mi fa male pensarci. Faccio fatica a immaginare quanto ti abbia fatto male.»

«Non compatirmi. Sono una persona molto fortunata.»

«Non è pietà. Solo che... io soffro quando tu soffri.»

La cameriera ci interrompe con il nostro cibo. Ordiniamo un altro giro di bevande.

Seppellisco il muso nel mio curry di gamberi per guadagnare tempo per sistemare i miei pensieri.

Non è fresco come il costoso locale thailandese del centro, ma le spezie sono più forti. Zenzero, galangal, basilico tailandese e il tocco salato della salsa di pesce.

È come l'amore? È intenso.

«Credo che sia il tuo turno» dico.

Tira fuori il telefono e mi mostra una foto. È la foto di un test per le malattie veneree. È a posto.

«Usi contraccettivi?» chiede.

«Sì, ho una spirale.» Ricambio lo sguardo. «Sono a posto. Ho fatto un test l'anno scorso. Da settembre non sono stata con nessun altro a parte te.»

«Mi fido di te.» Si rimette il telefono in tasca. «È una tua decisione, se vuoi usare un preservativo.»

«È questa la tua domanda?»

Lui annuisce.

Dio, che domanda.

È una decisione facile. Non ho mai fatto sesso senza preservativo. Voglio assolutamente sentire Nick, tutto di lui.

Annuisco. «No, non voglio usarlo. Mi fido di te.»

Sorride.

Sto per scopare Nick senza preservativo.

Devo davvero restare per il film?

Capitolo Ventidue

Perfino nel cinema affollato, Nick ed io siamo nel nostro mondo. È una bolla libera da tutto lo stress di Odissey, o della famiglia, o degli incidenti che portano via tutto.

Dopo i titoli di coda, cerco di mettere insieme i miei pensieri nel bagno delle donne. Ho una domanda pressante. Amo Nick?

È possibile.

Perfino probabile.

Ho lasciato che la lussuria si impadronisse del mio cervello. È più facile da capire.

Farò sesso con Nick senza preservativo. È così personale, così intimo...

Così sexy.

Sono distratta durante il viaggio in metro. Quando finalmente arriviamo alla nostra fermata, lui avvolge la mano intorno al mio polso e mi tira su in piedi.

Ho le gambe di gelatina. La passeggiata fino al suo appartamento dura solo cinque minuti, ma sembrano cinquanta.

Finalmente entriamo nell'atrio. Il *ding* dell'ascensore annuncia il suo arrivo. Nick digita un codice per il piano dell'attico e mi tira dentro.

Con un movimento rapido, mi schiaccia contro la parete e preme le labbra sulle mie.

Non perde tempo. Grazie a Dio.

Gli faccio scivolare la lingua in bocca. È diverso con tutto quello che c'è in ballo. Sapendo quanto sono profondi i miei sentimenti. Quanto bisogno ho di lui.

Quanto bisogno ha lui di me.

Nick ha bisogno di me. Mi fa scaldare tutta.

Mi tira via il cappotto dalle spalle. Geme contro il mio collo e poi ci affonda i denti.

Mi manda una fitta fin nell'intimo.

Ho bisogno di toccarlo oggi, per mostrargli quanto può essere bello.

Porto le mani alle sue spalle. Gli tiro il cappotto ma non si smuove.

Ok. Non è che dobbiamo farlo nell'ascensore di vetro. Si sentirà più sicuro nel suo appartamento.

Per il resto del tragitto gli passo le mani tra i capelli e lo bacio con tutto il sentimento che ho. Le parole sono così complicate. Non riesco mai a usarle per spiegarmi.

Ma questo...

Le sue labbra sulle mie, le sue mani sulla mia pelle.

Questo lo capisco.

Quasi sobbalzo quando le porte dell'ascensore si aprono. Quasi. Spedisco il cappotto dentro l'attico con un calcio ed entro. Lui mi segue con uno sguardo incuriosito. Come se sapesse che ho in mente qualcosa.

Nick appende i nostri cappotti all'attaccapanni. Prende la mia borsa. Si inginocchia per slacciarmi le scarpe. Le sue mani tracciano una linea lungo le mie gambe, sulla cucitura dei miei jeans, poi sul tessuto morbido della mia maglietta. Si attardano a tracciarmi la scollatura.

Il suo tocco è morbido quando le sue dita mi sfiorano le

clavicole. Le guance. Il labbro inferiore.

Mi sfila la maglietta da sopra la testa. Mi sgancia il reggiseno e lo butta via.

Oggi è veloce. Come se fosse disperato.

Mi blocca contro il muro mentre mi bacia.

Ho bisogno di lui molto più di quanto abbia mai avuto bisogno di qualsiasi altra cosa.

Desidero il suo piacere più di quanto abbia mai desiderato qualsiasi altra cosa.

Mi bacia il collo. Mi metto in punta di piedi in modo che la mia bocca sia sopra il suo orecchio.

O la va o la spacca. «Voglio toccarti. Per favore.»

«Potrebbe non finire bene.»

Preme il corpo contro il mio, ogni centimetro duro come il marmo, come se mi stesse avvertendo che potrei non ottenere il mio premio.

Vale la pena rischiare. «Lo so.»

Si tira indietro per guardarmi negli occhi. Io ricambio lo sguardo. Quei profondi occhi castani. È come se si estendessero per chilometri.

Mi passa la punta delle dita sul ventre. «Sono io al comando. Non puoi fare niente finché non te lo chiedo io.»

Annuisco.

Porta la mano al mio petto, i polpastrelli a millimetri dal mio capezzolo ma non lo tocca ancora.

Cerco un significato nei suoi occhi.

Mi sta mettendo alla prova.

Devo passare l'esame.

Ogni parte di me vuole inarcare la schiena, premere il petto nelle sue mani, ma devo essere paziente. Nick mi ci porterà.

Mi passa il dito sul capezzolo con un leggero accenno di pressione. Mi mordo la lingua e lo fisso negli occhi a mia volta.

L'altra mano va ai miei jeans, al mio interno coscia. Un centimetro da dove dovrebbe essere. Poi mezzo centimetro. Poi così vicino che mi ci vuole tutta la forza che ho per non strofinare il corpo contro il suo.

«Nick, per favore.» Non sono sicura di cosa sto chiedendo, solo che ne ho bisogno.

Lui non ha pietà. Strofina il mio interno coscia mentre mi affonda i denti nel collo.

Mi morde l'orecchio, poi c'è solo il suo respiro. Il suo calore mi manda una scarica di piacere lungo la schiena.

«Dammi la mano sinistra.» Mi preme le labbra contro il collo.

Lo faccio.

Me la mette sopra la testa e la preme contro il muro. Mi prende la mano destra e ci mette dietro il suo palmo. Mi sta guidando.

È difficile non spingere le cose. Ci riesco fissando i suoi occhi. Devono essere spalancati dal desiderio. Nient'altro.

Preme il mio palmo contro i suoi jeans, così da prendere in mano la sua erezione. C'è Nick sotto tutto quel denim. Non avrei mai pensato di odiare così profondamente un tessuto tanto utilitaristico, ma è così.

«Aprimi i jeans poi riporta la mano al tuo fianco.» Toglie la mano dalla mia.

Armeggio col bottone e con la cerniera. Ecco. La tentazione di toccarlo è forte, ma seguo esattamente i suoi ordini.

C'è vulnerabilità nei suoi occhi. È una cosa importante. Non posso spingerlo.

Nick si sfila la maglietta da sopra la testa. Si toglie le scarpe e spinge giù i jeans fino alle ginocchia. Cadono in un mucchio sul pavimento.

Solo i boxer adesso.

Mi blocca le mani al muro mentre mi bacia. Lo sfrigolio del suo petto nudo contro il mio mi manda ondate di bisogno fin nell'intimo.

A me ci penseremo dopo. In questo momento, ho bisogno che si senta bene lui.

Nick mi libera la mano destra. Mi guida di nuovo. Porta la mia mano ai boxer in modo che non ci sia altro che un sottile tessuto di cotone tra le mie dita e il suo uccello. Dio, che bella sensazione.

Mi blocca l'altra mano al muro e avvicina la bocca al mio orecchio. «Toglimi i boxer.»

Dio sì. Gli spingo i boxer fino alle ginocchia. Cadono sopra i suoi jeans.

Si porta la mia mano all'uccello. Lo sfioro col palmo. Poi con le dita.

Gli sfugge un sospiro dalle labbra mentre lo tocco. Gli piace. Lo vuole.

Mi lascio guidare da lui. La mia mano lo avvolge. Lo accarezzo. Poi vado più forte, più veloce.

Il suo corpo trema. Mi affonda i denti nel collo.

Mi fa qualcosa. Mi rende ancora più disperata.

Porta la mano al mio polso e poi al suo fianco. «Continua.»

Cazzo, sì. Lo pompo con colpi regolari. Lui allontana le labbra dal mio collo per fissarmi negli occhi.

Dio, il desiderio nei suoi occhi. Ho bisogno di più.

Osservo le sue reazioni mentre vado più veloce. Più forte.

Mi prende per la nuca. In questo modo attira le mie labbra nelle sue. Mi bacia con forza, in profondità, succhiandomi la lingua.

Quando il bacio finisce, mi fissa di nuovo. «Mettiti in ginocchio.»

Dio sì. Mi abbasso molto più velocemente di quanto dovrei. Ahi. Almeno è un parquet di qualità, a giudicare da quanto è duro.

Premo le mani contro i fianchi, in attesa di istruzioni.

Nick mi prende la mano sinistra e se la preme contro il fianco. Preme l'altra mano contro la mia nuca, guidandomi più vicino. Più vicino.

«Stuzzicami.» Mi tira i capelli.

È da un po' che non lo faccio, ma posso compensare la mia inesperienza con l'entusiasmo.

Gli sfioro l'uccello con le labbra. Solo un tocco. Ancora, e ancora. Gli passo veloce la lingua sopra.

Ha un buon sapore. Ne voglio di più. Lo voglio tutto in bocca. Ma devo continuare a stuzzicarlo.

Lo faccio ancora e ancora. Finché non geme. Finché non trema.

La sua mano preme contro la mia nuca. «Avvolgimi le labbra intorno.»

Lo faccio.

«Guardami.»

I miei occhi si uniscono ai suoi. Non c'è apprensione nella sua espressione. Solo desiderio.

«Succhiami.» La sua voce è un comando.

Meno male che voglio obbedire. Lo prendo più a fondo. Mi strattona con la mano tra i capelli. Porta l'altra al mio capezzolo e gioca con me.

Gli faccio roteare la lingua intorno alla punta finché i suoi occhi si chiudono. Ecco. Mi concentro sul punto che lo fa impazzire e ci sbatto la lingua contro finché non geme abbastanza forte da svegliare la gente al piano sotto di noi.

Lo prendo il più a fondo possibile. Quando non posso andare oltre, avvolgo la mano intorno all'uccello e lo accarezzo. Nick geme pizzicandomi il capezzolo, così sono costretta a gemere contro di lui.

La libidine si raccoglie tra le mie gambe. È una sensazione esaltante portarlo al limite, renderlo disperato.

Lui preme la mano contro la mia nuca, guidandomi. Lui è ancora al comando e io mi sto ancora arrendendo.

Nick muove i fianchi, spingendomi in bocca. Rilasso la gola per prenderlo più a fondo. Sono un contenitore per lui, per qualsiasi cosa di cui abbia bisogno.

Perdo la cognizione di tutto tranne che del suono dei suoi

gemiti, della sensazione di lui nella mia bocca. Mi tira i capelli. Gioca con i miei capezzoli.

Il mio corpo pulsa di desiderio. Non ancora. Prima ho bisogno di sentirlo venire.

Porta le mani alla mia nuca. C'è una deliziosa espressione di piacere sul suo viso, e non voglio fare altro che farlo aumentare.

Mi affonda le dita in testa. Chiude gli occhi. «Cazzo, Lizzy.»

Cazzo, sì. Gli faccio scorrere la lingua intorno.

«Sto per venire.» Mi tiene la testa in posizione mentre mi spinge in bocca.

La splendida agonia di un orgasmo si diffonde sul suo viso. Schiude le labbra. Geme.

Cazzo, sì.

Mi arrendo alla sua guida, continuo a succhiare mentre gli pulsa l'uccello, mentre mi riempie la bocca.

Quando ha finito, deglutisco.

Mi tremano le cosce, per la disperazione o per la fatica o per un misto di entrambe.

Nick scende a prendermi le mani e mi tira su in piedi. Mi preme contro il muro e mi bacia con forza.

Quando si tira indietro, mi accarezza la guancia. «È stato fantastico.»

Arrossisco. «Grazie.»

«Puoi prenderne ancora?»

«Puoi...» Mi schiarisco la gola. «Ancora?»

Mi sfiora il seno con il palmo della mano. «Non sono Superman. Ho bisogno di qualche minuto.» Fa un passo indietro e si tira su i boxer.

«Di quanti minuti stiamo parlando?»

Nick sorride. «Stai cercando di uccidermi?»

Annuisco.

Capitolo Ventitré

Qualcosa di freddo e umido mi preme sul collo. Un drink miscelato in un bicchiere. Poi sento la mano di Nick sulla spalla.

Mi giro e gli prendo il bicchiere dalle mani.

Preme le labbra sulle mie. Mi fa scivolare la mano intorno al fianco fino a mettermela sull'incavo della schiena e mi conduce al divano.

Il suo drink è sul tavolino. Whisky con ghiaccio, a quanto pare. Sorseggio dal mio bicchiere. Rum e Diet Coke. Ho bisogno di caffeina. È tardi.

Nick prende una coperta da sotto il divano e me la mette sulle spalle. «Stai tremando.»

Mi stringo la coperta addosso. Fa freddo qui dentro. «Potresti alzare il riscaldamento?»

Nick si alza e digita alcuni comandi sul termostato. Un momento dopo, il riscaldamento entra in funzione. Fa già più caldo.

Si siede accanto a me e mi tira in grembo. Mi sposto in modo da guardare i suoi profondi occhi castani.

Il modo in cui mi fissa, con tutto quell'affetto, mi fa venire un brivido in pancia. È diverso dal volerlo toccare. Meno e più esigente allo stesso tempo.

«A cosa stai pensando?» chiede.

Faccio un respiro profondo. «C'è qualcosa che voglio.»

Mi passa i polpastrelli lungo la clavicola senza smettere di guardarmi negli occhi. «Oltre a venire a letto con me?»

Mi bruciano le guance. «Sei una grande fonte di distrazione.»

Lui annuisce.

«Usi queste doti nelle negoziazioni?»

«Non nello stesso modo.» Mi trascina i polpastrelli lungo il petto fino a toccarmi i capezzoli. «Non parliamo di lavoro.»

«Stiamo parlando di qualcosa?»

Ci disegna un cerchio intorno. «Tu vuoi qualcosa.»

«Sì.» Qualcosa d'importante. Mi sposto per interrompere il suo tocco. È terribile, ma è l'unico modo per concentrarmi. «Non voglio più tenere segreta questa relazione. È troppo difficile inventare bugie su quello che sto facendo.»

Mi guarda come se stesse cercando di capire qualcosa. «Non mentre lavoriamo insieme. La gente penserà che hai ottenuto lo stage in ginocchio.»

«Posso sopportarlo.»

«Io no.»

«Si tratta della mia reputazione o della tua?» chiedo.

«Non ho intenzione di ascoltare la gente che ti chiama puttana alle spalle.»

«La gente lo dirà comunque se aspettiamo di smettere di lavorare insieme. Ci saranno dei pettegolezzi. Se pensi che tutto questo finirà prima ancora di dovercene preoccupare...» Gioco con il tessuto della coperta. «Hai una vita piena. Se non c'è spazio per me, lo capisco.» Mi si contrae lo stomaco. Lo capisco, ma mi spezzerà in un milione di piccoli pezzi.

«Ti voglio qui.» Mi passa le dita tra i capelli. «Dopo che la vendita si sarà conclusa, m'inventerò qualcosa.»

«Me lo prometti?»

Annuisce. «Neanche a me piace nasconderlo.»

«Davvero?»

«Davvero. Sarò impegnato nelle prossime settimane. Non potrò vederti molto.»

«Mi mancherai. Mi mancherà tutto questo.»

«Anche a me.» Nick mi preme il palmo contro la schiena. «Sei più dolce di quanto lasci intendere.»

«Non dirlo a nessuno.» Gli appoggio la testa sulla spalla. «Rovinerà la mia immagine.»

Nick emette un sospiro di piacere. Fa scivolare il braccio intorno alla mia vita e mi tiene contro di lui. «Mi fido del tuo giudizio. Più di quanto tu creda.»

«Mi hai fatto firmare un accordo di riservatezza che comprendeva la nostra relazione personale.»

«E devo ancora farti causa per averlo infranto.»

Scoppio a ridere. Mi sposto per controllare la sua espressione. Sta sorridendo.

«Mi piace quando scherzi. E quando ridi.» Gli rimetto la testa sulle spalle. «A meno che tu non abbia intenzione di farmi causa.»

Lui scrolla le spalle. «Chi lo sa?»

Mi fa male ridere anche se è bello. Mi sta succedendo qualcosa. Qualcosa di esaltante e terrificante allo stesso tempo.

«Mi incazzerò da bestia con te se mi fai causa» dico. «Dovrò farti una controquerela per molestie sessuali.»

«Non c'è niente di meglio degli avvocati per incoraggiare due persone a fidarsi l'una dell'altra.»

Questa risata spazza via tutto il resto.

Mi accoccolo tra le braccia di Nick. Mi si chiudono gli occhi. Ci vogliono quindici minuti prima che la caffeina faccia il suo pieno effetto nel mio flusso sanguigno. Me ne bastano pochi per riposare.

Solo pochi minuti e possiamo andare a letto.

Solo pochi minuti...

Non sono sul divano. Sono nel letto di Nick, coperta da un piumone, senza jeans e mutande.

Secondo l'elegante sveglia nera sul comodino, è quasi mattina. Nick dorme profondamente accanto a me. Ha un lenzuolo avvolto intorno alla vita. Per il resto, è nudo.

Dannazione, che momento per addormentarsi.

In qualche modo, non sono turbata. Il mio polso è normale. Il mio respiro è regolare. Semmai, sono calma. Persino felice.

Nick sembra così tranquillo nel sonno, come se finalmente non portasse il peso del mondo sulle spalle.

Faccio scorrere le dita tra i suoi capelli. Ci sono così tante cose in quella sua bella testa. Voglio sapere tutto.

Voglio conoscerlo, conoscerlo davvero.

Questo desiderio è del tutto inquietante. Gli do un bacio sulla guancia e mi sposto in soggiorno, lontano dalla fonte della mia confusione.

I miei vestiti e la mia borsa sono in una pila ordinata sul tavolino. C'è una scatola accanto. È avvolta in un fiocco viola. Trovo i miei occhiali tra la pila di vestiti e leggo il biglietto.

Stavo per darti questo ieri sera. Indossalo ogni volta che vuoi incassare.

C'è un'altra nota sul retro del biglietto.

Per la prossima volta.

- Nick

Mi si forma un sorriso sulle labbra. Mi ha lasciato un cazzo di assegno per la prossima volta. Lo piego per bene e lo infilo nel portafoglio.

Scarto il regalo senza un pizzico di pazienza. È un altro set di lingerie. Questo è audace. Un reggiseno trasparente e un perizoma abbinato in pizzo nero.

Mi vesto e cerco un modo per lasciare un biglietto a Nick. Non c'è niente, così gli mando un messaggio di testo.

Lizzy: Sono andata a cambiarmi per andare al lavoro. Ci vediamo alle otto. Tu porta il caffè.

C'è qualcosa di terribilmente impersonale nel mandare un messaggio a un uomo che sta dormendo nella stanza accanto, ma se rimango qui non sono sicura che sarò in grado di andarmene. Mi dirigo verso l'atrio e percorro a piedi i dieci isolati fino al mio appartamento.

Il portiere, sempre lo stesso uomo dai capelli grigi e corpulento, mi lancia quello sguardo da *buon per te che hai trovato da scopare.* Faccio spallucce come se non avessi idea di cosa significhi la sua espressione.

Restiamo su un piano strettamente professionale durante le nostre due ore insieme. Poi Nick s'immerge nel suo lavoro, e io faccio del mio meglio per immergermi nel mio. Sono le otto passate quando controlla il mio codice e mi manda a casa con un dolce saluto.

È più affettuoso di fronte ad altre persone. Non è niente di ovvio. Non mi bacia né mi abbraccia, ma sorride, e ride, e mi sfiora la schiena con la mano.

È difficile tornare a casa da sola sapendo che lavorerà fino all'alba, ma me la cavo uscendo con Sarah o seppellendomi nei film di fantascienza.

Giovedì sera mi accompagna all'ascensore. «Mi dispiace di essere stato così occupato. Mi farò perdonare domani.» Preme le labbra sulle mie. «Indossa quel completino.»

Cazzo, sì.

Il set di lingerie di pizzo è splendido. Dà ai miei seni quel tanto di forma che, a parte il contorno dei capezzoli che spunta dalla camicetta, sembra che stia indossando un reggiseno vero e proprio.

Stringo bene un blazer per non dare mostra di me a nessuno

tranne che a Nick.

Con il mio vestito nero e la camicetta viola, sono la tipica donna d'affari professionale. Specialmente con gli occhiali e i capelli legati in uno chignon. Non c'è modo di dire che indosso qualcosa di sexy sotto il vestito.

Nessuno lo sa tranne noi.

Nick è insopportabilmente professionale durante la nostra lezione. Il nostro lavoro è intenso. C'è molto da fare.

Alle dieci, mi sussurra all'orecchio. «Oggi pranzerai con me. Fatti trovare qui all'una.» Fa un cenno verso la porta, asettico.

«Ci vediamo allora, signor Marlowe.»

Imposto una sveglia così posso farmi risucchiare dal lavoro. Quando suona, all'una meno cinque, mi dirigo verso l'ufficio di Nick. Lui e Jasmine sono in piedi fuori dalla sua porta, immersi in una conversazione su qualcosa.

Parlano a voce bassa, ma non abbastanza da essere fuori portata.

Jasmine consegna a Nick una cartella marrone ben ordinata. «OmniTech ha faxato la loro offerta. Hai intenzione di leggerla?»

La sua voce è severa. «No.»

«È una buona offerta. Il cinquanta per cento in più di quella di Google.»

«Ne sono conscio.»

«Se sei così contrario...»

«Risparmiatelo.» Nick le rimette la cartella tra le mani. «Sono sicuro che hai del lavoro da fare.»

«Questo è il mio lavoro. Se vuoi evitare che Shepard venda, dovrai fare qualcosa oltre al broncio.»

Lui la fissa arrabbiato. «Credi davvero che sia possibile fargli cambiare idea?»

Lei si acciglia. «Forse. Se tu volessi solo...»

«Ti chiederei di fare pace con lui?»

Jasmine fa un passo indietro. «Potresti. Se fossi abbastanza disperato.»

«Ci credi davvero?»

Si morde il labbro. «Sì, ma capisco. Quest'azienda è tutto per te.» Abbassa la voce. «Nick, neanche a me piace vederlo così. Ma non posso tornare da lui. Non dopo il modo in cui mi ha ferito.»

«Non ti chiederei mai di farlo.» La voce di Nick diventa severa. «Questo non è il tuo lavoro.»

«No, questo *è* il mio lavoro.» Gli spinge la cartella contro il petto. «Signor Marlowe, ecco l'offerta. La prego di esaminarla e di inoltrare le sue considerazioni al nostro direttore finanziario, Shepard Marlowe. Dovrebbe conoscerlo. È suo fratello e suo socio in affari. E se vuole continuare a comportarsi come se le fosse impossibile contattarlo, allora accetti che l'azienda venga venduta e smetta di tenere il broncio.» Si gira e torna alla sua scrivania.

L'espressione di Nick s'infiamma di frustrazione. Stringe il pugno mentre controlla l'orologio. I suoi occhi incrociano i miei e mi fa un cenno *vieni qui*. Lo seguo nel suo ufficio, chiudendo la porta dietro di me.

L'ufficio sembra più piccolo di stamattina. Nick sembra più alto. Più massiccio. Più imponente.

Premo la schiena contro la porta. Stringo le labbra. «Hai intenzione di darci un occhio?»

«Non voglio parlare di lavoro.» Lascia cadere la cartella sulla scrivania. Il suo respiro è regolare. La sua espressione è stoica.

«È una buona offerta?»

«Lizzy, smettila. Non è qualcosa di cui voglio discutere. E non con te.»

Non vuole il mio aiuto. Cerco di ragionare su quanto questo faccia male. Lui è un amministratore delegato, esperto in affari, e io sono una stagista. Non posso dargli nessun consiglio. Non c'è modo di aiutarlo con la sua azienda.

Ma sembra così ferito. Devo fare qualcosa.

Annuisco. «Dimmi cosa posso fare per farti stare meglio.»

«Niente. Dovresti tornare al lavoro.»

«Ma Nick.» Mi avvicino di un passo. Deglutisco a fatica. Non mi sarei mai sognata di fare un'offerta del genere, ma è la mossa giusta. «Usami per sentirti meglio. Usami per sentirti di nuovo in controllo.»

Mi fissa come se non riuscisse a credere a quello che gli sto chiedendo.

«Per favore.» Trattengo il respiro in attesa della sua risposta.

Capitolo Ventiquattro

La sua espressione è stanca.

Questo è il modo in cui posso aiutarlo. L'unico modo, forse.

Mi sfilo il blazer dalle spalle. «Per favore.»

I suoi occhi vanno al mio petto. Gli si schiudono le labbra. Gli si dilatano le pupille. «Non sai cosa stai chiedendo.»

«Sì, invece. Voglio che mi usi per sentirti meglio. Qualunque cosa significhi.»

Aggrotta la fronte come se stesse elaborando qualcosa. Annuisce. «Chiudi la porta a chiave.»

Lo faccio.

Nick mi fissa profondamente negli occhi. «Vieni qui.»

Tre passi e sono a pochi centimetri da lui. Le sue dita mi sfiorano il mento, il suo tocco è gentile.

Mi toglie gli occhiali e li mette sulla scrivania.

Le sue mani vanno alla mia camicetta. Slaccia il primo bottone. Il secondo. Il terzo. La camicia si apre.

Il reggiseno è completamente trasparente. È come se il mio seno gli venisse offerto in dono. Come se fosse in mostra solo per lui.

Nick emette un leggero sospiro di piacere. Qualcosa nella sua espressione si rilassa. Questo è davvero ciò di cui ha bisogno.

Il mio corpo vibra per la vicinanza. Le sue mani sono a millimetri dalla mia pelle ma non mi sta toccando. Non ancora.

Mi slaccia il quarto bottone, l'ultimo che non è infilato nella gonna, e apre la camicia.

Il calore si diffonde dal mio intimo. Vorrei poter annegare nei suoi occhi. Vorrei potermi sentire così desiderabile tutto il tempo, cazzo.

Il suo sguardo si fissa su di me. Osserva le mie reazioni mentre mi tocca il seno e strofina il pollice sul capezzolo. Preme il pizzo del reggiseno contro il mio tenero bocciolo.

L'attrito è divino, cazzo.

Lo fisso a mia volta, guardandolo come lui sta guardando me. Gli si dilatano le pupille. Gli si schiudono le labbra. Aumenta la pressione fino a farmi gemere. Chiude gli occhi. Non posso più guardarlo. Non posso fare altro che godermi le sensazioni.

Mi bacia il collo. Mi graffia con i denti.

La fitta di dolore aumenta la tensione che ho tra le gambe.

Cazzo, sì. Mi sciolgo nei suoi movimenti, ansimando e tirandogli la giacca per non fare rumore.

Mi lascia una scia di baci dal collo alla clavicola, poi lungo il petto. È a tre centimetri dal mio capezzolo. Poi due.

Mi slaccia il reggiseno e lo getta via.

Chiude la bocca intorno al mio capezzolo.

Gemo il più piano possibile.

La pressione della sua bocca manda dei brividi di desiderio direttamente nel mio intimo. Mi si contrae il sesso. Mi si piegano le ginocchia. È impossibile rimanere in silenzio, così mi premo il palmo della mano contro le labbra e lo uso per soffocare i miei gemiti.

Quando mi raschia il capezzolo con i denti, non riesco più a smorzarli. L'esplosione di dolore rende tutto migliore. «Nick.» Lo dico a voce alta. Abbastanza alta che qualcuno potrebbe sentire.

Non mi ferma. Mi morde solo più forte. «Cosa vuoi?»

«Farti stare bene.»

Fa scivolare le mani sotto il mio culo e mi porta sul divano. Ci dispone in modo che io sia in ginocchio sopra di lui, con le ginocchia piantate fuori dalle sue cosce, le mani piantate sulle sue spalle.

Mi tira giù i collant fino alla caviglia. Con i polpastrelli mi sfiora le ballerine di vernice nere.

Un rapido movimento di dita e la scarpa finisce per terra. I collant la raggiungono.

Affondo le mani nel divano per contenere l'anticipazione che mi scorre nelle vene. Nick trascina i polpastrelli sul mio interno coscia, sotto la gonna, sempre più vicino. Mi sta quasi toccando quando passa all'altra gamba. Mi srotola le calze e mi sfila la scarpa.

Mi alza la gonna fino in vita. Sono in mostra per lui. È eccitante. Mi si contrae il sesso. Il piacere si diffonde fino alle dita dei piedi.

Mi spinge le mutande fino alle ginocchia.

Preme il palmo contro il dorso della mia mano e la trascina sulla mia coscia. Finché non ci sono quasi.

Nick alza lo sguardo verso di me. «Ti sei sentita sola questa settimana, senza di me?»

Annuisco.

«Perché ti manca questo…» porta la mia mano tra le mie gambe in modo che i polpastrelli sfiorino il clitoride «… o perché ti manco io?»

«Entrambe le cose.»

Sposta la mia mano sulla coscia. «Scegline una.»

Eh? Lo fisso negli occhi. «Non capisco la domanda.»

«Ti manca venire o ti manco io?»

«Tu. Posso venire quando voglio. Sono venuta dieci volte questa settimana masturbandomi.»

«Pensavi a me?»

«Ogni volta. Non riesco a smettere di pensare a te. Di preoccuparmi per te. Mi addormento desiderando che tu mi sia accanto. Non per scoparmi, anche se certamente non lo rifiuterei, ma per abbracciarmi.»

«Allora perché mi permetti di usarti?»

Dannazione. È schietto.

Sostengo il suo sguardo. «Perché ne hai bisogno. E perché voglio sentirmi vicino a te, e non so come altro potrei farlo.»

«Non ti merito.»

Mi si stringe lo stomaco. «Non dire così. Fa male.» Premo la mano contro la sua spalla. «Hai già fatto così tanto per me, mi hai fatto capire che il mondo non è uno schifo totale. Se dici cose del genere...» Deglutisco a fatica. «Per favore, Nick, non posso continuare a pensarci o lo perderò. Voglio che mi usi. Voglio che tu ti senta meglio dopo.»

Mi fissa profondamente negli occhi. Annuisce. «Metti la mano tra le gambe.»

Lo faccio.

«Fammi vedere come ti tocchi.»

Quel rossore sulle mie guance si diffonde fino alle dita dei piedi. Fargli vedere come mi tocco? In qualche modo è più intimo di qualsiasi cosa abbiamo fatto. Più come se stessi dando via una parte di me stessa.

Fa scorrere le mani intorno ai miei fianchi, mi tiene in posizione.

Chiudo gli occhi e mi passo il dito sul clitoride. Sono già sensibile, già eccitata. Pochi tocchi e la pressione cresce fino a diventare febbrile. Ci sono quasi. È troppo veloce. Ho bisogno di più di lui.

Apro gli occhi per fissare quelli di Nick. È fisso su di me, mi guarda come se fossi il suo film preferito. Rafforza la presa intorno ai miei fianchi.

È bello sentire le sue dita contro la mia pelle.

Mi passa una mano sul fianco e mi prende il seno. Mi sfrega il capezzolo col pollice. «Chiudi gli occhi.»

Lo faccio.

Riporta la mano sul mio fianco. «Mano sul tuo interno coscia.»

Con la mano sinistra piantata sulla sua spalla come sostegno, porto la mano destra al mio interno coscia.

«Piano. Come se riuscissi a malapena a sopportare la pressione.»

Riesco a malapena a sopportare la pressione. Trascino la punta delle dita sulla coscia il più leggermente possibile.

Il desiderio sovrasta qualsiasi imbarazzo persistente. È troppo piano. Non posso sopportarlo. Ho bisogno di più. Ho bisogno di qualcosa di più forte. Ho bisogno di venire.

«Vai piano. Stuzzicati.»

Merda. Sono troppo eccitata per sopportare qualsiasi provocazione.

Faccio del mio meglio per continuare ad andare piano. Passo i polpastrelli sulle labbra esterne. La mano sfiora il clitoride. La pressione è così leggera che riesco a malapena a percepirla. In qualche modo, questo rende tutto più intenso.

Mi si contrae il sesso. Gli tiro la giacca.

Nick mi prende la mano, la toglie dalla spalla e me la porta alla bocca. Rafforza la presa intorno ai miei fianchi. «Ti tengo.»

Mi faccio scivolare le dita in bocca, succhio forte per non urlare.

I miei occhi si aprono e trovano i suoi. Non voglio toccarmi come faccio quando penso a lui.

Voglio farlo per lui.

Voglio mostrargli quanto disperatamente ho bisogno di lui.

Allargo le gambe. Basta stuzzicare. Mi strofino con colpi avidi.

Mi guarda come se fosse folgorato. «Ti bagni così tanto solo pensando a me?»

Annuisco, affondando i denti nella pelle per non urlare. La tensione che sento dentro aumenta. Sono vicina. Molto vicina. Ma non sono ancora pronta. Mi faccio scivolare due dita dentro.

Mi sfugge un sospiro dalle labbra. Non è bello come avere

dentro lui, ma è comunque dannatamente bello. Mi stuzzico fino a quando mordermi le dita non basta a impedirmi di gemere.

Quell'espressione negli occhi di Nick è la perfezione. Mi concentro su di lui mentre riporto le dita sul clitoride. Basta stuzzicare. Basta aspettare. Devo fargli vedere quanto mi fa sentire bene.

Mi strofino finché la pressione non è al punto giusto. Lui si aggrappa ai miei fianchi, i suoi occhi fissi sui miei, le sue labbra aperte come se fosse in soggezione.

La tensione aumenta finché non è troppo da sopportare. Tolgo la mano dalla bocca e gli affondo le dita nei capelli. «Nick, non posso... Devo urlare.»

Mi toglie la mano dal fianco e me la passa sul labbro inferiore. «Ecco.» Mi fa scivolare le sue dita in bocca.

È molto meglio che succhiarmi le mie dita. Premo la lingua contro i cuscinetti carnosi dei suoi polpastrelli mentre mi accarezzo.

La pressione aumenta finché non sono al limite. Gli succhio forte le dita mentre vengo. Tutta quella pressione si scioglie in un'ondata di beatitudine. Gambe e braccia si afflosciano. Rimango dritta solo in virtù della sua presa salda.

Nick mi mette le mani sulle natiche e mi tira in grembo. Preme le labbra sulle mie, mi affonda la lingua in bocca.

Mi mette la mano dietro la testa. Trova la fascia che tiene insieme il mio chignon e la sfila. I capelli mi ricadono sulle spalle, disordinati nel miglior modo possibile.

Si slaccia la cravatta e se la toglie dal collo. «Rimettiti in ginocchio.»

Mi aggiusto in modo da essere nella stessa posizione, le ginocchia piantate fuori dalle sue cosce, le mani sulle sue spalle.

«Mani dietro la schiena.»

«Come?»

«Fidati di me.»

Metto una mano dietro la schiena. Le mie ginocchia affondano nel robusto tessuto del divano, ma riesco a mantenere l'equilibrio. L'altra mano è più difficile. Scivolo, gli atterro in grembo, con la faccia premuta contro il suo petto.

«Ti aiuto io.» Mi afferra il sedere e mi fa scivolare sul suo grembo, così sono a cavalcioni su di lui.

Posso sentire la sua erezione attraverso i pantaloni. Il desiderio mi imperversa in corpo. Ne ho bisogno. Ho bisogno di lui.

Nick mi mette la cravatta ai polsi, fa due giri e stringe con un nodo.

Muovo le braccia per fare una prova. L'ha legata stretta. Tengo le spalle all'indietro, gli sto sbattendo praticamente il seno in viso. Sono sopra, ma non ho il controllo.

Mi mette le mani sul sedere. Mi solleva, sistemandomi le gambe in modo da tenermi in ginocchio. «Vuoi che prenda un preservativo?»

«No.»

Mi ha chiesto di non usare il preservativo con le braccia legate dietro la schiena. Come fa a farmela sembrare la cosa più premurosa nella storia dell'universo?

Con una mano, Nick mi tiene in posizione. L'altra va ai suoi pantaloni. Si sbottona, apre la cerniera, tira giù i boxer e i pantaloni fino alle ginocchia.

Lo guardo tra le gambe. Oggi è tutto mio. Non c'è niente che possa smorzare la sensazione dei nostri corpi che si uniscono e diventano uno solo.

Mi rimette le mani ai fianchi. Mi rilasso mentre mi tira più vicino. Ancora pochi centimetri e saremo uniti.

Il mio respiro accelera. Il calore si raccoglie tra le gambe. Lo fisso negli occhi, cercando disperatamente un modo per contenere la mia anticipazione.

Ci sono più di venti persone dall'altra parte di questo muro. Se grido, sentiranno. Sapranno cosa stiamo facendo.

Il rischio è più eccitante di qualsiasi altra cosa. Muovo i fianchi per premergli contro. Per tutta risposta, lui mi solleva i fianchi, allontanando i nostri corpi. Lo sguardo nei suoi occhi dice «pazienza.»

Sembra che passi un'eternità. Non possono essere più di trenta secondi. Le sue dita mi scavano nella pelle mentre attira il mio corpo sul suo. Lo sento tendersi contro di me.

Cazzo, sì. Mi arrendo ai suoi movimenti, alla sua presa.

Il piacere mi attraversa il busto e si diffonde nelle cosce. È tortura e perfezione allo stesso tempo. Lentamente, porta il mio corpo sul suo, penetrandomi sempre più a fondo.

Non posso fare altro che gemere piano. Stringo le palpebre per contenere la mia estasi. Dio, è bello sentirlo dentro.

Mi tira su tenendomi per i fianchi, finché il suo uccello non mi stuzzica di nuovo. Poi mi tira giù, così è dentro di me. È dannatamente intensa la sensazione di lui che mi entra dentro a ripetizione. Come diavolo faccio a rimanere in silenzio in questo modo?

«Nick.» È un sussurro. «Non riesco...» Lo cingo più forte col mio sesso. «Non riesco a stare in silenzio. «È troppo bello.»

«Sì che ci riesci.» Mi spinge dentro a fondo.

Davvero? No, non ci riesco. Gli stringo le cosce intorno. Strofino i polsi contro la cravatta. Nessuna delle due cose aiuta a contenere l'estasi che mi cresce dentro. Ho bisogno di gemere. Ho bisogno del suo nome sulla lingua.

Lo fa di nuovo, più forte e più in profondità questa volta. Mi sfugge un rantolo troppo forte.

Nick affonda le unghie nei miei fianchi. L'esplosione di dolore è troppo forte. Mi mordo la lingua fino a renderla insensibile.

«Nick...» gemo.

«Dillo così.» Mi affonda di nuovo dentro. Mi graffia di nuovo con le unghie.

Mi ci vuole ogni oncia di concentrazione che ho, ma riesco a mantenere bassa la voce.

«Nick» gemo.

Continua con le spinte rafforzando la presa sui miei fianchi mentre mi tiene in posizione. Rilasso le cosce e i polsi, assorbendo ogni oncia di sensazione, ogni oncia del suo controllo.

«Nick.»

Va più forte. Più a fondo. Perdo la cognizione di tutto tranne che del piacere che mi attraversa.

«Nick.»

Il suo respiro accelera. Gli si stringono gli occhi. Ci è quasi.

«Nick.»

Ancora qualche spinta e mi monta dentro un orgasmo. Niente urla. Niente per contenerlo. Non posso fare altro che abbandonarmi alla sensazione.

La pressione è quasi troppo forte da sopportare. Ci riesco solo mordendomi la lingua. L'affondo successivo mi manda oltre il limite. Il mio sesso pulsa mentre vengo. L'estasi mi si diffonde in petto e negli arti. È meglio guardarlo negli occhi e vederci il suo sollievo.

Ne ha bisogno. Ha bisogno di me.

Crollo tra le sue braccia. Mi tiene per un momento, le sue labbra incontrano le mie in un bacio disperato e bisognoso. Gli infilo la lingua in bocca, esplorandola come se non avessi un'altra possibilità di baciarlo.

Mi graffia così forte che sono sicura che mi ha fatto sanguinarc. Gli gcmo in bocca pcr contcncrc l'csplosionc di dolorc. Ecco quanto sta bene. Quanto cerca di contenersi.

Posso sentire il suo orgasmo da come muove il corpo. Dal modo in cui mi reclama la bocca con la lingua. Dal modo in cui mi affonda le unghie nella pelle. Dal modo in cui spinge più veloce e più forte.

Poi lo sento pulsare dentro di me, lo sento riempirmi. È la prima volta che faccio sesso senza preservativo, ed è fantastico, cazzo.

Quando ha finito, Nick scioglie il nodo della cravatta. Si sposta in modo che io sia accanto a lui sul divano. Mi massaggia i polsi. Poi mi passa le dita sui fianchi, ispezionando i profondi graffi rossi che mi ha lasciato.

«Vieni qui.» Mi tira in grembo, tenendomi contro di sé e accarezzandomi i capelli.

Dio, è bello anche così. Mi concedo qualche minuto con gli occhi chiusi e la testa premuta contro il suo petto.

Il mio respiro e il battito cardiaco tornano normali.

Mi tolgo dal suo grembo e mi metto sull'altro lato del divano. «Quante sono le probabilità che nessuno ci abbia sentito?»

«Non quante vorrei.»

«Ne è valsa la pena?»

Abbassa lo sguardo. «Presto non avrà più importanza.» Si rimette i boxer e i pantaloni. Poi prende un asciugamano dal cassetto della scrivania e me lo porge. «Per pulirti.»

«Oh, sì. È molto più complicato senza preservativo.»

Mi asciugo e mi rimetto a posto i vestiti. Anche senza uno specchio, so già che non inganno nessuno.

I capelli sono un disastro. Ho il trucco sbavato. Il collo mi pulsa come se mi stesse venendo fuori un succhiotto.

Forse non ha importanza. Ci sarà più facile stare insieme, qualunque cosa voglia dire, se vendono l'azienda. Non è la fine del mondo. Anche se c'è un profondo pozzo di dolore nei suoi occhi.

Un ultimo ritocco ai vestiti e vado alla porta.

Nick mi ferma. Il suo sguardo va all'orologio sul muro. «Il nostro pranzo dovrebbe essere sulla scrivania di Jasmine.»

«Aspettare che tu finisca le sveltine dell'ora di pranzo fa parte delle sue mansioni?»

«Magari vale la pena aggiungerla.» Sorride. «Lo prendo io. Dall'aspetto sembra che ti abbiano appena scopato.»

«Chissà perché.»

«Ti sta bene.» Apre la porta.

«Vado a controllare i danni in bagno.»

Annuisce. O è pronto a rendere pubblica la nostra relazione o crede davvero che la sua azienda sia condannata.

Dio, spero che sia la prima che ho detto.

Il bagno delle donne è una tregua da tutte le domande che mi frullano nel cervello. Ho un solo compito ed è far sembrare di non avere appena fatto sesso sul divano dell'ufficio di Nick. I miei occhiali sono ancora sulla sua scrivania ma posso cavarmela bene anche senza.

Mi lavo le mani, mi sistemo i capelli e il trucco, mi rimetto il reggiseno e le mutande. Sono migliorata di un venti per cento. Non ingannerà nessuno che faccia attenzione, ma la gente qui intorno non fa molta attenzione.

Nick sta aspettando fuori dal bagno con una busta di plastica da asporto in una mano e i miei occhiali nell'altra.

Mi mette gli occhiali con un tocco morbido. È affettuoso in un modo ovvio per chiunque ci guardi. Nessuno ci sta guardando, ma non è da lui. Non corre rischi inutili.

Mi preme la mano contro l'incavo della schiena. «Mangiamo in sala conferenze.»

Annuisco e lo seguo nella sala conferenze dalle pareti di vetro. Chiunque passi da questa parte dell'edificio può vederci.

Mi passa una Diet Coke e prepara i piatti. È di nuovo cibo thailandese, curry. Ha un buon profumo.

Mescolo la salsa piccante nel mio curry verde. «Grazie.»

«Prego.» I suoi occhi incontrano i miei. «Voglio portarti a fare un giro domani.»

«Dove?»

«È una sorpresa.»

«Posso avere un indizio?»

Scuote la testa.

«Non sembra che ci sia una ragione per cui dovrei essere d'accordo.»

«Verrò a prenderti alle 8 domattina.»

«Come fai a sapere che verrò con te?»

«Lo so.»

Capitolo Venticinque

Nick si presenta alla mia porta esattamente alle 8 del mattino.

Lo invito ad entrare mentre finisco di vestirmi, facendomi notare mentre mi metto il set di lingerie viola di pizzo.

Si siede alla sedia della mia scrivania con gli occhi spalancati e le labbra serrate.

«Hai davvero intenzione di non darmi alcun indizio?» Controllo che tempo fa sul telefono. Previsto sole. Mi metto un paio di comode scarpe da ginnastica di tela.

«Davvero.» Si alza e mi porge il caffè.

Quando siamo in strada, Nick indica un chiosco ambulante. «Hai fatto colazione?»

Scuoto la testa.

Ordiniamo panini con le uova e un altro giro di caffè. C'è ancora qualcosa di incredibilmente accattivante nel vedere Nick in abiti normali. O vederlo fare cose normali.

È bello anche in jeans e maglietta aderente.

E con lo stesso grado di controllo senza fare sforzo.

Non è davvero giusto.

Finisco il panino quando arriviamo alla metro. Ci dirigiamo

verso il Queens. Guardo Nick in cerca di un indizio, ma è silenzioso.

Facciamo il viaggio su sedili di plastica, la mia testa sul suo petto, il suo braccio intorno alla mia vita. Scendiamo nel Queens.

Gli stringo la mano mentre mi conduce fuori dalla stazione. Camminiamo per dieci minuti e ci fermiamo davanti a un edificio enorme. È l'entrata di una specie di arena. Ma è completamente vuota.

Socchiudo gli occhi per vedere meglio.

È una pista.

Mi metto la mano sul fianco.

No.

Non esiste, cazzo.

«Lizzy.» Mi afferra il polso, girandomi verso di lui. «Pensaci bene prima di scappare.»

«Che cazzo dovrebbe essere tutto questo?»

«Un modo sicuro per provare a guidare.»

«Sicuro? Hai mai visto una corsa del NASCAR? La gente si schianta contro il muro a centocinquanta chilometri all'ora. Le auto vanno in fiamme. Ho visto tutti i filmati su YouTube e non ho intenzione di morire in una cazzo di esplosione.»

«Non andrai a centocinquanta chilometri all'ora.»

«No.» Faccio un passo indietro finché non sento il marciapiede sotto il tacco.

«Stai a guardare per un minuto. Se vuoi andartene, ce ne andremo.»

Incontro il suo sguardo. È sincero. Premuroso. Ma lui... Ma questo...

Non riesco a respirare. Non riesco a pensare.

Scuoto la testa.

Nick si avvicina. Mi avvolge le braccia intorno.

Mi calma.

Che vada a fanculo.

Per tutto questo.

Inspiro tutto di lui. «Perché stai cercando di aggiustarmi? Vivo in città. Non ho bisogno di guidare.»

«Non sei rotta. Non posso aggiustarti.» Mi tira più vicino. «Questa cosa ti pesa. Non voglio che tu viva con questo peso.»

«Hai una bella faccia tosta a mettermi davanti al fatto compiuto senza preavviso.»

«Non saresti venuta se avessi saputo cosa avremmo fatto.»

«Perché non voglio farlo.» Mi libero dall'abbraccio e lo guardo negli occhi. «Perché non puoi sorprendermi con un weekend ai Caraibi o qualcosa del genere?»

«Se vuoi andare ai Caraibi, andiamo ai Caraibi.»

«Davvero?»

«Ci vorrà qualche settimana prima che io possa partire, ma davvero.»

«Ok.» Annuisco. «Andremo dopo il matrimonio di Kat. Hai... ci sarà un sacco di gente che segue il mondo dell'informatica che sarà in giro a scattare foto. So che vuoi ancora mantenere il segreto. Ma... potresti venire con me. Come mio accompagnatore.»

«Mi piacerebbe molto.» La sua voce è morbida, dolce.

Lo guardo negli occhi. Sono sinceri. «Sei sicuro?»

«Sicurissimo.»

Sono raggiante. Nick sarà il mio accompagnatore di nozze. È maledettamente normale.

Non è sufficiente a distrarmi dall'orribile possibilità di girare in pista come un pilota suicida, ma è piacevole.

Davvero piacevole.

Anche se è uno stronzo per avermi fatto questo tiro del cazzo.

Aspiro tra i denti.

Siamo così lontani da una relazione informale. Anche senza un'etichetta, so che lui è mio e io sono sua. Che qualsiasi altra cosa sarebbe una follia.

«Kat mi chiederà se sei il mio ragazzo» dico.

«Vuoi rendere la cosa ufficiale?»

«Sì.»

Nick sorride. «Allora è ufficiale.»

Mi sento avvampare e mi sciolgo tutta, come quando non vedo mia sorella da secoli.

Nick è il mio ragazzo e sarà il mio accompagnatore al matrimonio.

Ha questa idea folle che io debba guidare una macchina, ma è una piccola imperfezione. Tutto il resto è così inebriante.

Ok.

È una grossa imperfezione.

Ma forse ha ragione.

Questa cosa mi pesa.

Mi costringe a rimanere in città. Amo la città, ma voglio anche viaggiare. Andare in posti accessibili solo in macchina senza crollare per un attacco di nervi o buttar giù uno Xanax.

Incontro il suo sguardo. «Guarderò la pista, ma non farò altro. Ti odierai per aver sprecato la mattina prendendo la metro fino a Queens.»

Annuisce, poi prende una chiave dalla tasca e apre il cancello.

Mi tiene la porta aperta, la sua espressione è totalmente imperscrutabile.

Faccio un respiro profondo mentre mi guardo intorno alla pista. È grande, forse circa un chilometro disposto su un lungo ovale.

L'asfalto grigio è consumato da segni di pneumatici. Le tribune ci girano intorno. Ci sono posti a sedere per qualche centinaio di persone. Anche qualche migliaio.

Non è una pista NASCAR, ma è più che sufficiente.

C'è una macchina parcheggiata in mezzo alla strada. Una berlina nera di lusso.

Deglutisco a fatica. «Devo chiederti come ci sei riuscito?»

«Ho fatto qualche telefonata.»

«Quanto è costato?»

«Meno di quanto vale.» Prende le chiavi dalla tasca dei jeans e me le porge. «È una tua scelta.»

Non c'è nessun altro. Nessuno che io possa investire, nessuna macchina che io possa colpire. Il peggio che posso fare è sbattere contro un muro o un divisorio.

Faccio scorrere le dita sul bordo metallico della chiave. «Proverò a sedermi in macchina, ma non prometto niente di più.»

«Ho prenotato una limousine per tutta la giornata.» Mi guarda negli occhi. «Nel caso in cui ti sentissi a tuo agio a stare in macchina.»

«A cosa serve la limousine?»

Traccia la scollatura della mia maglietta. «Motivazione.» Sorride. «Così perdiamo solo un quarto d'ora per tornare all'appartamento.»

«Stai insinuando che sono stata sgarbata?»

«Me lo sono meritato.»

«Ci puoi giurare.»

Sorride. «Nessuno mi tiene testa in questo modo.»

«Nessuno tiene testa agli uomini bianchi e ricchi. Soprattutto quando sono belli.» Gli prendo la mano. «Apprezzo che tu voglia aiutarmi, ma la prossima volta avvertimi. Ok?»

«Ok.»

Annuisco. Posso farlo. In teoria.

Stringo la mano di Nick mentre ci incamminiamo sulla pista.

L'auto ha una serratura elettronica. Premo il pulsante e fa *beep-beep*. Le serrature si aprono con uno scatto. Afferro la maniglia della portiera e la apro.

Facile. Facilissimo.

Mio padre mi aveva lasciato guidare alcune volte da bambina. Quando andavamo a trovare la famiglia fuori città. Era eccitante allora, tutto quel potere tra le mani.

Mi accomodo sul sedile del conducente e allaccio bene la cintura.

Nick si mette sul sedile del passeggero e chiude la portiera.

Già, la portiera. Devo chiuderla. Allungo il braccio e la chiudo.

Facile. Facilissimo.

Le mani mi tremano così tanto che non riesco a mettere la chiave nell'accensione. Chiudo gli occhi e faccio respirazione yoga. Inspiro profondamente per riempire i polmoni. Espiro profondamente per rilasciare tutto.

Abbasso lo sguardo sulla mia mano. Non trema più così forte. È gestibile.

Infilo la chiave nell'accensione, ma non la giro. Non ancora.

«Stai bene?» Nick si avvicina per porgermi la mano.

«Per ora.» Stringo forte le dita sul volante. «È legale che io guidi senza patente qui?»

«No.»

Lo guardo. «Chi sei e cos'hai fatto al Phoenix Marlowe che mi ha fatto il colloquio di lavoro a gennaio?»

«Mi fai un certo effetto.» Mette la mano sulla mia.

«Cos'è che ti farei?»

«Mi fai dimenticare le mie priorità.»

Lo fisso negli occhi. «Che cosa significa?»

Interrompe il contatto visivo per guardare la pista. «Sei pronta?»

«Sì.» Porto la mano alla chiave. Mi ricordo come funziona. Premo il piede contro il freno mentre giro l'accensione.

Il motore parte con un ruggito. Le luci del cruscotto si accendono. Dalle bocchette di ventilazione esce aria fresca.

«Vuoi che ti dica come si fa?» chiede.

«Sì, grazie.»

«Piede sul freno.»

Premo contro il freno più forte che posso.

«Mano destra qui.» Tocca un pulsante sul cambio. «Tieni premuto mentre passi l'auto da ferma a in moto.»

«Questa è la tua macchina?»

«Sì.»

«E se mi schianto? La tua assicurazione non lo coprirà.»

Lui ride. «Sei davvero preoccupata per la mia assicurazione?»

Scuoto la testa. Ok. Mano sul cambio, dito sul pulsante. Metto la macchina in moto.

Siamo a un'estremità della pista. Ci sono circa cinquecento metri prima di dover girare. Posso guidare in linea retta a venti chilometri l'ora. Dovrebbe essere fattibile.

Anche se le mani mi tremano come se ci fosse un terremoto.

«Togli il piede dal freno.» La sua voce è calma, uniforme. «La macchina comincerà ad andare avanti, quindi tieni le mani sul volante.»

«Ok.» Il mio respiro accelera. Posso farlo. Posso guidare questa cazzo di macchina.

Tolgo il piede dal freno. Come previsto, l'auto si muove in avanti. Stringo le mani sul volante. Lo giro tutto a destra e poi tutto a sinistra. Dopo un attimo sono quasi stabile.

«Metti il piede sull'acceleratore. Dolcemente. Non premere ancora.»

Non ho ancora imparato a tenere il piede sul pedale senza spingere. Lo premo e l'auto fa uno scatto in avanti. Secondo il cruscotto sono solo circa quindici chilometri all'ora. Sembrano un milione.

I nervi mi frullano nello stomaco. Sono in una macchina, in moto. So che non sto andando abbastanza veloce per fare danni, ma questo pensiero non aiuta a rallentarmi il respiro.

Affondo le dita nel volante. Per un attimo guardo Nick. I suoi occhi sono su di me. C'è un misto di affetto e orgoglio sul suo volto.

Mi concentro sulla strada.

«Tieni un occhio sul cruscotto e resta sotto i trenta chilometri orari.»

Come se potessi guidare più veloce di così. Premo sull'acceleratore il più leggermente possibile.

L'auto fa un balzo in avanti. Rallenta. Scatta in avanti. Il collo mi va da una parte all'altra. I miei muscoli si tendono.

Costante. Devo applicare una pressione costante. Con un occhio sulla pista e uno sul cruscotto, premo più forte.

La macchina accelera. Quindici chilometri all'ora. Venti. Trenta.

Riesco ad andare più o meno dritto.

Il cuore mi batte all'impazzata quando ci avviciniamo alla curva.

Nick mette una mano sul volante. «Prova a curvare. Ti tengo io.»

La sua voce mi fa un certo effetto. Mi fa dimenticare cose a cui mi sono aggrappata per molto, molto tempo.

Guidare non è la cosa peggiore del mondo. Non su questa pista vuota.

Giro il volante a sinistra, inclinandomi lungo la curva. Sto andando troppo ripido. Non va bene. Perdo il controllo del respiro, stringo il volante così forte che le nocche mi diventano bianche.

Nick rimette la macchina in pista. Non ci schiantiamo. Facciamo tutta la curva senza schiantarci ed esplodere in fiamme.

So che l'auto non esploderà, ma questo non mi libera la testa dall'immagine dei piloti NASCAR che escono fuori dalle loro auto con la tuta in fiamme.

Come faccio ad avere una riserva così vasta di immagini mentali terrificanti?

La parte rettilinea della pista non è male. Mantengo l'andatura dell'auto a trenta chilometri all'ora. Il mio respiro non è normale, ma non è troppo teso.

Riesco a fare la prossima curva. Il prossimo rettilineo.

Faccio il giro della pista una mezza dozzina di volte. Ce la sto facendo. Sto guidando. Sto guidando e non mi sto schiantando.

Dopo aver fatto una dozzina di giri, ho troppa ansia per farne altri. Premo il freno molto più forte di quanto non voglia. L'auto si ferma di colpo, facendo sobbalzare i nostri corpi avanti e indietro.

Guardo Nick e faccio un respiro profondo.

Sta sorridendo.

I suoi occhi sono pieni di profondo affetto. Mi prende la mano e mi fa mettere il cambio in posizione "parcheggio". Poi si avvicina e mi abbraccia.

Le sue labbra si posano sul mio orecchio. «Sono molto orgoglioso di te.»

«Possiamo farla finita adesso?»

«Sì.» Si rimette sul suo sedile. «La pista è riservata per noi per tutta la giornata, se vuoi fare qualche altro giro.»

Scuoto la testa. «Non esiste.» Premo il piede sul freno mentre spengo la macchina.

Sento rilassarsi la schiena e il collo quando il motore si spegne. Sono sopravvissuta alla guida, ma non ho fretta di dimostrare che posso sopravvivere di nuovo.

Slaccio la cintura di sicurezza e scendo dall'auto il più velocemente possibile.

Anche Nick esce dall'auto. Si avvicina e mi abbraccia. L'abbraccio è così forte che mi toglie il respiro.

Gli stringo la vita sopra il cappotto. «Possiamo prendere una tazza di caffè o qualcos'altro prima di tornare a casa?»

Mi preme le labbra sulla fronte. «Non ti serve altro caffè.»

«Perché sto tremando o perché sono un disastro fin troppo ansioso?»

Nick fa scivolare le dita sotto il mio mento, inclinandomi il viso in modo che siamo faccia a faccia. «Non sei un disastro, Lizzy. Sei la persona più coraggiosa che conosco.»

Una strana leggerezza mi attraversa il petto e lo stomaco. Gli credo.

Sembra quasi impossibile che, tra le centinaia di persone di successo che conosce Phoenix Marlowe, amministratore delegato di un'azienda informatica, io sia la più coraggiosa.

«Sei...» mi bacia la guancia «... un po' ansiosa.»

«Comunque voglio un caffè.»

Troviamo una tavola calda e ci rilassiamo con un lungo pranzo e parlando di sciocchezze. I panini e il caffè sono così così, ma è il pranzo più bello che abbia mai fatto.

È così bello stare con lui.

Vederlo felice.

Lo voglio più di qualsiasi altra cosa.

Dopo aver firmato il conto, Nick rivolge la sua attenzione a me. «Sta a te decidere: prendiamo una limousine per tornare a casa o la metropolitana?»

Una limousine con Nick è terribilmente allettante, soprattutto visto che il viaggio in metropolitana dura un'ora. Guidare intorno alla pista non è stato così male. In macchina dovrebbe andare bene.

Lo guardo negli occhi. «La limousine. Ma devi promettere di distrarmi.»

Annuisce. «Non saprai nemmeno su quale pianeta ti trovi.»

Capitolo Ventisei

La limousine è bella. Sedili in pelle, vetri oscurati, luci soffuse. E cinture di sicurezza. Un sacco di cinture di sicurezza.

La tensione nel mio petto si attenua. Dopo aver guidato in cerchio, posso sopravvivere a un breve giro sul sedile posteriore di un'auto con la cintura allacciata.

Mi tolgo il cappotto, appoggio la schiena contro il sedile e allungo le gambe.

Nick si siede accanto a me. Siamo soli qui dietro, con il divisorio alzato, senza che il mondo possa intromettersi.

La limousine si immette in strada.

Lui mi accarezza la guancia, fissandomi negli occhi. «Sei nervosa.»

«Sì.»

«Non ti sto scopo qui dentro.»

Il suo tono è serissimo. Soffoco una risata ma non funziona. C'è qualcosa in Nick. È dolce in un modo che è tutto suo.

«Davvero?» chiedo.

«Verrai comunque.» Si sfila il cappotto dalle spalle e mi passa la mano sul collo. «Ma sarà più impegnativo di quanto avessi sperato.» Mi tira la cintura di sicurezza sul petto e la fissa.

Lo guardo a mia volta. «Non ci può volere più di un quarto d'ora prima di arrivare al tuo appartamento.»

«Sono dieci in più di quelli che mi servono.»

La fiducia nella sua voce mi manda una fitta nell'intimo. Sono il cinque per cento meno nervosa di essere sul sedile posteriore di una macchina. Sono ancora abbastanza nervosa da aver bisogno di una distrazione.

Si allaccia la cintura di sicurezza e si gira verso di me. «Togliti la maglia.»

È difficile tirarmi la maglietta da sopra la testa senza slacciare la cintura di sicurezza, ma ci riesco.

Il suo sguardo va al mio petto. Spalanca gli occhi. «Mi dimentico sempre quanto sei bella.»

«Io o le mie tette?»

«Tutte e due.» Si fa più vicino, trascinando i polpastrelli lungo il mio petto fino a quando non mi tocca i seni. «Ti piace quando ci gioco.»

«Ma non mi dire, Sherlock.»

«Vuoi davvero usare la bocca per fare sarcasmo?» Mi strofina il capezzolo da sopra il reggiseno di pizzo.

Un gemito mi sfugge dalle labbra. «Se è così che reagisci, sì.»

«Ti sculaccerei se fosse fisicamente possibile. Ma non è una gran punizione, vero?»

«Accomodati.»

Nick mi mette la bocca sul collo. Mi morde con decisione. Gemo forte. È una tale liberazione poter gemere dopo essermi soffocata nel suo ufficio.

«Mi fai impazzire, Lizzy.» Raschia i denti contro la mia pelle. «Il modo in cui reagisci a me...» Mi pizzica il capezzolo sopra la lingerie. «È la cosa più sexy che abbia mai visto.»

L'intensità dell'attrito mi fa avvampare tutta. Il calore si raccoglie tra le gambe.

Strofina più forte. Finché non gemo.

Posa le labbra sul mio orecchio. «Così va meglio.» Mi succhia il lobo dell'orecchio mentre mi massaggia sempre più forte.

Mi passa la mano sul ventre e poi gioca con la cintura dei miei jeans. Slaccia il bottone come se stesse lavorando a un quarto di velocità. Ansimo, vibro di desiderio.

Sollevo i fianchi per aiutarlo a tirarmi i jeans fino alle ginocchia. Poi sono di nuovo sul sedile, con le gambe aperte per quanto lo permettono i jeans. Mi giro verso Nick, ma mi mette la mano sulla spalla e mi rimette dov'ero.

Posso accettarlo.

Porta le labbra alle mie, baciandomi con forza. La sua lingua mi scivola in bocca. Sento i suoi polpastrelli sulla coscia. Mi accarezzano premendo il tessuto contro la pelle.

Gli gemo in bocca, scavando le mani nei sedili di pelle.

Mi stuzzica da sopra la lingerie. È più liscio e ruvido allo stesso tempo. Mi rilasso al suo tocco, immergendomi nel piacere che si accumula tra le mie gambe.

Nick interrompe il bacio e sposta le labbra sul mio collo. Mi morde mentre fa scivolare la mano sotto le mie mutandine. Con le dita mi sfiora il clitoride. È abbastanza per farmi sussultare.

Mi morde più forte.

Adesso capisco. Vuole che urli. Forse anche per lui era una tortura doversi trattenere in ufficio.

Quando mi strofina, gemo. Il suo tocco diventa più duro. Poi è perfetto.

«Nick.» mugugno inarcando la schiena per strofinare il corpo contro il suo.

Avvicina le labbra al mio orecchio. «Più forte.»

Mi passa le dita addosso in lenti movimenti rotatori. I cerchi diventano più piccoli e più veloci, fino a quando non strofina il punto che ha più bisogno di lui.

«Nick» gemo più forte che posso.

Affonda i denti nel lobo del mio orecchio. Il dolore mi fa vibrare da capo a piedi. Tutto in me si accende, si mette in moto, pronto a scatenarsi.

Perdo la cognizione di tutto tranne che delle sue labbra e

delle sue mani. Mi sta annullando in un modo che non capisco, ma niente di tutto ciò ha importanza.

Questo momento, in questo istante, è l'unica cosa che conta.

«Nick» gemo mentre mi monta dentro un orgasmo. La pressione diventa sempre più forte. Poi è così forte che non ce la faccio più.

«Nick.» Grido il suo nome più volte.

Mi morde il collo. Quell'esplosione di dolore mi manda oltre il limite. Un'ultima stretta e mi sciolgo. Il piacere mi inonda mentre vengo. È così intenso che dimentico di respirare.

Nick riporta la mano sul mio petto, fermandosi a stuzzicare i capezzoli. I suoi occhi incontrano i miei, ha un'espressione intensa in viso.

Preme le labbra sulle mie e mi bacia come se non dovessimo baciarci mai più.

Questo ascensore è l'ascensore più lento nella storia delle macchine.

La mano di Nick è premuta saldamente sull'incavo della mia schiena. Il suo corpo è a pochi centimetri dal mio. Ma siamo ancora in questo ascensore quando dovremmo essere aggrovigliati nel suo letto.

Finalmente arriviamo all'attico. Nick mi guarda con un'espressione compiaciuta e paziente allo stesso tempo.

«Hai fretta?» chiede.

Lo fulmino con gli occhi.

Fa un sorriso che gli illumina il viso. «Dovremmo pranzare. Devi avere fame.»

«Dopo.» Entro nell'appartamento e appendo la borsa e il cappotto all'attaccapanni.

«Dopo cosa?»

Lo fisso negli occhi, copiando la sua postura e il suo tono sicuri di sé. «Dopo che mi avrai scopato.»

La sua espressione cambia. Torna a essere in controllo. «Va' in camera mia, spogliati e siediti sul letto.»

«Ma...»

«Adesso. Sarò lì tra tre minuti. Se hai qualsiasi cosa indosso, non ti scopo.»

La severità nella sua voce mi manda una scarica di piacere. È come se avesse bisogno di questo, come se non potesse sopportare altro che io esegua i suoi comandi.

Vado direttamente in camera da letto e chiudo la porta dietro di me. Mancheranno ancora due minuti e mezzo. Dovrebbe essere abbastanza per spogliarmi. È più difficile con tutto il senso di anticipazione che ho addosso.

Mi tolgo la camicia e calcio via le scarpe. Lascio un casino. Chi se ne frega.

Poi i calzini. E i jeans. Il reggiseno e le mutandine. Mi pianto sul letto, con le mani in grembo come se stessi aspettando l'arrivo del mio insegnante. Non è la posizione più sexy.

Voglio essere pronta per lui, in mostra per lui, qualcosa che lo faccia impazzire come lui fa impazzire me.

Mi sdraio di schiena sul letto, le mani sulle cosce, le palpebre premute insieme. Mi passo le dita sulle cosce, il mio corpo desidera già uno sfogo. Ma so che le mie mani non basteranno. L'unica cosa che può soddisfarmi è Nick.

Un momento dopo, la porta si apre. Tengo gli occhi chiusi ma sento i suoi passi. Il suo sospiro di piacere.

«Vuoi toccarti, piccola?» chiede.

Il termine affettuoso è nuovo. Mi fa un certo effetto. Mi fa sentire sicura e nervosa allo stesso tempo.

«Sì» sospiro. «Ma voglio di più te.»

«Mani sopra la testa.»

Faccio quello che mi viene detto.

Nick mette qualcosa sul comodino. Un drink, a quanto pare. Si siede accanto a me e mi lega i polsi. Apro gli occhi per guardarlo.

C'è passione nei suoi occhi. Me lo fa solo desiderare di più.

Ha in mano una benda. Me la mette sugli occhi e la tira dietro la testa. Tutto diventa buio. Posso ancora sentirlo. Sento ancora il calore del suo corpo.

Sento il suono di ghiaccio che tintinna in un bicchiere. Il peso sul letto si sposta mentre Nick si siede accanto a me. Il morbido tessuto della sua maglietta preme contro la mia pelle.

Sento qualcosa tra i seni. Qualcosa di freddo e umido.

La sua mano si avvicina e qualcosa di freddo e viscido entra in contatto con la mia pelle.

Un cubetto di ghiaccio.

È freddo.

Un brivido mi attraversa. Inarco la schiena, stringendo le dita dei piedi per contenerlo.

Nick fa scorrere il ghiaccio lungo il mio ventre. Lentamente si scioglie, lasciando una scia di acqua fresca sulla mia pelle.

Prende qualcosa, un altro cubetto di ghiaccio dal suo bicchiere. Questa volta parte dalle mie labbra. Sento un leggero sapore di whisky e la sensazione opprimente di freddo.

Mi passa il ghiaccio lungo il collo e fino ai seni. È a un centimetro dal mio capezzolo.

Ansimo, non so se posso reggere ma sono determinata a provare. Si avvicina. Ancora di più.

Si allontana, si sposta verso l'altro seno. Di nuovo, fa scivolare il ghiaccio sempre più vicino.

Ecco.

Il ghiaccio fa contatto con il capezzolo.

«Cazzo» gemo. È come buttarsi nell'oceano due mesi prima del dovuto.

Lo shock svanisce in un dolore sordo. Il dolore mi fa da guida. Devo sentirlo. Devo arrendermi alla sensazione.

Nick mi disegna dei cerchi addosso con il ghiaccio. Ansimo e tremo. Fa abbastanza male da farmi urlare.

Fanculo. Alla fine urlo.

«Nick. Mi...»

«Se vuoi che mi fermi, dillo.» Prende il ghiaccio quasi del

tutto sciolto e me lo preme tra le labbra. «Vuoi che mi fermi, piccola?»

Ingoio il cubetto di ghiaccio. «No.»

«Ne vuoi ancora?»

«Sì.»

I suoi movimenti diventano aggressivi. Inizia dal mio labbro e trascina il ghiaccio lungo il collo e le clavicole. Dritto fino al capezzolo. Preme forte. Preme dolcemente.

Stringo i denti per resistere, ma non funziona. Fa troppo male.

«Giallo» dico d'un fiato.

Allontana il cubetto di ghiaccio per un momento e poi me lo rimette sul ventre.

Mi rilasso, assecondando i suoi movimenti mentre il freddo scivola sul mio corpo.

Si avvicina, portando tutto il peso del suo corpo sul mio.

Le sue labbra si uniscono alle mie. Sono fredde, ma il calore delle mie le riscalda. Apro la bocca per far posto alla sua lingua e lui passa il cubetto di ghiaccio dalla sua bocca alla mia.

Glielo ripasso a mia volta.

Quando non resta altro che noi, Nick si allontana. Prende un altro cubetto di ghiaccio e me lo fa scorrere lungo il collo, intorno al petto, sempre più vicino. Mi sfiora i capezzoli per un momento e poi sparisce.

Mi prende il capezzolo con le labbra, riscaldandomelo. Lo fa di nuovo. Freddo poi caldo poi di nuovo freddo. L'avanti e indietro aumenta la tensione che mi si accumula dentro. Perdo la cognizione di tutto tranne che della sensazione che ho in corpo.

Tiro i nodi del legaccio con i polsi, inarcando il corpo per premerlo contro il suo. Nick si sposta più in basso. Lungo il mio stomaco. Sotto il mio ombelico.

Non perde tempo a stuzzicarmi, preme la bocca contro il clitoride. Sento un sordo senso di freddo. Come saltare in un oceano gelido, solo molto più intenso. Apro le gambe per dargli spazio. Lui mi succhia le labbra esterne. È un mix vertiginoso di freddo e calore.

Poi è caldo. Niente più ghiaccio. Solo Nick.

Mi lecca su e giù con passate morbide e lente. Paziente. Come se avesse tutto il tempo del mondo. Mi mette le mani sulle cosce. Le divarica, mi preme le ginocchia contro il letto e le tiene lì.

Non posso muovermi. Sono alla sua mercé. Gemo mentre il piacere si accumula tra le mie gambe.

Qualsiasi freddo persistente svanisce. Sono calda. Sono rovente.

Mi succhia il clitoride fino a quando non gemo il suo nome.

Inarco la schiena. I miei fianchi si spostano di un centimetro.

Mi affonda le unghie nella carne delicata della coscia. Succhia più forte. Più veloce.

Mi manda dritto al limite. Vado in caduta libera, il piacere mi inonda da capo a piedi mentre vengo. Grido. Tremo. Non trattengo niente.

Nick ripercorre il mio corpo all'indietro coprendolo di baci fino alla bocca. Si mette a cavalcioni su di me, con le cosce fuori dai miei fianchi, il suo uccello che si tende contro di me. Solo i suoi jeans sono in mezzo.

Dondolo i fianchi ma Nick è troppo pesante. Non riesco nemmeno a strusciarmi contro di lui.

Non riesco a vederlo mentre si spoglia, ma sento che si leva i vestiti. Il tonfo morbido della camicia che cade per terra. La cerniera dei jeans che si apre. L'elastico dei boxer.

Allargo le ginocchia al massimo. Basta aspettare. Ho bisogno di sentirlo dentro di me.

Mi prende i polsi e scioglie il nodo. Io allungo subito il braccio per toccarlo.

Le mie dita sfiorano la sua pelle. C'è il muscolo e poi la sporgenza dell'osso. I suoi fianchi.

Con l'altra mano faccio per prendere la benda. «Posso?»

Si abbassa e mi toglie la benda.

Lo sguardo mi cade subito sulla sua erezione. Lo fisso come un ebete. Sono abbastanza sicura di avere la bava alla bocca.

«Vieni qui.» Si sdraia sulla schiena e cerca di prendermi le mani.

Oh, diavolo, sì. Striscio accanto a Nick. Si sta praticamente offrendo a me. Non ho intenzione di perdere questa occasione.

Mi sistema in modo di avere le mani sui suoi fianchi e le ginocchia fuori dalle sue. Non parla. Mi mette le mani dietro la nuca e mi guida in posizione.

Gli avvolgo le labbra intorno, prendendolo il più a fondo possibile. Con le mani piatte davanti a me, ho un range di movimento limitato. Lascio che sia lui a guidarmi.

Ha un buon sapore.

Geme. Il suo viso si riempie di piacere. Voglio farlo venire, ma ha lui il controllo.

Stringe la presa tra i miei capelli. «Mettiti sulla schiena.»

Faccio quello che mi ha detto.

Nick scende dal letto. Trova il cuscino a cuneo che ha usato la prima volta che siamo stati qui. Lo sistema con il lato alto rivolto verso di me, poi mi ci spinge sopra, di stomaco.

Sono sdraiata in posizione inclinata al contrario, la testa sul letto, il sedere abbastanza sollevato da essere in mostra per lui.

Sento la sua punta contro il mio sesso. Mi stuzzica ripetutamente. Mi manda un brivido lungo la schiena.

Di nuovo.

Finché non ansimo.

Finché non urlo.

«Per favore» gemo.

Mi mette le mani sui fianchi affondandomele nella pelle mentre mi entra dentro.

Sospiro di sollievo.

Non posso fare altro che sentire Nick. Mi arrendo, gemendo mentre lui spinge dentro di me. I suoi movimenti iniziano pazienti e diventano più veloci, più duri, più profondi.

È intenso, ma non fa male. È solo bello.

Mi monta dentro un orgasmo. Questo è veloce. Ci sono quasi. Non faccio nulla per prolungarlo. Invece, mi lascio andare tra i gemiti, spremendolo più forte che posso, urlando il suo nome più forte che posso.

Mi bastano pochi istanti per esplodere. Le mie gambe minacciano di cedere. Non mi concedo di sciogliermi finché non lo sento venire. Mi concentro sui suoni dei nostri corpi che si uniscono, dei sospiri e dei gemiti che gli escono dalle labbra. Mi concentro sulla sensazione di averlo dentro, di sentire le sue dita che mi affondano nella pelle.

È un unico crescendo. Poi arriva, va più forte e più veloce, geme e mi afferra i fianchi mentre viene.

Quando ha finito, Nick districa i nostri corpi. Mi tira in grembo e mi passa le mani tra i capelli.

Un'ondata di affetto mi sale nelle budella. Ma non posso ancora dirlo. Mi spaventa, è troppo definitivo.

Presto.

Lo dirò presto.

Passo il fine settimana con Nick. Mi fa vedere il suo poliziesco preferito. Gli insegno una dozzina di posizioni yoga. Ha un buon equilibrio, ma deve lavorare sulla flessibilità. Sono sicura di poter trovare un modo per aiutarlo ad allungarsi.

Lui cucina. Io faccio il caffè. Facciamo sesso una mezza dozzina di volte. Domenica sera sono così indolenzita che faccio fatica a muovermi. Vado a casa per riposare a sufficienza per sopravvivere al lunedì.

È incredibile, noi due insieme, come una coppia normale. Come se questa potesse essere la nostra vita.

Il mio telefono, a lungo ignorato, mi manda una dozzina di nuovi avvisi. Per lo più email irrilevanti, ma c'è una chiamata persa e un messaggio di testo da un numero che non riconosco. Inizia con un indirizzo, poi...

Incontriamoci venerdì alle 22. Devo farti un'offerta che può lasciare Nick con la sua azienda intatta. È una tua scelta. Se fai quello che voglio, non venderò.

Se lo dici a Nick, venderò immediatamente.

- *Shepard Marlowe*

Un brivido mi scuote fino al midollo. Respirare è difficile. Addirittura impossibile.

Questo o è un ramo d'ulivo o una bomba a mano.

Non so molto di Shepard, a parte quello che mi ha detto Nick. Ha tenuto duro contro Nick. Sì, aveva il senso di colpa di Nick dalla sua parte, ma è una cosa che richiede una forza notevole. Soprattutto per un fratello minore.

È il tipo di persona che ottiene ciò che vuole, a qualunque costo.

Dovrei cancellare questo messaggio. Nick ci tiene a me. Incontrare Shepard alle sue spalle potrebbe rovinare le cose, convincerlo che non vale la pena fidarsi di me.

Ma la vendita gli pesa. Se posso aiutarlo...

Non posso rifiutare questa opportunità.

Salvo l'indirizzo e cancello gli impegni che avevo per venerdì sera.

Devo aiutare Nick a salvare la sua azienda, a qualsiasi costo. Anche se questo significa fidarsi del nemico.

Anche se significa che potrei perdere Nick per sempre.

Capitolo Ventisette

Lunedì mattina Google Alert mi saluta con la notizia che la vendita è imminente. *I dirigenti di Odyssey stanno ultimando i dettagli sulla vendita dell'assistente virtuale: è il prossimo passo nell'IA?*

L'articolo continua a speculare sulle possibilità del progetto Haley. C'è una citazione di un dirigente di OmniTech che implica che stanno comprando l'azienda solo per mettere le mani sulla proprietà intellettuale.

Il che significa che Nick perderà il progetto che significa tutto per lui.

Fare yoga non aiuta a schiarirmi le idee. E nemmeno la doccia calda. Mi preparo al peggio mentre vado al lavoro, ma è più doloroso di quanto immaginassi.

A prima vista, tutto è uguale. Nick è in piedi alla sua scrivania, bello e imponente nel suo elegante vestito nero. Ci sono due tazze di caffè e due bagel al sesamo.

I suoi occhi sono sul computer ma lui non è qui. È altrove, perso nei suoi pensieri.

«Buongiorno.» Non c'è entusiasmo nella sua voce.

«Buongiorno.» Concentro tutta la mia attenzione sul caffè.

Ma non c'è quando ci mettiamo al lavoro. Cerco di non lasciare che mi dia fastidio.

Le due ore passano lentamente. Quando abbiamo finito, Nick saluta con un cenno del capo.

Devo fare qualcosa per riportarlo indietro.

Lo fisso negli occhi. «Stamattina ero così indolenzita che sono riuscita a malapena a fare yoga.»

Niente. Nemmeno un accenno di sorriso.

Continuo. «Hai...»

«Non ora, Lizzy. Non sono in vena.»

«Ok. Forse possiamo parlare più tardi. Il cinema dove hanno dato *Matrix* dà, *Matrix Reloaded*, mercoledì. Potremmo andarci.»

«Sarò impegnato tutta la settimana.»

«Oh, potremmo sempre guardare il DVD a casa tua.»

I suoi occhi incontrano i miei. È come se fossi trasparente.

Poi riporta lo sguardo al computer. «Ne parliamo più tardi.»

«Sì, certo.»

È DIFFICILE CONCENTRARSI. PER TUTTA LA MATTINA TENGO d'occhio l'ufficio di Nick. Ho bisogno di un segno che stia bene.

Esco per pranzare. Il cibo cinese piccante è un eccellente conforto ma mi aiuta a schiarirmi le idee.

Faccio una lunga passeggiata. È una bella giornata. Cielo azzurro. Aria primaverile frizzante.

Ma sembra brutto. Tutto il mondo è brutto quando Nick è arrabbiato.

L'ascensore è lento. Almeno sono da sola. Controllo i capelli e il trucco nelle pareti riflettenti. Tutto a posto.

Finalmente le porte si aprono. Mi dirigo subito verso la mia scrivania, ma qualcosa mi ferma.

Nick è alla postazione di lavoro di David, con un'espressione arrabbiata stampata in faccia. «Se non vuole lavorare, non dovrebbe essere qui.»

«Ma, signore...»

«Non vi pago per spettegolare. Nessuno di voi. Non m'interessa cosa dice Gizmodo sulla vendita. Finché non è definitiva, lei è un dipendente della Odyssey. Torni al lavoro o dia le dimissioni.»

«Certo, signor Marlowe.»

Nick si rivolge a Gabriel. «Anche lei.»

Jasmine salta praticamente fuori dalla sua scrivania. «Signor Marlowe! Ho bisogno di parlare con lei.»

Lui la fulmina con lo sguardo. «Non adesso.»

«Sì, adesso.»

Ignora Jasmine e si rivolge al team di programmazione. «Questo vale per tutti. Se non volete lavorare, mi aspetto le vostre dimissioni entro la fine della giornata, e mi aspetto che la vostra scrivania sia sgombra entro domani mattina.»

Se ne va infuriato passando davanti a Jasmine. Davanti a me.

I nostri occhi si incrociano. Lui distoglie lo sguardo come se fosse imbarazzato dal suo sfogo. Poi scompare nel suo ufficio.

La porta si chiude.

La stanza ammutolisce. Nick è una forza della natura, ma non è sufficiente a spaventarmi.

Mi avvio verso la sua scrivania.

Jasmine mi afferra il polso e mi tira da una parte. «Signorina Wilder, non è una buona idea.»

«Ne ha una migliore?»

«Nick è resiliente. Andrà tutto bene.»

«'Bene' è relativo.»

Jasmine si avvicina e sussurra. «Sa com'è in famiglia, le cose più piccole si ingigantiscono. Quando una cosa è già grande di suo... Ha bisogno di spazio.»

«Lei amava Shepard, vero?»

«Non è... non importa...»

«Lo amava un tempo?»

«Certo.»

«Lo avrebbe lasciato da solo così?»

«Nick non è Shepard. Bisogna lasciare che si calmi.»

«No, devo aiutarlo io a calmarsi.»

«Oh.» Annuisce come se mi stesse dando la sua benedizione. «Faccia attenzione. Andrà su tutte le furie se la gente comincerà a spettegolare su voi due.» Mi guarda negli occhi. «Prima o poi la cosa verrà fuori. L'informatica è ancora un settore sessista. La gente sarà impressionata dalla conquista di Nick. Le daranno della troia.»

«Non m'interessa. Non posso lasciarlo lì a soffrire da solo.» Mi giro, marcio verso l'ufficio di Nick e busso alla porta.

«Sono Lizzy.» Non aspetto una risposta. Giro la maniglia. Per fortuna non è chiusa a chiave.

Nick si alza dal suo posto sul divano. «Torni al lavoro, signorina Wilder.»

Chiudo la porta a chiave. «No.»

Mi fissa.

È difficile fare altro che sciogliersi. In qualche modo, tengo duro. «Sei sconvolto. Voglio che tu stia meglio.»

«Torna alla tua scrivania.»

Non funziona. Devo diventare più aggressiva. Metto il braccio dietro la schiena, apro la lampo del vestito e me lo sfilo dalle spalle.

Mi cade ai piedi.

Nick spalanca gli occhi. Non indosso lingerie particolarmente sexy oggi, ma lui mi fissa come se avessi un set di reggiseno e mutandine di seta e pizzo di extra lusso.

Mi vuole. Glielo si legge in faccia.

Ma non si muove.

Faccio per slacciarmi il reggiseno. Lui mi afferra le braccia e me le tira sopra la testa.

«Smettila.» Mi stringe i polsi. «Non è il momento.»

«Stai soffrendo. Puoi usare me per sentirti meglio.»

«Non lo farò più.»

«Perché? A me è piaciuto. Molto. Ci sentiremo entrambi meglio.» E lui sarà qui, mio, anche se solo per un quarto d'ora.

«Non abuserò della nostra relazione in questo modo.»

«Non è un abuso. Voglio che tu lo faccia.» Lo fisso negli occhi. «Per favore. Voglio farti sentire meglio. Mi fa sentire bene.»

Mi libera le braccia. «Rimettiti il vestito.»

È serio in viso. Non ha intenzione di cedere, e con i suoi precedenti, so che è meglio non forzarlo.

Mi rimetto il vestito. «Questa vendita ti sta uccidendo.»

Non dice nulla.

«E se potessi aiutare?»

«No.»

«Ipoteticamente.»

«L'unica cosa che mi mantiene sano di mente è sapere che stai bene.» Scuote la testa. «Promettimi che non ti farai coinvolgere.»

Mi mordo il labbro. «Ho bisogno di te e tu mi stai sfuggendo.»

I suoi occhi vanno alla finestra. «Promettimelo.»

«Dimmi come farti tornare e te lo prometto.»

«Lizzy, no.» Alza la voce. «Non mi perdonerò se ti succede qualcosa. Lo giuro.»

Sta praticamente urlando. Sono sicura che qualcuno ha sentito.

Fisso quei profondi occhi castani. Vedo solo dolore. «Devo aiutarti.»

«Vuoi aiutarmi?»

«Sì.»

«Allora va' a casa.»

«Cosa?»

«Va' a casa e non tornare per il resto della settimana. Fatti una vacanza. Porta tua sorella in un centro benessere. Prendi un volo per Parigi. Pagherò io. Non voglio che tu mi veda così.»

«Ma è questo quello che fanno le persone che tengono l'una all'altra. Si vedono quando soffrono, si aiutano a vicenda quando soffrono.»

I suoi occhi si velano di frustrazione. «Ti fidi di me?»

«Sì.»

«Allora fidati quando dico che ho bisogno che tu te ne vada. Ho bisogno di sapere che sei al sicuro da qualche altra parte.» Mi prende la mano e mi passa i polpastrelli sul palmo.

Il semplice tocco mi fa avvampare da capo a piedi. Mi avvicino di più. Avvolgo le braccia intorno alla sua vita.

Nick mi prende il mento con due dita, inclinandomi il viso per guardarci negli occhi. «Ti porterò fuori sabato sera. Fino ad allora, vai da qualche altra parte. Ovunque, purché ti diverta.» Mi sfiora il labbro inferiore con il pollice. «Ti farò mandare una carta di credito all'appartamento.»

«Non posso accettare i tuoi soldi.»

«Allora non farlo. Ma voglio che tu abbia la carta.»

C'è così tanto bisogno nei suoi occhi. Annuisco.

Si china per baciarmi. Lui è qui. Posso sentire tutta la sua attenzione, tutto il suo affetto. Mi sciolgo tra le sue braccia.

Ho bisogno di lui così.

Ho bisogno di lui più di quanto pensassi.

Si tira indietro e torna alla sua scrivania. Sta già scivolando via. Sento svanire il calore dal corpo. Ho freddo. Mi sento vuota.

È come se mi avessero strappato le budella.

Voglio rispettare i suoi desideri. Davvero.

Ma non posso guardarlo scivolare via senza agire.

Capitolo Ventotto

Tra gli esami di metà corso e le ultime cose da organizzare per il matrimonio, Kat non ha tempo per una giornata in un centro benessere e tanto meno per una settimana in un centro benessere. Io non sono in vena di viaggi all'estero. Ignoro la carta di credito di Nick e uso un po' dei soldi che ho guadagnato al torneo di poker per prendere il treno per Washington.

La differenza di clima fa sì che qui i ciliegi fioriscano un po' prima. La maggior parte sono ancora bianchi, ma alcuni alberi qua e là sono di una bella tonalità di rosa.

Non sono mai stata un'appassionata di storia o di educazione civica. Visitare monumenti e musei non mi entusiasma. Il venerdì mattina prendo il treno per tornare a casa e passo la giornata a guardare i miei film di fantascienza preferiti.

L'impulso di Nick era giusto. È molto più difficile sopravvivere a tutto questo nel mio appartamento circondata dai miei pensieri.

Chiamo Sarah.

«Ehi, dolcezza» risponde lei.

«Possiamo uscire stasera?»

«Parto tra due ore. Mangeremo, balleremo, troveremo un bel ragazzo per distrarti.»

«Nessun ragazzo.»

«È una cosa seria con il capo sexy?»

«Puoi dirlo forte.»

«Che puttanella! Perché non me l'hai detto?»

«Forse non volevo essere chiamata puttana.»

«È un complimento. Vuoi che mi comporti come Kat?» Adotta una voce da ragazza per bene. «Oh mio Dio, Elizabeth, devi stare attenta. Prendi dei contraccettivi? Sei sicura che quest'uomo sia davvero un tipo da sposare?»

«Non prendere in giro Kat. Lei è dolce. E scopa più di te.»

«Non ci credo.»

«Dovresti vederla con Blake. Bacia la terra dove passa. E la guarda come se stesse pensando di buttarla sul letto e piantarle la faccia tra le gambe.» Apro l'armadio e cerco di scegliere il mio vestito più carino. «Sai cosa, questa conversazione è disgustosa. Chiudiamola qua.»

«Non mi abbandonerai per un fidanzamento, vero?»

«Mai.» Scelgo un miniabito viola e trovo dei collant grigi da abbinare. «Ci vediamo al Pixie Dust?»

«Ci vediamo.»

Mette giù.

Controllo il messaggio di testo salvato solo per assicurarmi che sia ancora lì.

Stasera alle 22. Il ristorante è molto lontano da qualsiasi locale frequentato da Sarah. Dovrò partire alle nove se voglio prendere la metropolitana. Alle nove e mezza se sono disposta a prendere un taxi.

Gioco con il telefono, chiedendomi se non valga la pena chiamare Shepard ed esigere una spiegazione ora. O chiamare Nick e pregarlo di condividere i suoi sentimenti con me. La prima mossa è troppo aggressiva, la seconda troppo disperata.

Nick vuole che ne resti fuori.

Ma non posso.

Per cena mangio una pizza per strada mentre vado alla discoteca, una bettola rumorosa e caotica dove i buttafuori non controllano la carta d'identità.

Mi scolo un doppio Rum e Diet Coke e seguo Sarah sulla pista da ballo. Qui non ci sono luci d'atmosfera. È buio, fioco e afoso.

Per mezz'ora ballo con lei. L'abbiamo fatto un milione di volte e instauriamo un ritmo perfetto. È facile e divertente, ma attira l'attenzione di troppi ragazzi. Una coppia si avvicina per ballare con noi.

Sarah mi guarda come per chiedere se va bene. Faccio cenno di *sì*. Non può essere così male. E si tratta solo di ballare. Niente nella mia relazione con Nick preclude un ballo con uno sconosciuto.

Il ragazzo mi mette le mani intorno alla vita. Le abbassa. Le afferro e le rimetto a posto.

La canzone continua, i miei fianchi ondeggiano a due spanne dai suoi. Lui fa il broncio per la distanza, ma tiene ferme le mani.

La canzone dopo è più veloce. Il tipo non è poi così male. Abbastanza alto, bella camicia abbottonata e jeans firmati, begli occhi azzurri e capelli biondi spettinati. Non è il mio tipo, ma si vede che è attraente.

Il mio corpo prova una repulsione magnetica. Non voglio che nessuno mi tocchi più oltre a Nick.

Fanculo. Faccio un cenno di saluto e mi dirigo verso il bar. Dopo altri due Rum e Diet Coke, ho la testa confusa e la stanza mi gira intorno.

Sarah piomba sul sedile accanto a me. «Tesoro, cosa c'è che non va? Parlami.»

Scruto la stanza. Non è la discoteca più bella del mondo, ma dovrei divertirmi. La maggior parte delle sere sarei disposta a uccidere per ballare con la mia amica senza problemi con i buttafuori.

Sono carina. Ho un drink. La schiena è a posto.

Ma mi sento ancora pesante dappertutto. Ho ancora freddo dappertutto. Mi sento ancora come se mi avessero strappato le budella, come se niente andrà mai bene.

Chiudo gli occhi, cerco di scrollarmi la sensazione di dosso.

Vedo solo Nick. La frustrazione nei suoi occhi. Le sue spalle afflosciate. Anche con la musica alta, sento la sua voce in testa. Ha un tono arrabbiato. Ferito. Sconfitto.

Posso aiutarlo.

Non posso fare altro che aiutarlo.

«Lizzy!» Sarah mi dà una pacca scherzosa per scuotermi. «Stai bene? Hai lasciato il tuo drink incustodito?»

«No. Non è niente del genere».

«Non dirmi che stai pensando al capo sexy.»

Annuisco.

«Ma il biondino era da strappamutande.»

«Sai, è possibile provare qualcosa per un uomo che non sia desiderio di scopare.»

«Possibile, ma non per te.» Mi guarda negli occhi. «Vero?»

Dio, la stanza sta girando. Ricaccio indietro l'ultimo sorso del mio drink. Non è abbastanza. Metto un cubetto di ghiaccio in bocca e succhio forte.

Sarah schiocca le dita. «Rispondimi o devo pensare che sei troppo ubriaca per restare fuori.»

«Sto pensando.» Mi gira la testa, ma so che non è per quello che ho bevuto.

«Oh, cazzo.» Si copre la bocca. «Ne sei innamorata, vero?»

Una bettola dopo tre drink non è il posto più romantico per una conversazione come questa.

Ho evitato la domanda, ho evitato anche di pensarci.

Conosco la risposta.

Io amo Nick.

Ne sono follemente innamorata.

Ne sono così innamorata che non posso sopportare di vederlo soffrire.

Annuisco. «Sì.»

«Cazzo. L'amore fa schifo. Ti rende schiava.»

Mi sembra la descrizione giusta.

«Lizzy.»

Guardo l'orologio. Sono poco dopo le nove. C'è ancora tempo per arrivare all'hotel.

«Lizzy!!!»

«Che c'è?»

«Ami questo tipo, alla follia, al punto che ti manca il fiato?»

«Devo andare.»

«Non esiste ragazzina, cazzo. Sei ubriaca e infelice. Non vai da nessuna parte. Non intendo perderti di vista.»

«E se giurassi di andare direttamente a casa?»

Sarah inarca un sopracciglio. «Non ti crederei.»

Faccio per prendere un altro cubetto di ghiaccio. Sarah mi toglie il bicchiere.

Si avvicina. «L'amore può essere bello... se il tipo vale tutto questo dolore. Riesci a vederti con lui per molto tempo?»

Mi accelera il battito cardiaco. Sì. Vedo noi due in quel suo splendido appartamento tra dieci anni, con le fedi alle dita. Il resto è confuso. Non ho mai pensato al mio futuro oltre alla carriera, ma so che voglio che Nick ne faccia parte.

Voglio che sia felice.

Mi alzo, prendo la borsa e cerco il telefono. «Devo chiamarlo. Devo chiedergli una cosa.»

L'espressione di Sarah si fa seria. «Se non torni entro cinque minuti, chiamo la polizia.»

«Ok.» Marcio verso la porta sul retro, verso il vicolo riservato ai fumatori.

Fuori ci sono due persone che scopano contro il muro. Gli volto le spalle per non rovinargli la festa.

Mi tremano le mani, più per i drink che per i nervi a fior di pelle. Chiamo Nick e tengo il telefono all'orecchio.

Cinque squilli e parte la segreteria telefonica.

Chiamo di nuovo. Segreteria telefonica.

Ok... La terza volta è quella buona.

Drin. Drin. Drin...

«Lizzy, cosa c'è che non va?» La sua voce è preoccupata e stanca allo stesso tempo.

«Devo chiederti una cosa.»

«Sei ubriaca?»

«Sì, ma non importa.» Stringo forte il telefono. «Una volta mi hai detto... della tua azienda. Che se l'avessi persa, sarebbe stato come perdere un arto. La pensi ancora così?»

«Dove sei? Vengo a prenderti.»

«Rispondi solo alla domanda. Sì o no. Sei stato infelice tutta la settimana. È come se fossi una persona diversa. Non sei qui.»

«Sì.» Fa una pausa. «Piccola, dimmi dove sei. Vengo a prenderti.»

È quasi impossibile resistere alla dolcezza della sua voce. «No. Sono con la mia amica. Sto bene.»

Ma non è vero. Non se perde l'azienda. Faccio un respiro profondo e mi guardo intorno nel tentativo di smaltire la sbornia. Riesco a distinguere le pareti dell'edificio di fronte a me. I sospiri della coppia accanto a me. Non sono affatto infastiditi dalla mia presenza.

Espiro nella cornetta. «Nick, ti fidi di me?»

«Lizzy...»

«Ti fidi?»

«Certo.»

«Non mi serve sapere altro. Ci vediamo presto.» Riattacco il telefono prima che possa obiettare.

Cerco le indicazioni per andare all'hotel. La metropolitana è un casino. Non c'è tempo. Devo prendere un taxi.

Cazzo.

Mi precipito in strada e mi sbraccio. Come diavolo fa la gente a chiamare questi affari?

In qualche modo un taxi si ferma davanti a me. Faccio un respiro profondo e salgo.

Il taxista si fa dare l'indirizzo e l'auto si immette in strada.

Chiudo gli occhi. Posso farlo. Per Nick, posso farlo.

Quando sono abbastanza calma da respirare uniformemente, mando un messaggio a Sarah.

Lizzy: Scusa, ma devo fare una cosa. Porta a casa il biondino e il suo amico. Scommetto che saranno d'accordo a fare una cosa a tre. Prometto che ti chiamo se ho bisogno di te.

Sarah: Farò la spia con tua sorella.

Lizzy: No, non lo farai.

Fanculo. Potrei. Chiamami quando arrivi a casa.

Lizzy: Usa il preservativo.

Capitolo Ventinove

Il mio cellulare vibra freneticamente per tutto il tragitto verso il ristorante.

Premere "ignora" e contare i secondi fino alla chiamata successiva è sufficiente a tenere la mia attenzione lontana dalla possibilità di un incidente.

Quando arrivo, pago il taxista e spengo il telefono.

Alle dieci di venerdì sera, il ristorante è affollato. I newyorkesi amano mangiare fino a tardi.

Tuttavia, individuo Shepard in un tavolo in fondo alla sala. La sua cravatta azzurra attira la mia attenzione sui suoi occhi. Assomiglia moltissimo a Nick.

È altrettanto bello, altrettanto forte e imperioso.

Non è intelligente stare qui ubriachi, ma è meglio che lasciare Nick a scomparire nel suo dolore.

Gli vado incontro. Shepard si alza e mi stringe la mano.

«Grazie per essere venuta. Ci diamo del lei o del tu?» Mi fa cenno di sedermi.

Mi siedo. «Del tu.»

«Posso offrirti da bere o qualcosa da mangiare?»

«No, grazie. Non sono in vena.»

Shepard si rimette a sedere. Sta bevendo una bibita chiara in un bicchiere grande. Un analcolico, molto probabilmente. Probabilmente non sopporta il fatto che Nick lo abbia costretto alla riabilitazione. Più che altro che abbia funzionato.

Non c'è malizia nella sua espressione. Nessun segno che voglia fare del male a Nick. Nessun indizio su cosa voglia fare, in realtà.

«Non sono sicuro del perché tu voglia incontrarmi.» Incrocio le gambe. «Cosa potrei mai avere a che fare con te che vendi l'azienda di Nick?»

«È la nostra azienda. L'abbiamo fatta crescere insieme.» Shepard si agita come se stesse sforzandosi di non accigliarsi. «Devi tenere a Nick per incontrarmi qui.»

«Sì.»

«Lo ami?»

Arrossisco. Sembra la giornata nazionale del "Chiedi a Lizzy se è innamorata".

Ricambio lo sguardo di Shepard. «Sì, lo amo.»

Lui si acciglia dispiaciuto. «Non è una cosa personale. Non sto cercando di ferirti.»

Non mi piace dove va a parare.

«Vorrei che rompessi con Nick.»

Mi si contorce lo stomaco. «Stai cercando di fargli del male?»

«No.»

«Si tratta di soldi?»

Mi fissa di nuovo, totalmente illeggibile. «Se c'è qualcosa che vuoi in più oltre al fatto che rinunci alla vendita… soldi, un altro lavoro, informazioni che puoi usare...»

«No. Voglio che rinunci alla vendita. Nick è infelice per tutto questo. Io...» Non voglio condividere i miei sentimenti con qualcuno che è così indifferente a quelli degli altri, ma non posso tenermi tutto dentro. «Non posso perderlo per questo.»

«Allora lascialo.»

Non posso perderlo nemmeno così. Mi si gela il sangue nelle vene. «Dimmi almeno cosa ci guadagni se lascio Nick.»

«Guardala in questo modo. Se ti ama, lotterà per riaverti. Farete pace e sarete felici.»

«E tu avrai...?»

«Quello che voglio.»

«Ovvero?»

La sua espressione si indurisce. «Jasmine.»

«Come?»

«Devo sapere se lo ama.»

«Lei ama te. Glielo ha praticamente detto.»

«Le parole costano poco.»

«Ma...»

Mi interrompe. «Sono sicuro che pensi che sono un mostro. Hai ragione. Ma so cosa voglio e lo otterrò. Con o senza il tuo aiuto.» Mi fissa di nuovo. «Spero che Nick ti ami davvero. Spero che combatta per te.»

«Perché sarà più facile per te ottenere ciò che vuoi?»

«Sì, e perché è mio fratello. Ci tengo alla sua felicità.»

«Ma non quanto tieni a lei?»

Non batte ciglio. «Tengo a lei più di qualsiasi altra cosa.»

«Io gli credo quando mi dice che non ha mai toccato Jasmine. E non la guarda come se l'avesse mai desiderata.»

L'espressione di Shepard si riempie di frustrazione. «Sono sicuro che sei una persona adorabile, ma non siamo amici. Stiamo parlando d'affari. Questo è un accordo.»

«Bene.» Non ci tengo ad avere uno come Shepard come amico. «Quali sono le condizioni?»

«Devi rompere con Nick. Hai tempo fino alla fine del weekend. Se lo fai, lunedì mi ritiro dalla vendita.»

«E se si oppone?»

«Opponiti a tua volta.»

«E il discorso sul fatto che deve combattere per me?»

«Fagliela sudare. Dagli due settimane. Se combatte ancora, fai quello che vuoi. Annullerò la vendita non appena mi dici che è finita.»

Mi mordo il labbro.

Ha senso... per quanto contorto.

Vuole sapere se Jasmine ama Nick. Se correrà da lui non appena lui sarà disponibile. O se lui cercherà conforto in lei.

Ma se avesse ragione?

E se Nick volesse farsi passare il dolore scopandosi la donna disponibile più vicina?

Potrebbe non perdonarmi per questo.

Potrebbe non combattere.

Potrei non riaverlo indietro.

«Come faccio a sapere che posso fidarmi di te?» chiedo.

«Non hai altra scelta.»

Ha ragione. Sono bloccata. E sono una pedina. È terribile.

«Se non ho tue notizie entro lunedì mattina, penserò che hai deciso di non farlo e venderò.»

«I soldi che potresti fare non significano niente per te?» chiedo.

«Hai il mio numero.» Si alza e mi porge la mano da stringere. «È una tua decisione.»

Gli stringo la mano debolmente.

Il mondo diventa freddo mentre lo guardo andarsene. È una mia decisione. O lascio Nick, o lui perde la sua azienda. E io perdo lui.

Mi ci vogliono dieci minuti per riprendere fiato. Non posso reggere un'altra corsa in taxi.

Prendo la metro per andare a casa di Kat e Blake.

Dopo che il portiere mi assicura che non sono in casa, e che quindi non stanno scopando sul divano, entro.

Come previsto, l'attico è vuoto. La bella luce azzurra di New York filtra dalle finestre.

Eppure mi sembra brutto.

Sono tutta intorpidita. I miei pensieri sono ghirigori disordinati, lontanissimi dalle linee rette di cui ho bisogno per capire cosa fare.

Un bagno caldo non aiuta a risvegliarmi i sensi. Mi strucco e vado di sopra nella stanza degli ospiti vuota.

Ci sono dei pigiami da qualche parte, ma non potrebbe importarmi di meno. Mi tiro la coperta sulla testa e chiudo gli occhi.

Non c'è via d'uscita.

Qualunque cosa io faccia, perdo Nick.

Capitolo Trenta

C'è troppa luce qui dentro. Dovrebbe essere illegale che le luci fluorescenti siano così luminose.

Mi martella la testa. Non so se per i postumi della sbornia o per l'infelicità. Qualunque cosa io faccia, perdo Nick.

Mi fa male pensare. Cavolo, mi fa male respirare.

Bussano alla porta della camera da letto. Dopo sento una voce sommessa.

«Ehi, Lizzy. Sei sveglia?» chiede Kat.

«Adesso sì.» Mi getto il piumone sulla testa, ispezionando il mio abito da cocktail.

Non c'è tempo per cambiarmi o inventare una storia credibile.

Kat entra in camera con un bicchiere d'acqua. Si siede sul letto e me lo porge. «Vuoi dirmi cosa sta succedendo?»

«Sono uscita con Sarah e avevo voglia di venire qui.»

Apre il palmo, ha in mano due compresse di ibuprofene. «Riprova.»

«Volevo vederti, ma eri fuori.»

Nonostante il dubbio nella sua espressione, mi consegna le pillole. Le ingoio e mando giù tutta l'acqua. Le pulsazioni che ho in testa diminuiscono del tre per cento. È quanto basta a motivarmi a trovare i miei occhiali e trascinarmi in cucina.

Secondo il microonde, è quasi mezzogiorno.

Kat versa due tazze di caffè. «Hai dieci messaggi di Nick. Ha qualcosa a che fare con la tua comparsa qui?»

«Avevo il telefono spento ieri sera.»

Mi porge il caffè. «Fammi causa. Ero preoccupata. Sono stata impegnata con i preparativi del matrimonio e non abbiamo parlato molto.»

«Due settimane da domani.»

Lei annuisce. «Non riuscirai a distrarmi.» Sorseggia il suo drink. «Cos'è successo?»

I pensieri contorti che ho nel cervello si raddrizzano. Ho il caffè. Riesco a pensare chiaramente, anche con il martellamento in testa.

Non c'è davvero niente da decidere qui.

Nick ama l'azienda più di qualsiasi altra cosa. Più di quanto amerà mai me.

Fisso il mio caffè. È scuro e profondo, come gli occhi di Nick.

Sento una fitta in petto. Farà un male cane, ma è l'unica cosa che abbia senso.

Mi volto verso Kat. «Devo rompere con Nick.»

«Perché?»

Mi sforzo di trovare una spiegazione che non sveli nulla. «È innamorato del suo lavoro.»

«Allora?»

«Allora? Tu non hai rotto con Blake perché era innamorato del suo lavoro e non ti amava o qualcosa del genere?»

«Tecnicamente sì.» Indica il suo anello di fidanzamento. «Ma gli ho dato un'altra possibilità.»

«Ha avuto fortuna. Sei indulgente.»

«E il tuo stage?»

«Ne troverò un altro.»

«Sei solo a metà semestre. E la scuola?»

«Non so.» Premo le dita contro la tazza. «Forse... Non stavo imparando niente. Forse la scuola non fa per me.»

«Elizabeth Marie Wilder! Non lascerai l'università perché un ragazzo ti ha spezzato il cuore.»

«Non è a causa di un ragazzo. È perché i corsi sono inutili. È meglio che mi trovi un lavoro da programmatore junior da qualche parte. Imparerò di più.»

«Non ti credo.»

Fisso il mio caffè, sforzandomi di mostrare un'espressione in qualche modo contenta. È tutto vero. Stavo pensando di saltare l'università per uno stage prima di ottenere la borsa di studio per Stanford.

«Blake è migliorato col lavoro. Forse Nick può...»

La fisso. «Perché t'interessa?»

«Eri felice l'ultima volta che mi hai parlato di lui. Voglio che tu sia felice.»

Studio la sua espressione. C'è qualcosa che non mi sta dicendo. Ne sono sicura.

«Tutto qui?» chiedo.

«Sembrava molto preoccupato per te, Lizzy. Come se ti amasse davvero.»

«Quando ti è sembrato preoccupato?»

Arrossisce, imbarazzata. «Potrei aver ascoltato i suoi messaggi in segreteria.»

«Che ficcanaso.»

«Ti preparo i pancake.»

«Blake non impazzirà per il disordine?»

«Lascialo fare.» Si siede accanto a me e mi guarda come se stesse ispezionando un quadro strappato. «C'è dell'altro. A me puoi dirlo.»

«È l'unica decisione che ha senso.» Gioco con l'orlo del mio abito da cocktail.

«I sentimenti non sono logici.»

«No, ma le decisioni dovrebbero esserlo.»

«Lizzy...»

«Ho deciso. Ora fammi dei pancake se vuoi che ti perdoni per aver violato la mia privacy.»

Si acciglia ma prende una ciotola e della farina.

Do a Kat qualche minuto per iniziare, ma non ha idea di quello che sta facendo.

Prendo in mano la cosa, misuro, mescolo e giro fino a quando tutto il mio mondo è fatto di pancake.

Ho quasi finito quando vibra il citofono.

Kat si scusa e va a rispondere. «Sì.»

Sento la voce del portiere. «Katrina, c'è un certo signor Marlowe che vuole vedere la signorina Elizabeth Wilder per una questione personale.»

Non riesco a respirare.

Non ora. Non qui. Non ancora.

Kat si rivolge a me. «Vuoi che lo faccia entrare?»

Spengo i fornelli e faccio un respiro profondo per raccogliere i sensi. Non c'è modo di fermare tutto questo. Forse è meglio farla finita, così non mi resterà in testa tutto il giorno.

Annuisco. «Sì.»

«Sei sicura?»

«Sicurissima.»

La preoccupazione le illumina il viso, ma si volta di nuovo verso l'interfono. «Fatelo salire. Ma prima dateci due minuti.»

«Certo, signorina Wilder.»

Apre la porta e si dirige verso la cucina. I suoi occhi mi fissano, mi esaminano come è abituata a esaminare qualcosa che sta per disegnare.

«Sai, se lo ami davvero, potresti essere in grado di risolvere la cosa. Qualunque cosa sia» dice.

«Ho preso la mia decisione.»

«Sembri sul punto di piangere.»

«Devo farlo!» Mi mordo la lingua. Non posso arrabbiarmi. È un atteggiamento che porterà domande, da parte di Nick o di Kat o di entrambi. Devo convincerli che la cosa mi sta bene.

Ho un nodo allo stomaco. Devono essere i postumi della

sbornia. Strappo un pancake a metà e me lo ficco in bocca. È perfetto. Soffice e leggermente dolce con una calda esplosione di mirtilli.

«Vuoi che me ne vada?» chiede.

«Puoi stare sul divano.»

Bussano alla porta. Mi manca il fiato. La stanza diventa fredda. Non sono sicura di poterlo fare.

Kat risponde alla porta con una cortese stretta di mano. Nick è distrutto. È ancora bello e ben vestito, jeans e maglione oggi, ma i suoi occhi sono stanchi e sono almeno due giorni che non si rade.

Presto sarà felice.

Riavrà l'azienda, si dimenticherà di me e sarà felice.

È quello che voglio.

Mi si forma una lacrima nell'occhio. La asciugo. Non sto piangendo. Non ancora.

Si avvicina, finché non resta solo un metro tra di noi. «Lizzy, cos'è successo?»

«Niente. Sono uscita a ballare con Sarah. Credo che fossi un po' sbronza. Solo una di quelle telefonate da ubriaca.»

Corruga la fronte. I suoi occhi si riempiono di dubbi. Non la beve questa storia.

Faccio un passo indietro. «Però è un bene che tu sia qui. Devo parlarti di una cosa.»

Si avvicina di più. Finché non è a una spanna di distanza. I suoi polpastrelli scivolano sul lato della mia guancia. Mi sento invadere da una sensazione di calore. Dio, è una bella sensazione. Combatto il desiderio di avvolgergli le braccia intorno. Renderebbe solo tutto più difficile.

«Hai pianto.» La sua voce è morbida.

«Sono solo i postumi della sbornia.»

«Non sai mentire.» Mi asciuga una lacrima dall'occhio. «Dimmi cosa c'è che non va, piccola. Possiamo risolverlo insieme.»

Scuoto la testa.

«Possiamo.»

«No, non possiamo.»

«Lizzy...»

Faccio un passo indietro, sottraendomi al suo tocco. Sento subito freddo. La schiena si irrigidisce. Mi si agita lo stomaco.

«Sei venuta qui perché pensavi che sarei andato a cercarti nel tuo appartamento?»

«Ci sei andato?»

«Sì.» Mi fissa negli occhi. «Cos'è successo?»

«Ho capito una cosa.»

Il terrore si diffonde sul suo viso.

Voglio così tanto cancellarlo. Voglio far scorrere le mani tra i suoi capelli, avvolgere il corpo attorno al suo, per consolarlo oggi, e domani, e ogni giorno, per sempre.

Ma è questo il modo in cui posso renderlo felice.

L'unico modo.

Ricambio lo sguardo di Nick. «Penso che dovremmo...» No, non c'è nessun "penso", nessun "dovremmo". Raccolgo ogni grammo di forza che ho in corpo. «Voglio rompere con te.»

Kat scatta verso la camera da letto. «Vi lascio un minuto. Scusate.» Sbatte la porta ed esce dalla stanza.

Nick si avvicina. Mi mette le mani sull'incavo della schiena e mi attira a lui. «Dimmi che non senti qualcosa in questo momento.» Si china e preme le labbra contro le mie.

Dio, quanto sento qualcosa. Sento tutto.

Faccio un passo indietro. «Ci tengo a te, Nick. Non è questo il problema.»

«Allora cos'è?»

«Hai una vita piena. Hai la tua azienda. È quella la tua priorità. È ciò che ti rende felice. Non c'è spazio per nessuno o per altro. E anch'io ho un sacco di roba in ballo. Capire cosa fare con la scuola. Questa relazione non avrebbe mai funzionato. È meglio se la finiamo ora.»

I suoi occhi si riempiono di tristezza. «Non dici sul serio.»

«Sì invece.» Cerco di convincermi. Parlo con voce forte e

sicura per quanto posso. «Sarai più felice quando potrai concentrarti sul tuo lavoro.»

«E il tuo stage?»

«Se ci sarà ancora dopo che questa storia della vendita si sarà sistemata... Chiederò a un altro dei programmatori di insegnarmi.»

«Nessuno di loro conosce l'IA come me.»

«Lo so.» Mi mordo la lingua così posso concentrarmi su quanto mi fa male quello invece di quanto mi fa male il cuore. «Troverò un altro stage.»

Nick guarda per terra. «C'è un qualsiasi modo per farti cambiare idea?»

Mi scervello per trovare qualcosa, qualche osso da lanciargli, in modo che possa risolvere la situazione.

Non mi viene in mente niente.

«Tu hai le tue priorità» dico. «Io ho le mie.»

Fa un passo indietro. «Rispetto la tua decisione.» Mi guarda negli occhi. Apre la bocca come se stesse per parlare, ma non dice nulla.

«Ti accompagno alla porta.» Tengo le mani strette ai fianchi per non essere tentata di toccarlo.

Nick aspetta che siamo all'ascensore per parlare. Si gira verso di me, con gli occhi spalancati per qualcosa che non riconosco.

La sua voce è morbida. «Potrebbe essere per sempre.»

Le porte dell'ascensore si aprono. Lui entra, con gli occhi rivolti a terra.

«Ma se è questo che vuoi» mi fissa negli occhi, «mi fido di te.»

Le porte si chiudono.

Nick non c'è più.

Riesco ad arrivare alla stanza degli ospiti prima di raggomitolarmi su me stessa e scoppiare a piangere.

Capitolo Trentuno

Kat mi porta il caffè e la colazione. «Ti va di parlare?»

Scuoto la testa e m'ingozzo di pancake.

Si siede con me finché non finisco il mio brunch, poi prende i piatti e se ne va.

Sono sdraiata a letto con il mio portatile a guardare la prima stagione di *Galactica* nel tentativo di pensare a qualcosa che non sia Nick. I miei occhi sono stanchi. Entro ed esco dal sonno. Non è nemmeno un po' riposante.

A metà pomeriggio un'email cattura la mia attenzione. Da Phoenix Marlowe, a tutto il team Odyssey. Abbiamo lunedì e martedì di ferie. La vendita è ancora nell'aria. Avrà l'ultima parola come prima cosa mercoledì.

Ci sono due giorni per respirare prima di dover vedere Nick.

Forse è sufficiente.

Poco dopo le sette, Kat mi trascina in soggiorno per la cena. È qualcosa che ha fatto lei stessa: pasta al ragù e un'enorme ciotola di insalata verde.

Mi siedo a tavola con lei e Blake, infilzo il cibo con la forchetta e non presto alcuna attenzione alla conversazione.

Quando abbiamo finito, pulisco i piatti e lavo le stoviglie.

L'acqua bollente quasi non mi tocca. So che è calda, ma sono troppo insensibile per sentirla.

Kat si sistema davanti alla TV con il suo album da disegno, metà guardando una soap per adolescenti, metà disegnando. Indica il posto accanto a lei. Guardo Blake per capire se sto invadendo il suo territorio.

Lui si alza da tavola. «Vado a fare qualche ora di lavoro.» Va verso il divano per piantare un bacio sulle labbra di Kat. «C'è molto da fare prima del matrimonio.»

Lei è raggiante. «Ti amo.»

«Anch'io ti amo.»

È dolce al punto da darmi la nausea. Faccio razzia nel frigo in cerca di qualcosa che contrasti la bile che mi sale in gola. Gelato al caffè. Perfetto.

«Volete del dolce?» chiedo senza rivolgermi a qualcuno in particolare.

«Certo.» Kat bacia di nuovo Blake. «Per Blake niente. Non può sporcare la sua scrivania.»

Lui fa quel subdolo sorriso alla *in realtà stai parlando di sesso.* È passato più di un anno da quando si sono incontrati, e ancora si guardano come se non vedessero l'ora di strapparsi i vestiti a vicenda.

È dolce.

Ma anche disgustoso. Non ho bisogno di dettagli sulla vita sessuale di mia sorella.

Mi concentro sul gelato. Dopo che Kat e Blake hanno finito la loro lunga buonanotte, mi dirigo verso il divano e passo a mia sorella la sua tazza.

Il dessert è freddo e cremoso, ma non ha sapore. Niente di tutto questo mi fa sentire bene.

Kat posa il dessert lasciato a metà sul tavolino e mi mette il braccio intorno alla spalla. «Stai crescendo. Non mi dici più tutto.»

«Non ti dico tutto da molto tempo.»

«Quello che è.» Dà un'occhiata allo schermo. «Io sto per sposarmi. Tu tornerai a Stanford. Avremo le nostre vite.»

«Voglio restare a New York.»

«Puoi stare qui. O nella casa di Brooklyn. Il subaffitto dura fino a giugno.» Si appoggia allo schienale del divano. «Lizzy, voglio vendere l'appartamento di Brooklyn. A meno che tu non ci voglia vivere.»

«Cosa? È dove siamo cresciute. Tutto l'anno scorso…»

Si gira verso di me. «Metà di quei soldi sono tuoi. Sono più che sufficienti per il college, ovunque tu voglia.»

«Ma...»

«Non m'interessa se non ti piace. Non ti lascerò affrontare il mondo intero da sola. Sei la mia migliore amica. Sarai sempre la mia migliore amica. Preferisco averti a New York, e non ho paura di usare qualsiasi strumento del mio arsenale per tenerti qui.»

«Compreso quello...» Indico l'ufficio di Blake.

Lei annuisce. Si fa seria in viso. «Se vuoi parlare di Nick, io sono qui. Salterò la scuola e potremo andare a fare shopping. Offro io. Devo prendere delle cose per la luna di miele.»

«*Devo* parlare di Nick?»

«Non devi fare niente. Ma io sono qui. Sono sempre qui.» Mi getta le braccia intorno e mi tiene stretta. «Non ti ho mai visto così infelice. Non dopo l'incidente.»

«Già.»

«Sono preoccupata.»

«Sei sempre preoccupata.»

Prende il suo gelato e si sistema di nuovo sul divano. «Sto cercando di rispettare i tuoi limiti, sai.»

Annuisco.

«Potresti sentirti meglio se ne parli.»

«Forse.»

Concentro la mia attenzione sul mio gelato. Quando ho finito, giro il cucchiaio intorno alla tazza di porcellana, disegnando cerchi nel dolce sciolto.

Forse mi sentirò meglio se ne parlo.

Come se non fosse impossibile.

Alla successiva pausa pubblicitaria, faccio un respiro profondo. «Voglio solo che sia felice.»

Kat annuisce, attenta e dolce come sempre. Comincio a parlare e non mi fermo finché non ho più niente da dire.

Lunedì, Kat salta le sue lezioni pomeridiane. Prendiamo la metro fino a Midtown e perlustriamo una dozzina di boutique e grandi magazzini alla ricerca degli abiti da spiaggia perfetti.

Kat ha l'abitudine di chiedermi consigli su ogni singolo capo di abbigliamento. Appena la mia mente torna a Nick, lei è lì con una domanda su uno stile di bikini o sul miglior modello da abbinare ai pantaloncini bianchi o su qualche richiesta che posso spiegare nei minimi dettagli.

Dopo tre ore di shopping, sono esausta. La lascio a provare una dozzina di bikini per cercare un po' di caffeina. Passo davanti alla sezione di lingerie mentre vado verso la caffetteria.

Il pizzo colorato cattura la mia attenzione.

Mi passano per la mente dozzine di immagini mentali che erano totalmente deliziose due settimane fa. In questo momento, il pensiero di Nick con le pupille dilatate e le labbra dischiuse mi fa solo sentire depressa.

Fa male. Fa molto male. Ma questo è l'unico modo in cui posso aiutarlo. Questo è ciò che lo renderà felice.

Non riesco a ordinare una bevanda calda. Ho troppo freddo per sopportare qualsiasi minaccia di sciogliermi. Metto dello sciroppo in un caffè freddo e mi piazzo sullo sgabello di legno per berlo.

Alla fine, Kat mi trova. Ha in mano una mezza dozzina di borse della spesa. Le lascia cadere in disordine per terra per mettersi sul sedile accanto al mio.

«Vuoi parlare?» chiede.

Scuoto la testa.

Il suo sguardo va all'orologio sul muro. «Ho una riunione per un progetto di gruppo. Te la senti di andartene?»

«Puoi andare direttamente al tuo incontro. Porto io la tua roba a casa.»

«Sei sicura?»

Annuisco.

Mi avvolge in un abbraccio incredibilmente stretto. Prendo le sue borse e la seguo fino alla metropolitana. Mi piazzo in un posto sul treno della linea 6. Lei esce a Times Square per cambiare linea.

Le piastrelle alle pareti mi sfrecciano davanti. La gente che entra ed esce dal treno mi sfreccia davanti. In qualche modo, scendo dal treno alla fermata giusta. Oggi fa freddo. Il sole sprofonda all'orizzonte con una striatura di rosso, come se stesse sanguinando e fosse rotto e stesse per scomparire.

Una volta arrivata a casa, lascio le valigie vicino alla porta d'ingresso e mi seppellisco nella mia stanza.

C'è una notizia dell'ultima ora su Odyssey sul mio Google Alert. Il titolo mi dice tutto quello che devo sapere.

Shepard Marlowe decide di non vendere Odyssey e il controverso progetto dell'assistente virtuale. Afferma che l'azienda vale cinque volte l'offerta di OmniTech.

L'azienda di Nick è al sicuro. Dovrei sentirmi meglio. Più libera. Più calma. Qualcosa.

Ma mi sento ancora depressa. Mi sento ancora così depressa che riesco a malapena a respirare.

Capitolo Trentadue

Sono a metà della seconda stagione di *Galactica* quando un colpo alla porta rompe la mia concentrazione. È troppo presto per essere Kat. Ma cosa diavolo potrebbe volere Blake da me?

Urlo in direzione della porta. «Kat non c'è.»

«Lo so.»

La porta si apre. Blake è lì in piedi nel suo costoso abito nero, con un'espressione di fuoco e acciaio.

«Voglio parlare con te. C'è del cibo thailandese sul tavolo.» Si muove verso il soggiorno come se fosse sicuro che lo seguirò.

Maledico la mia fame e il mio imperituro amore per i piatti di gamberi piccanti.

C'è anche una lattina di Diet Coke.

Bene. In questo modo il mio futuro cognato si è guadagnato esattamente venti minuti della mia attenzione.

Preparo il mio piatto con un cucchiaio gigante di riso integrale e un altro di curry verde. Ha un buon odore e, in questo momento, accetto qualsiasi accenno di buono che si possa trovare.

«Ho sentito di Odissey.» Si versa un bicchiere di whisky con ghiaccio. «È una buona notizia?»

Annuisco.

«Lizzy, non ho intenzione di farti perdere tempo.» Si siede al tavolo. La sua voce è uniforme, come se stesse parlando del tempo. «Ho trasferito duecentomila dollari sul tuo conto corrente.»

«Tu cosa?»

Resta imperturbabile. «Tu e Kat possedete l'appartamento di Brooklyn, non avete più i requisiti per borse di studio per non abbienti. È a causa mia. Sei una giovane donna intelligente e meriti di avere delle opzioni. Ti sto restituendo le tue.»

«Finiscila con il "te l'avevo detto".»

«Hai seguito il tuo cuore. Non posso biasimarti per questo.»

«Bah. Sembri Kat.»

Blake sorride. La sua espressione è allegra, come se fosse felice da morire. Su di lui vuol dire occhi leggermente stropicciati e labbra lievemente incurvate verso l'alto. Ma è felice. Non c'è dubbio.

«Kat si è già offerta di vendere la casa a Brooklyn.» Guardo Blake negli occhi. «Pensi che lo voglia davvero?»

«Lei vuole sempre il meglio per te.»

«Già. Vuole sempre il meglio per gli altri.» Gioco con la forchetta. «Hai idea di quanto sei fortunato ad averla?»

«Il ragazzo più fortunato del mondo.»

«Almeno te ne rendi conto.» Do un morso. Peperoni rossi, piselli verdi e il ricco sapore del cocco. È buono. Davvero buono.

Blake prende qualcosa dalla borsa del suo portatile e me la allunga sul tavolo. «Sei stata ammessa all'Università di New York, all'Hunter College, alla Rutgers e a una dozzina di altre scuole nel raggio di due ore da qui.»

«Buffo, perché non ricordo di aver fatto domanda di ammissione a nessuna di queste scuole.» Gli lancio uno sguardo assassino. «Cos'hai fatto?»

«Ho copiato il tuo saggio alla Columbia e ho inserito le tue informazioni. Ci è voluta solo un'ora.» Mi guarda negli occhi.

«L'Università di New York è a trenta minuti di metropolitana e la Hunter è a meno di venti isolati. Puoi stare qui se vuoi.»

«Sarete sposi novelli.»

«C'è spazio.»

«Mi vorresti davvero nel tuo appartamento di lusso a bloccarti l'uccello ventiquattro ore su ventiquattro?»

Blake sorride. «Non riuscirai a bloccarmi l'uccello. Insonorizzerò la nostra camera da letto.»

«Per favore, smettila.»

«Sarà ufficiale tra due settimane, ma per quanto mi riguarda, sei già un membro della famiglia. Sei sempre la benvenuta.»

Una parte del gelo si scioglie. Ora sono un membro della famiglia. Sembra reale. Cavolo, è la prima volta che vedo Blake come qualcosa di più di quel ragazzo che rende felice Kat.

Sarà davvero la mia famiglia.

Forse... forse non devo fare tutto questo da sola. Forse è giusto accettare l'aiuto di qualcuno.

Bevo un lungo sorso della coca per raffreddarmi le papille gustative roventi. La mia attenzione torna a Blake. È imperturbabilmente calmo, ma è anche sincero.

Per la prima volta, capisco cosa ci vede Kat.

È dolce.

Finiamo la cena in silenzio. Dopo trasferisco la mia maratona di *Galactica* alla TV in soggiorno.

Blake mi tiene compagnia finché Kat non torna a casa. Poi vanno nella loro stanza, probabilmente per dimostrare quanto poco io sia in grado di bloccarlo.

NON C'È NESSUNO IN UFFICIO QUANDO ARRIVO MERCOLEDÌ mattina. Ovvio che no. Sono le otto e si comincia alle nove.

C'è una luce in fondo al corridoio. L'ufficio di Nick.

Faccio un respiro profondo cercando di farmi forza, ma non sono pronta ad affrontarlo. Aspetto alla caffetteria dall'altra parte della strada. Un cappuccino alla vaniglia e sono un po' più sveglia.

Sono solo le otto e quarantacinque. Ordino un altro cappuccino per non essere tentata di mandargli un messaggio e confessargli tutto.

Non so molto di Shepard, ma sono sicura che non mi lascerà alcun margine di manovra con questo accordo. Questo significa che devo tenere Nick a distanza per due settimane.

Sempre che voglia avere qualcosa a che fare con me dopo.

Il cappuccino è buono. Caldo, dolce, robusto. Lo assaporo il più possibile. La caffeina mi rende nervosa. Faccio una lunga passeggiata intorno al distretto finanziario. Contribuisce solo a farmi arrivare in ritardo al lavoro.

Sono le dieci e mezza quando entro in ascensore.

Oh, be'. Non è che l'attenzione sia su di me.

Vado subito alla mia scrivania, ma è già impossibile concentrarsi.

Sulla mia scrivania ci sono una tazza di caffè e un bagel. Accanto ci sono due bustine di latte e panna e due di zucchero di canna. Esattamente come lo preparo ogni mattina.

L'ultima cosa di cui ho bisogno è altro caffè. Lo bevo comunque. Almeno il bisogno di fare pipì ogni trenta minuti mi dà qualcosa da fare. C'è molto lavoro. Sono nel bel mezzo di un progetto e ho un'altra settimana o due prima di avere bisogno della guida di un programmatore senior.

Vengo risucchiata nella codifica finché non sento la sua voce. È forte, rimbombante.

Arrabbiata.

«Non mi sono spiegato bene la settimana scorsa?» Nick fissa David. «Non venga da me o dalla signorina Lee con domande sui pettegolezzi.»

«Signor Marlowe, sto solo chiedendo notizie ufficiali dall'azienda.»

Ancora una volta, Jasmine si precipita nella mischia. «Nick, forse dovremmo fissare una riunione per questo pomeriggio. La gente ha delle domande.»

«Sì, anch'io ho molte domande.» Nick la fissa come se stesse chiedendo una spiegazione.

«Non ho avuto niente a che fare con tutto questo» dice.

Il povero David sbatte le palpebre confuso. Non ha idea di cosa stia succedendo.

Torna alla sua scrivania e sussurra qualcosa a un altro programmatore. Nick li osserva con uno sguardo assassino. Lui e Jasmine sussurrano qualcosa.

Poi guarda dritto verso di me. È ovvio che lo sto guardando. Tutti in ufficio lo stanno guardando.

Ma non dice nulla. Torna nel suo ufficio e sbatte la porta così forte che il muro trema.

Ha la sua azienda.

Non dovrebbe essere arrabbiato.

Forse ha bisogno di tempo per assimilare la cosa.

Dev'essere così.

Le abitudini sono difficili da interrompere. Giovedì, arrivo alla Odissey alle otto.

Ancora una volta, non c'è nessuno tranne che per la luce nell'ufficio di Nick. La porta è socchiusa. Io sono qui. Lui è qui. Facciamola finita.

Con un respiro profondo, busso alla sua porta.

«Sei tu?» chiede. Il tono dolce della sua voce fa capire che si riferisce a me.

«Sì. Posso entrare?»

«Certo.»

Apro la porta ed entro in ufficio. I nervi mi frullano nello stomaco. Deglutisco con forza per calmarli.

I suoi occhi non sono così stanchi. La sua postura non è più così afflosciata. Non è euforico, ma chi lo è alle 8 del mattino?

Nick indica una tazza di caffè sulla sua scrivania. Accanto c'è un sacchetto. Un bagel.

«Nel caso tu abbia saltato la colazione.» La sua voce è piatta, impossibile da interpretare.

«Nick, io...»

«Lavorerai con David a partire da oggi.»

«Ieri gli hai urlato contro.»

«Non avrei dovuto perdere le staffe in quel modo. Ho esagerato.» Batte le dita sulla scrivania. La sua espressione rimane irritata. «Si occupa del riconoscimento vocale. Non è un lavoro interessantissimo, ma è utile conoscerlo. Non può arrivare presto o rimanere fino a tardi. Avrai un orario fisso dalle nove alle cinque.»

Annuisco.

«È un buon programmatore. Imparerai molto.»

«Certo.» Prendo il caffè e il bagel e faccio un passo indietro. Così non sarò tentata di toccarlo. «Grazie per la colazione.»

Lui annuisce. «Mi mancheranno le nostre mattine insieme.»

«Anche a me.» Mi mordo la lingua. Il dolore richiama la mia attenzione. Non toccare Nick. Non dirgli che ci tengo a lui. Niente che renda la situazione più difficile di quanto debba essere. «Sono davvero felice che tu non abbia dovuto vendere. So quanto questa azienda sia importante per te.»

Rivolge lo sguardo a terra. La sua espressione si riempie di rimpianto. «Grazie.»

Ogni oncia di me vuole buttarsi tra le sue braccia. Mi giro e torno di corsa alla mia scrivania. Non posso cedere a questa tentazione. Nick sta già migliorando. Entro la fine della settimana tornerà a essere il suo vecchio, spietato se stesso.

Sarà felice.

Non posso rovinare tutto.

David è un buon programmatore, ma non ha mai fatto da mentore a nessuno. È paziente con le mie infinite domande. Io sono paziente con le sue risposte lente. Mi scarica addosso un sacco di lavoro di routine. Almeno è una distrazione.

Venerdì mattina mi impongo di fare una sessione di yoga più lunga del solito, così non posso arrivare in ufficio prima delle nove.

Come c'era da aspettarsi, ci sono caffè e colazione sulla mia scrivania. Cerco di resistere all'offerta di Nick. Cerco di non chiedermi cosa significhi. Fallisco su entrambi i fronti.

Pranzo alla mia scrivania. Bevo una mezza dozzina di lattine di Diet Coke. Lavoro finché sono troppo stanca per pensare, poi lavoro ancora un po'. È buio quando finalmente faccio una pausa. Dopo le sette.

L'ufficio è vuoto, ma non m'interessa. Sto ancora pensando. Questo significa che devo lavorare di più. Faccio una pausa per andare in bagno e prendere uno spuntino.

Quando torno nella stanza principale, tutte le luci sono spente. Anche quella dell'ufficio di Nick.

Beh? Non l'ho visto uscire. Cavolo, non se ne va mai così presto. Cerco di dimenticarlo mentre torno alla mia scrivania.

Ma lui è lì, chino sul computer, a battere qualcosa sulla tastiera.

Mi posiziono accanto a lui, ma non c'è modo di mettermi sulla mia sedia. Non con lui in quella posizione. Sarà chino su di me, le sue mani sulle mie spalle, il suo respiro sul mio collo.

Il pensiero è sufficiente ad accendermi un fuoco in corpo. Tutta quella freddezza si scioglie.

Lo voglio.

Lo voglio tanto da urlare.

Affondo i denti nella mia mela, masticando nel modo più rumoroso e sgradevole possibile.

Nick indica una linea di codice. «Hai saltato un punto e virgola.»

«Tutto qui?»

Lui annuisce. Si alza in piedi e siamo faccia a faccia. I suoi occhi mi scrutano il corpo carichi in parte di desiderio, in parte di preoccupazione.

Rosicchio la mela finché non è un torsolo minuscolo, poi la avvolgo in un tovagliolo e la lascio cadere sulla mia scrivania.

«Com'è lavorare con David?» La sua voce è uniforme.

«Non è bravo come te, ma sto imparando.»

Passa un minuto. Due addirittura.

Ci sono così tante cose che vorrei dirgli e tutte sono impossibili.

Mi trapassa con lo sguardo. «Perché sembri ancora più infelice di quanto mi senta io?»

Tengo le mani strette ai fianchi. «Te lo stai immaginando. Sto bene.»

Si fa scuro in volto. È preoccupato. «Non sai mentire.»

Deglutisco a fatica. «Sembri più felice. Hai di nuovo tutto sotto il tuo controllo.»

«Se avessi tutto sotto il mio controllo, avrei te.»

Le mie gambe minacciano di cedere. Premo la mano contro la scrivania per avere il sostegno necessario. «Hai Odyssey e Haley. Devi essere contento che Shepard si sia tirato indietro.»

Mi fissa. «Vuoi dirmi che parte hai avuto in tutto questo?»

«Nessuna. La sua avidità ha avuto la meglio.»

«Lizzy, per favore non mentire. Mi manda in bestia.»

«Mi dispiace, signor Marlowe, ma temo che sia tutto quello che posso dire. È stata la decisione migliore per tutti.»

«Non farlo...»

«Fare cosa?»

«Fare finta di non essere mai stata importante per me.» Scuote la testa. «Cos'hai fatto, piccola? Cos'hai fatto per far succedere tutto questo?»

«Non chiamarmi piccola. Ci siamo lasciati.» E questa conversazione rende impossibile mantenere la mia faccia da poker.

Mi mordo il labbro, pregando che creda che sono a posto.

Che torni in ufficio e si seppellisca nel lavoro che ama più di ogni altra cosa.

Non ho fortuna. Resta fermo, la sua postura forte, la sua espressione esigente.

Ordinami di dire la verità. Ordinami di mettermi in ginocchio. Non me ne frega un cazzo, fammi sentire qualcos'altro.

Fisso le linee di codice. Qualsiasi cosa per evitare di dare voce ai miei pensieri.

«Cosa preferiresti?» chiede.

«Di cosa stai parlando?»

«Tesoro? Dolcezza? Cara? Amore? Solo Lizzy?»

«Signorina Wilder.» Gioco con la patta della tasca del mio blazer. Questo stupido affare è finto, cazzo. «Non è quello che facciamo in questo ufficio? Tutti si danno del lei.»

«Sì.»

«E non sei fissato con le regole e col tenere separate la tua vita personale e quella professionale?»

«Te lo sei scopato?»

«Come puoi chiedermelo?» Mi giro verso Nick. Non c'è malizia nella sua espressione. Solo dolore. «Non ti farei mai una cosa del genere. Io…» Mi mordo il labbro finché il dolore è troppo forte da sopportare. «Mai.»

Si avvicina di più. Finché non è a pochi centimetri di distanza. «Mi fido ancora di te, Lizzy, ma non avresti dovuto farlo. Qualunque cosa sia stata.»

Non riesco a muovermi. Voglio stargli vicino più di quanto abbia mai desiderato qualsiasi altra cosa. «Hai la tua azienda. È questo che conta per te.»

«Sei tu quello che conta per me.»

Scuoto la testa.

Nick si protende in avanti. Finché non è a due centimetri di distanza. Mi mette le mani sui fianchi. Una va all'incavo della schiena. L'altra va alla mia nuca.

Mi scioglie lo chignon e i capelli mi cadono sulle spalle.

È bello sentire le sue mani. Chiudo gli occhi, incapace di fare altro che immergermi nella sensazione.

Mi infila una mano nei capelli. «Reagisci ancora al mio tocco.» Mi passa la mano lungo il collo fino a farmi gemere. «Lo vuoi.»

Alzo lo sguardo e lo fisso negli occhi. Mi toglie il respiro. «Sei sexy. Non posso farci niente.»

«Sto per baciarti.» Mi mette la mano dietro la nuca e la usa per attirarmi più vicino. «Ti ricordi come dirmi di no?»

«Mi ricordo.» Ma non posso farlo. Per nessun motivo al mondo.

Chiudo gli occhi quando Nick si avvicina. La connessione delle nostre labbra fa scattare una scintilla che mi attraversa tutto il corpo.

Per la prima volta da una settimana, sono vigile e viva. Voglio qualcosa che posso avere. In teoria.

Dischiudo le labbra per far posto alla sua lingua. Gli faccio scivolare le mani intorno alla vita e lo abbraccio forte. Nick, Nick, Nick. È il mio mondo. È tutto.

Interrompe il bacio. Mi fissa negli occhi, ha un'espressione carica di disperazione e di desiderio allo stesso tempo.

Mi sfila il blazer dalle spalle. Cade per terra dietro di me.

Premo il corpo contro il suo. «Non significa niente. È una scopata d'addio.»

Mi tira la lampo fino in fondo alla schiena. «Significa qualcosa.»

«Ma non che stiamo insieme. È solo per stasera. È solo perché siamo entrambi infelici.»

«Sei infelice?»

«Non fare finta di non accorgertene.»

Mi passa i polpastrelli sulla schiena. «Perché scappi da quello che vuoi?»

Sostengo lo sguardo di Nick. «Tu hai le tue priorità. Io ho le mie.»

«Quali sono, piccola?»

Dio, quant'è bello quando mi chiama così. Deglutisco con forza. «Smettila.»

«Le priorità possono cambiare.»

«Avvertimi quando cambiano.» Faccio un passo indietro. «Fino ad allora, non ne voglio parlare.»

Nick si avvicina. Mi sfila il vestito da una spalla e poi dall'altra. Lo sguardo gli va al mio seno mentre mi spinge il vestito fino alla vita. «Voglio che tu stia meglio.»

«Allora scopami.»

«Devo prendere un preservativo?»

Tanto vale che mi chieda "hai scopato con qualcun altro?" Sono tentata di schiaffeggiarlo. È davvero quello che pensa di me?

Tengo duro. Questo è il Nick che conosco. Quello che corre solo i rischi necessari.

È già tornato alla sua normalità.

È stata la decisione giusta. Non importa quanto mi faccia star male.

Mi metto la mano dietro la schiena e sgancio il reggiseno. «No.»

Annuisce. La sua espressione cambia. Si fa severa. «Spogliati. Ti voglio nuda davanti a me.»

Questo è il Nick che conosco.

Mi sfilo il reggiseno dalle spalle e lo getto da parte. Spingo il vestito fino alle ginocchia. È impossibile togliermi i collant e gli stivali in modo aggraziato, ma riprendo il ritmo quando mi sfilo le mutandine dai fianchi. Cadono ai miei piedi.

Do un calcio a tutti i vestiti.

Nick scruta il mio corpo come ha fatto quella notte a San Francisco, come se stesse facendo una foto mentale, come se credesse che questa sia l'ultima volta.

La tensione minaccia di consumarmi la schiena. Appena Nick preme il palmo della mano sulla mia pelle, i miei muscoli si rilassano.

Corpo del cazzo. Perché non può rispettare i miei desideri?

Invece, è in fiamme. Vuole lui e non si accontenterà di nient'altro.

Nick mi mette le mani sul petto. Mi circonda i seni con un tocco delicato. Mi guarda negli occhi mentre gioca con i capezzoli. Inizia piano. Poi diventa più duro. Più veloce. Più ruvido.

Il piacere mi cresce tra le gambe. Resisto al desiderio di chiudere gli occhi. Voglio vedere lo sguardo sul suo volto. Il mix di controllo ed estasi nella sua espressione.

Gemo premendo tra loro le ginocchia. È bravo, cazzo.

Mi dimentico di domani. Mi dimentico della prossima settimana. Mi dimentico di tutto tranne che di questo momento.

Significa qualcosa.

Significa tutto.

Nick gioca con i miei capezzoli fino a quando non ansimo. Mi prende il mento con due dita, mi inclina la testa in modo da stabilire un contatto visivo.

«Cosa vuoi?» chiede.

«Adesso?»

«In generale. Cosa vuoi, Lizzy, più di ogni altra cosa?»

Capitolo Trentatré

Mi volto, stringo le palpebre.

Come posso rispondere?

Mi strofina finché non sopporto più il silenzio. Gemo. Inarco il corpo contro il suo.

«In questo momento...» Ricambio il suo sguardo. «In questo momento, voglio te. Voglio le tue mani su di me. La tua bocca. Ti voglio dentro finché non vengo così forte da non poterlo sopportare.»

«È tutto quello che vuoi da me?»

Voglio tutto da te, Nick. *Ti amo.* «Non mi va di parlare. Voglio che mi scopi.»

La sua mano scivola lungo il mio ventre e sotto il mio ombelico. Quasi.

Poi mi tocca come si deve. I suoi polpastrelli mi sfiorano il clitoride. Preme il palmo contro di me.

Geme. «Cristo, Lizzy. Come mi rispondi.» Mi stuzzica il sesso. «Vuoi davvero che questa sia l'ultima volta?»

«Chiedilo di nuovo e me ne vado.»

Mi abbandono al suo tocco. Stringo le palpebre per far scomparire il resto del mondo.

Sento solo le mani di Nick sul mio corpo. Fanculo il resto. Mi godrò questo momento anche se mi farà morire.

Fa scivolare un dito dentro. Poi due. Grido. Gli afferro la giacca. Quella stessa lana costosa.

Gli tiro la cravatta per sciogliere il nodo. Armeggio con i bottoni della sua camicia oxford. Ne slaccio due prima che lui mi prenda i polsi e me li porti ai fianchi.

Nick spinge via tutto quello che c'è sulla mia scrivania. Sposta il monitor così non c'è niente in mezzo

Mi mette il braccio sotto il sedere. Mi solleva e mi mette sulla scrivania.

Allargo le gambe per fargli spazio. Lui infila le mani sotto le mie ginocchia, portando il mio corpo sul suo. Sono nuda su questa scrivania, e lui è completamente vestito davanti a me, e mi piace, cazzo.

Mi bacia lungo il collo e il petto, fermandosi sui seni per succhiarmi i capezzoli. È intenso. La sua bocca è morbida ma la pressione è forte.

Quando mi morde, gemo.

Morde più forte.

Non riesco a sentire altro che lui. L'esplosione di dolore. Il piacere pulsante.

Gli infilo le mani nei capelli mentre mi tortura con la bocca. Quando sono certa di non poterne più, gli premo le mani contro la testa per dirgli di scendere più in basso.

Le sue labbra premono contro il mio ventre. Il mio ombelico.

Il mio interno coscia.

Si mette in ginocchio. Mi afferra le cosce. Mi trascina in avanti, mi apre le gambe. Sono in mostra per lui.

Mi si blocca il respiro. Il cuore mi va a mille. Più la sua bocca si avvicina al mio sesso, più l'anticipazione è insopportabile. Sono in fiamme. Sto per prendere fuoco.

Pianto le mani dietro di me per rimanere in posizione. Mi morde l'interno coscia con movimenti disperati e affamati.

«Nick» gemo. Inarco la schiena, avvicinando un po' di più il corpo alla sua bocca.

È quasi arrivato. Prende la pelle delicata del mio interno coscia tra i denti. Una fitta di dolore mi esplode dentro. Mi si contrae il sesso. Ho bisogno di lui. Dio, quanto ne ho bisogno.

Poi la sua bocca è su di me. Mi cedono le braccia quando fa scivolare la lingua sul clitoride. Crollo sulla scrivania con un tonfo. Nick non si ferma. Mi fa scivolare una mano sotto il culo e la usa per avvicinarmi. Con l'altra mi mette le ginocchia intorno alle sue spalle, una alla volta.

Gli premo le cosce contro le orecchie mentre mi lecca. È maledettamente bravo. In pochi istanti, il mio corpo pulsa per l'estasi. La tensione che ho dentro è così forte che fa male. Lo stringo più forte.

«Nick» sospiro.

Mi succhia il clitoride. È talmente intenso da togliermi il respiro. Mi aggrappo ai bordi della scrivania, qualcosa che mi convinca di essere in equilibrio.

È morbido e caldo, e sta facendo una magia. La leccata successiva mi fa tendere quel nodo che ho dentro al punto che non lo sopporto. La tensione si allenta, il mio sesso pulsa di piacere mentre vengo.

Gli stringo le cosce intorno alla testa. Farei qualsiasi cosa per tenerlo contro di me.

Mi lecca di nuovo. Di nuovo. È troppo, ma non ho la forza di dirgli di smettere.

Stringo il tavolo. Non basta. Grido.

Mi sta ancora leccando. Allungo il braccio finché non trovo i suoi capelli e li tiro con forza. Lui geme contro la mia pelle.

Mi monta dentro un altro orgasmo. Gli premo il tacco sulla schiena. Gli tiro i capelli.

E urlo. Urlo il suo nome mentre vengo. È intenso. Fa male. Ma in modo così bello, cazzo.

Il piacere mi invade tutta. Un'incredibile euforia dopo la depressione più totale.

È il miglior conforto del mondo. Molto meglio del gelato o delle maratone di film. Molto meglio di qualsiasi altra cosa.

Nick si tira indietro. Si alza in piedi e preme l'inguine contro il mio. Mi sposto in modo da poter sentire l'erezione attraverso i pantaloni. Ho bisogno anche di quello. Ho bisogno di farlo sentire bene quanto me.

Mi tortura, slacciandosi la camicia il più lentamente possibile. Aspetto restando sdraiata sulla schiena, mi passo la lingua sulle labbra, il mio sesso continua a pulsare.

Finalmente si toglie la camicia. Allungo il braccio per toccarlo, ma lui mi rimette le braccia sulla scrivania. Stringo il bordo del ripiano mentre lui si toglie i pantaloni e i boxer.

Non c'è più pazienza nei suoi movimenti. Mi afferra le gambe e se le preme contro il petto in modo che le mie caviglie siano all'altezza delle sue orecchie. Mi mette le mani sui fianchi e avvicina i nostri corpi.

Lo sento tendersi contro il mio sesso.

Ecco.

Sospiro quando mi penetra. Lo sguardo sul suo viso è esattamente quello che sento. Come se il mondo avesse finalmente un senso.

Mi fissa negli occhi, sfidandomi a sottrarmi a questa intimità.

Non scappo. Ricambio il suo sguardo. Mi fa male fino al midollo, ma ricambio il suo sguardo.

Ho bisogno di essere sua, anche solo per un momento, anche se sarò più infelice quando sarà finita.

Mi passa le mani sulle cosce, sulle ginocchia, fino ai polpacci.

Non posso fare altro che sentirlo spingere dentro di me. È l'unica cosa che voglio. Sostengo il suo sguardo. Lui mi affonda le unghie nei polpacci. Sospira. Geme.

Mi scopa.

Non riesco più a tenere gli occhi aperti. Stringo le palpebre gemendo, mugugnando e urlando allo stesso tempo. L'unico suono comprensibile è "Nick".

Questa potrebbe essere l'ultima volta che siamo qui.

L'ultima volta che è mio.

Mi immergo nell'estasi dei nostri corpi che si uniscono finché non è troppo da sopportare. Questo orgasmo è duro e veloce. La sensazione mi travolge mentre vengo ma non oso dire "giallo". Non finché non lo sento venire.

Nick mi graffia più a fondo. I suoi gemiti diventano più forti. Apro gli occhi per osservare la sua estasi. È la cosa più bella che abbia mai visto. Il modo in cui dischiude le labbra. Il modo in cui gli tremano le spalle. Il modo in cui stringe le palpebre.

Un'altra spinta ed è lì che pulsa dentro di me.

«Lizzy.» Geme mentre mi riempie.

I nostri corpi rallentano. I nostri occhi si connettono. Quello sguardo è sufficiente a disfarmi, ma riesco a restare in silenzio.

Si sposta, interrompendo il nostro contatto. Io mi rimetto i miei vestiti. Lui si rimette i suoi.

Si china e preme le labbra sulle mie.

Il suo bacio è ancora la più bella sensazione del mondo, cazzo.

Anche se è l'ultimo.

Tra buttarmi sul mio ultimo progetto di IA e aiutare Kat a dare il tocco finale ai preparativi per il suo matrimonio, il weekend passa velocemente. A malapena penso a Nick e a quanto terribilmente imbarazzanti saranno le cose lunedì mattina.

Ehi, com'è stato il tuo fine settimana? Quanto ne hai passato pensando di scoparmi sulla mia scrivania? Quanto vuoi farlo ancora?

Il viaggio in metropolitana è una lezione di gestione dell'ansia. Ma Nick non è in ufficio quando arrivo. Non c'è a pranzo. Non c'è per il mio caffè pomeridiano. Non c'è quando me ne vado.

Martedì è uguale. Niente Nick.

Mercoledì, niente Nick.

Giovedì, niente Nick.

Mi rilasso. Senza di lui in giro, sono in grado di concentrarmi completamente sulla mia programmazione. Non la padroneggio del tutto, ma sono competente e sto imparando molto. Questo è un buono stage. Sono fortunata ad averlo.

Venerdì, Nick invia una mail a tutta l'azienda.

Da: Phoenix Marlowe

Riunione obbligatoria alle 16 di oggi per un annuncio importante che riguarda il team Odyssey. Ci saranno caffè e pasticcini.

Non spreca parole, come al solito.

Non c'è tempo per analizzarlo. Il mio telefono vibra, un nuovo messaggio.

Nick: Vieni nel mio ufficio tra cinque minuti. Ho bisogno di parlarti.

Ed ecco, tre minuti dopo, Nick esce dall'ascensore. È tornato al suo aspetto normale. La sua postura è forte e sicura. I suoi occhi sono luminosi, pieni di vita. È l'uomo che può conquistare il mondo.

È felice.

Mi liscio il vestito e mi metto a posto i capelli. O la va o la spacca.

Vado nel suo ufficio.

La porta è aperta. Eppure, busso.

«Avanti.» La sua voce ha un tono professionale.

Entro. È luminoso e pulito come sempre. Nick è in piedi alla sua scrivania, tutta la sua attenzione su di me.

«Per favore, chiudi la porta.» Esce da dietro la sua scrivania.

Lo faccio. «Non la chiuderò a chiave.»

«Certo.» Cerca i miei occhi con lo sguardo e li trova. «Confido che tu mantenga un segreto.» Si avvicina finché non siamo a un metro l'uno dall'altra. «Lascio la Odissey.»

Che cosa? Non è possibile che abbia sentito bene. Non esiste che Nick lasci l'azienda. Significa tutto per lui. Mi pizzico per assicurarmi di essere sveglia.

Sì, sono sveglia.

«Ho trovato un nuovo amministratore delegato che prenderà

il mio posto. E un nuovo programmatore capo per gestire il progetto Haley.»

No, non ha senso.

Questo non è il Nick che conosco.

«Lizzy, stai bene?» La sua voce è tenera.

«Ma... non puoi lasciare la tua azienda. È tutto per te.»

«Ho pensato a quello che hai detto.» I suoi occhi sono infuocati, intensi. «Quest'azienda è stata un peso intorno al collo. Non voglio mettere il lavoro davanti a tutto. Non voglio queste priorità.»

Lo fisso come se parlasse una lingua straniera.

«Ho venduto il mio trenta percento della società a un investitore di cui mi fido. Mi aspetto che Shepard faccia marcia indietro, ma non c'è alcuna garanzia.»

«Quando te ne vai?»

«Oggi è il mio ultimo giorno.» La sua espressione si addolcisce. «Ho parlato con il tuo consulente a Stanford. Viste tutte le ore di lavoro straordinario che hai fatto, abbiamo concordato che ti riconosceranno tutti i crediti, purché tu rimanga fino alla fine del mese.»

«Grazie.»

«Puoi restare come stagista retribuita fino ad agosto. Lo stipendio non sarà una fortuna, ma sarà sufficiente per mantenerti a New York.» Torna alla sua scrivania e fruga in uno dei cassetti. Si schiarisce la gola. La sua voce torna a un tono uniforme e professionale. «L'appartamento è tuo fino a giugno. Se rimani alla Odyssey, potrai affittarlo a un prezzo scontato a partire dal primo luglio.»

Annuisco.

Prende qualcosa dal suo cassetto. Una busta.

I suoi occhi si concentrano sui miei. Questo non è uno sguardo d'affari. È personale.

Mi porge la busta. «I biglietti sono trasferibili se preferisci portare qualcun altro.»

Apro la busta. Ci sono due biglietti aerei per le Isole Vergini e una prenotazione per una suite d'albergo a mio nome.

Un biglietto è intestato a Phoenix Marlowe, l'altro a Elizabeth Wilder.

Cerco di trovare il significato negli occhi di Nick. Non ci riesco. «E questo cosa dovrebbe essere?»

«Una seconda possibilità.»

Mi gira intorno la stanza. È troppo, troppo veloce. Faccio un passo indietro, stringendo le dita intorno ai biglietti aerei. Carta lucida. Sono veri.

Nick mi sfiora la guancia con i polpastrelli. «Saresti tu la mia priorità, Lizzy. La mia prima priorità.»

Le parole mi salgono in gola. *Io ti amo. Tu mi ami?*

Le ricaccio giù. Non sono pronta.

Il silenzio fa male. Le parole mi artigliano la gola, cercando disperatamente di uscire.

Qualcuno bussa alla porta distraendomi. Sospiro ricacciando i miei sentimenti in fondo allo stomaco.

«Signor Marlowe. Ci sono altri documenti da firmare.» Jasmine si schiarisce la gola. «Sto per entrare.»

«Certo.» Un lampo di tristezza gli attraversa lo sguardo ma se la scrolla di dosso. «Divertiti al matrimonio di tua sorella. Sono sicuro che sarà bellissimo.»

«Grazie.»

Lo fisso di nuovo, sperando che i miei pensieri passino da ghirigori disordinati a linee dritte. C'è così tanto che vorrei dirgli, ma le parole mi restano intrappolate in gola.

Torno alla mia scrivania per non implodere.

Capitolo Trentaquattro

Al diavolo la riunione obbligatoria. Me ne vado presto. L'appartamento è mio per altri tre mesi, ma non mi sembra più casa mia.

Trovo una valigia in un angolo e inizio a preparare una borsa per il fine settimana. Il matrimonio è domenica pomeriggio e non avrò un attimo di respiro finché non sarà finito. È bello essere occupati. Ancor meglio vedere Kat così felice.

Il mio vestito da damigella è nel suo armadio. Trovo le mie scarpe e la mia borsa e le butto in una pila sul letto. Ho bisogno di qualcosa per la festa di addio al nubilato. Un abito da cocktail nero e scarpe con tacco abbinate dovrebbero andare bene. Ho bisogno di qualcosa per dormire. Qualcosa per la nostra giornata al centro benessere.

E qualcosa da indossare sotto i vestiti. Ho paura di aprire quel particolare cassetto. Non c'è modo di resistere al diluvio di ricordi mentre frugo nella lingerie che Nick mi ha comprato.

Saresti tu la mia priorità, Lizzy. La mia prima priorità.

Il ricordo della sua voce quasi mi distrugge. Ma non ha detto di amarmi.

È bravo a ottenere ciò che vuole. Se mi amasse davvero, lo avrebbe detto.

Trovo qualcosa di pratico e chiudo la valigia.

È ancora presto. Kat dev'essere a casa. Il suo ultimo esame di metà corso era mercoledì, e tecnicamente è in pausa primaverile. Per sua fortuna, il programma della scuola si è incastrato perfettamente con la data del suo matrimonio ideale.

È possibile che lei e Blake stiano facendo sesso selvaggio in soggiorno. Non me la sento di rovinare potenzialmente il loro stile.

Trovo un quaderno di carta e una penna sulla mia scrivania. Ho un discorso da damigella d'onore da scrivere e non ho tempo da perdere.

Per due ore, fisso la carta ordinata e rigata. Per due ore non mi viene niente. Sono felicissima per mia sorella, per questo matrimonio, per tutto ciò che significa, ma non riesco a mettere insieme i miei pensieri.

Il sabato è dedicato agli ultimi tocchi di bellezza. Passiamo ore in un centro benessere, a spese di Blake, ovviamente.

È troppo strano per essere rilassante, ma faccio del mio meglio per mantenere l'attenzione di Kat su qualsiasi cosa che non sia il matrimonio.

Man mano che passano le ore, i suoi nervi vanno in tilt. È la spina nel fianco di ogni massaggiatrice ed estetista.

Non ha mai nascosto i suoi sentimenti, ma qui sta portando la sua onestà emotiva ad altri livelli.

Quando siamo pronte abbiamo appena il tempo per arrivare alla cena di prova. Tutto quel nervosismo svanisce appena arriviamo. Be', appena i suoi occhi incrociano quelli di Blake. Sono entrambi così felici. È chiaro come il sole. I nostri genitori erano così, innamorati persi, euforici alla sola idea di stare insieme.

Mi invade una sensazione di calore. Il dolore persistente per

Nick svanisce, e sono fiduciosa che rimarrà lontano per le prossime ventiquattro ore.

Sono così innamorati che irradiano energia positiva. È tanto contagiosa che il cibo ha un sapore migliore, l'aria ha un profumo più dolce.

È una cena intima. Siamo io, Kat, Blake e Fiona, la sorella di Blake. Era una super-stronza patentata quando ci siamo conosciute, ma è cambiata. Siamo quasi amiche. E sembra che Kat le piaccia. Molto.

È più felice senza il suo ex-marito in giro.

Esce anche con qualcuno... per quanto ne so. Non esce per scambiare due chiacchiere.

Facciamo a turno a mettere in imbarazzo i nostri rispettivi fratelli. Non ci sono discorsi, né brindisi, solo lo stupore di vedere due persone così assolutamente perfette l'una per l'altra.

È travolgente. Mi tiro indietro dopo che Fiona prende su il conto, tecnicamente è lei la famiglia dello sposo, per dar loro spazio.

È un momento privato, Kat e Blake che si fissano negli occhi, sussurrando dolcemente. Mi sforzo di distogliere il viso, ma il mio sguardo continua a tornare su di loro. È ancora bellissimo vedere mia sorella così felice. Non ho mai pensato che lo sarebbe stata di nuovo.

Non ho mai pensato che avremmo fatto altro che penare.

Fisso il telefono per tenermi occupata. Ci sono alcune email di conferma sull'addio al nubilato.

E c'è un messaggio di Nick.

Nick: Fai un discorso domani?

Non è esattamente una dichiarazione d'amore, ma è dolce.

Rispondo.

Lizzy: Un grande discorso. Non ho ancora iniziato.

Nick: Hai sedici ore.

Lizzy: Più o meno. Per fortuna sono un disastro con le parole.

Nick: Hai abbastanza fascino per compensare.

Lizzy: Stai cercando di farmi arrossire?

Nick: No. Non voglio distrarti, ma mi dispiacerebbe non augurarti buona fortuna.

Lizzy: Grazie.

Nick: Sono sicuro che qualsiasi cosa tu scriva sarà bellissima.

Ci vediamo con le sue amiche, più Sarah, in uno strip club per soli uomini alle nove. Kat e le sue amiche si avviano all'entrata principale. Sarah mi conduce sul retro, verso l'entrata del palco. Non mi preoccupo di chiedermi come faccia a conoscere questo posto. È Sarah. Deve avere a che fare col sesso.

Il posto è sorprendentemente pulito. I mobili sono di velluto rosso, le pareti sono specchi e il palco nero è rivestito di piccole luci gialle.

Il nostro tavolo è abbastanza grande per noi sei. Kat ha tre amiche di scuola con lei. Sembrano tutte simpatiche.

Un cameriere vestito solo con un papillon e un paio di slip bianchi e neri si ferma al nostro tavolo. Si inginocchia davanti a Kat come se stesse per chiederle di sposarlo.

«Sei tu la futura sposa?» sorride.

Lei arrossisce. «Oh mio Dio, Lizzy. Ricordami di ucciderti dopo la luna di miele.» Lei si volta verso l'uomo buffo con un'espressione educata ma per niente interessata. «Sì.»

«Questo è per te.» Tira giù da un gancio sul muro una fascia con su scritto "Sposa" e gliela drappeggia sulle spalle. «E cosa bevi per la tua ultima notte di libertà?»

«Gin tonic.»

Lui fa un cenno, prende nota del suo ordine e poi fa il giro del gruppo. Ognuna di noi riceve un sorriso civettuolo e una parola di incoraggiamento.

Il tipo fa bene il suo lavoro. È carino: occhi verdi, capelli castani, muscoli enormi, ma il mio corpo è completamente apatico alla sua mano sul mio polso.

Quando arrivano i nostri drink, Sarah tira fuori il suo contributo ai festeggiamenti: cannucce a forma di pene. Kat diventa rossa come un pomodoro ma non fa obiezioni.

«Secondo voi perché tutta questa merda da addio al nubilato è a forma di cazzo?» Sarah tira fuori dalla borsa un enorme lecca-lecca a forma di pene e lo porge a Kat.

«Grazie.» Kat lo passa a una delle sue amiche. «Ne ho fin troppi.»

«È per ricordarti che dovrai accontentarti di un solo uccello per il resto della tua vita.» L'amica dai capelli rossi di Kat ridacchia.

«Ci pensi, Kat? Solo un ragazzo per tutta la vita. Non diventerà noioso?» chiede l'amica mora di Kat.

«No.» Kat manda giù il suo gin tonic in un lungo sorso. «Blake è perfetto.»

«Lui o il suo...» La sua amica mora sventola il lecca-lecca a forma di pene.

«Il pacchetto completo.» e ride. «Oh, cazzo. Non intendevo in quel senso.»

Le luci si abbassano. Una macchina del fumo si accende e riempie la stanza di foschia. Parte la musica.

E poi sul palco arrivano quattro uomini con jeans western e cappelli da cowboy che si dimenano al ritmo. Kat si copre il viso con le mani, sbirciando appena.

«Non posso credere che tu mi abbia convinto a farlo» dice.

«Ti piace.» Tracanno il mio Rum e Diet Coke.

Lei ridacchia. Ma tiene le mani sugli occhi.

Lo spettacolo è più sfacciato che sexy. Gli uomini eseguono una coreografia coordinata e poi si spogliano fino a restare in mutande. Si mettono in posa quando la musica finisce. Un momento dopo, sono di nuovo sul palco con una nuova coreografia in cui si tolgono un nuovo set di vestiti.

Il nostro cameriere è incredibilmente sollecito. Mi sforzo di andarci piano, ma sono già a tre bicchieri quando i ballerini fanno una pausa. Mi scuso e vado in bagno a fare pipì. Controllo il telefono per vedere se ci sono messaggi di

Nick. Non c'è niente, ovviamente. È stato abbastanza chiaro.

Potresti essere una priorità. La mia prima priorità.

Fisso il telefono, con i pollici in bilico sulla tastiera. Non posso dirlo in un messaggio. E non posso dirlo adesso.

Mentre torno al tavolo, mi imbatto in mia sorella. Mi mette il braccio intorno facendo un sorriso smagliante e biascicando le parole.

«Lizzy. Sei proprio un osso duro a volte, ma non m'inganni neanche per un secondo. Neanche un secondo.» Vacilla. «Sei così stupida in questo momento, cazzo.»

«Quanti drink hai bevuto?»

«Troppi.» Mi guarda negli occhi. «Non me la fai. So che sei innamorata di Nick.»

«Davvero?»

«Proprio così. E so... So che tu credi ancora che ci sia una possibilità.»

«Sei più sull'ubriaco, tesoro.»

Lei fa spallucce.

Controllo l'ora. Poco dopo le dieci. La parrucchiera e la truccatrice saranno a casa tra dodici ore.

In teoria, è un sacco di tempo. Ma non voglio rischiare con Kat così alticcia.

«Ok. È ora di andare a casa. Vuoi salutare le tue amiche?» chiedo.

«No. Voglio parlare con te.»

«Lasciami pagare, tesoro.»

Trascino Kat al tavolo e pago il conto. Ci vuole un po' per i saluti. Tutti vogliono abbracciare la futura sposa. Non siamo al sicuro in un taxi fino a quasi le undici.

«Sei davvero testarda. Lo sai?» chiede.

«Sei davvero ubriaca.» Do il nostro indirizzo al taxista e rivolgo la mia attenzione a Kat. «Sei nervosa?»

«Molto nervosa.» Gioca con la cintura di sicurezza. «È

pazzesco quanto sia tutto così caro, il casino che c'è dietro una cerimonia da trenta minuti. E poi sei sposata ed è così reale.»

«Blake ti ama molto.»

Lei sorride. «È davvero bello, sai, quando trovi quella persona.»

Annuisco.

«E se la trovi... devi tenere duro e non mollare mai. Ok, Lizzy?»

«Ma tu lo hai lasciato. L'anno scorso lo hai lasciato. Lo amavi, ma lo hai lasciato.»

Guarda fuori dai finestrini mentre attraversiamo Times Square. Ha gli occhi spalancati e un'espressione piena di meraviglia.

Non è ubriaca. È solo Kat.

«Non potevo stare con lui se non mi amava» dice.

Annuisco. «E se avesse detto di no?»

«Mi avrebbe fatto male, ma è stato bello dire quelle parole. Dovevo farlo. A qualunque costo.»

Mi sistemo sul sedile, guardando la città che ci sfreccia davanti.

Il viaggio passa velocemente. In pochi minuti siamo all'attico. Pago il taxista e aiuto Kat a scendere.

Non mi viene in mente finché non siamo in ascensore. Sono stata in una macchina senza battere ciglio. Non ero affatto preoccupata.

In parte dev'essere il fatto che sono concentrata sul matrimonio. Ma il resto lo devo a Nick.

Nell'appartamento, costringo Kat a bere mezzo litro d'acqua, a mangiare uno spuntino, a struccarsi, a lavarsi i denti e ad andare subito a letto.

Il soggiorno è mio. Tiro fuori il blocknotes vuoto e incanalo tutti i sentimenti che mi frullano dentro.

E scrivo finché non mi si intorpidisce la mano.

Capitolo Trentacinque

Chiudo la lampo del vestito di Kat e do un'ultima occhiata all'appartamento. Abbiamo tutto. È ora di andare.

Di sotto ci sta aspettando la limousine. Mi sta venendo un nodo allo stomaco. Mia sorella si sposa. Sto per accompagnarla all'altare. Le sarò accanto all'altare. Farò il discorso.

È una cosa grossa, cazzo.

Il suo vestito non ha uno strascico. Meglio, perché sta piovendo.

Siamo in aprile. Ovvio che piova.

Chiudo gli occhi e ascolto le gocce che battono contro il tetto di alluminio.

«Stai bene?» chiede.

«Sì. Tu?»

Annuisce. «Sento che sto per vomitare.»

«Contenta di aver saltato il pranzo?»

«Molto contenta.»

«Sei bellissima. Davvero bellissima.» Resisto al mio desiderio di piangere. C'è un sacco di tempo per farlo più tardi.

Invece, controllo in borsa se ho il mio discorso e la mia copia delle promesse di matrimonio di Kat. Ho l'ordine preciso di non leggerle, quindi chiudo la borsa, la butto sul sedile e appoggio la testa sulla spalla di Kat.

Gioca con il suo anello di fidanzamento.

«Dovresti metterlo sulla mano destra» le dico. «Non vorrai mettere in secondo piano la fede nuziale.»

Passa la pietra all'anulare destro. Continua a fissare la gemma scintillante. «Sta succedendo davvero?»

«Sì.»

«Sei sicura che non sto sognando?»

Sorrido. «Sicurissima.»

«Sono davvero giovane per sposarmi. Mamma e papà impazzirebbero se fossero qui.»

«Avevano tipo ventitré anni. Appena un anno più grandi di te adesso.»

«Già.»

«Lo ami, vero?»

«Come l'aria che respiro.»

«Non ho mai visto due persone più felici.» La stringo. «Dubiti davvero della tua decisione, anche solo per un minuto?»

«No.» Fa un respiro profondo, la sua espressione si ammorbidisce. Si guarda il vestito. «Mi sembra di sognare.»

Le pizzico la nuca.

Guaisce dal male.

«Non stai sognando.»

«Sei una peste.»

«Ti voglio bene anch'io.»

La macchina si ferma per ben tre minuti. È stato un viaggio veloce. Prendo la borsa, mi liscio il vestito. Sta succedendo e sono pronta.

La porta della limousine si apre. C'è una donna sorridente in tailleur nero, con in mano un bouquet rosa e bianco con un grande fiocco rosa.

È una delle wedding planner. Si presenta come Shelby Qualcosa (sono troppo nervosa per afferrare il cognome) e ci porge una bottiglia d'acqua a testa.

Ne bevo metà, ma ho ancora la gola secca. Non c'è modo di calmarmi i nervi oggi. Tanto vale godersi l'esperienza.

Shelby si preme l'auricolare all'orecchio e parla nel ricevitore. «Ok. Fai sedere tutti.» Offre la mano a Kat. «Siamo pronti.»

Kat mi guarda come per chiedere "sta succedendo davvero?". Annuisco.

Prende la mano di Shelby e sale sul marciapiede. La pioggia è ancora battente, ma non sembra infastidire nessuna delle due. Shelby porge a Kat il bouquet e mi aiuta a uscire dalla limousine.

«Accompagna sua sorella all'altare?» chiede.

Annuisco.

«Che dolce.» Ci fa entrare dall'ingresso posteriore poi ci indica il luogo della cerimonia, a circa cinquecento metri di distanza. C'è un telo rosa legato agli alberi di ciliegio in fiore. Le poche decine di ospiti sono seduti su sedie pieghevoli di plastica. La metà di loro ha in mano degli ombrelli rosa.

«Vi bagnerete un po'» dice Shelby. «Ma abbiamo una passerella di legno portatile sul prato. I vostri vestiti sono al sicuro.»

Ci avviciniamo di più, fino ad arrivare a circa trecento metri di distanza.

C'è una piccola pensione che ci nasconde alla vista. Arriviamo all'angolo. Il prossimo passo è su quella passerella. Poi c'è un lungo percorso lungo la navata.

Kat tiene il bouquet al petto.

La prende a braccetto. «Ce la fai?»

Annuisce.

Sta piovendo troppo forte per riuscire a sentire.

Shelby ci dà un colpetto sulla spalla e poi è il nostro turno.

Kat sta davvero per sposarsi.

La stringo mentre ci facciamo strada lungo quel sentiero di legno scivoloso. Il mondo diventa una forma indistinta.

I colori freschi della pioggia. Il rosa tenue dei petali che volano nel vento. E Kat in piedi di fronte a Blake, entrambi felici da morire.

Sono troppo nervosa per sentire anche solo una parola dell'officiante, ma posso percepire tutto l'amore tra mia sorella e l'uomo che sta per diventare suo marito. Il modo in cui si guardano, con così tanta onestà, così tanta vulnerabilità.

Quando leggono i voti, inizio a piangere. Non provo nemmeno a dare la colpa alla pioggia. Pensavo che questo genere di cose fosse una stronzata di cattivo gusto, ma è così dolce, così bello.

Lui le fa scivolare l'anello al dito. «Lo voglio.»

E poi è il suo turno, e il suo sorriso è così ampio che ho quasi paura che le si stacchino le guance.

Lei gli fa scivolare l'anello al dito a sua volta. «Lo voglio.»

E poi si baciano. È come una favola. Riesco a vedere la magia che vortica intorno a loro. Vedo che tutto nel mondo è esattamente dove deve essere.

È un momento tenero, un momento che di solito sarebbe solo loro.

Ma lo stanno condividendo con tutto il mondo.

Questo è l'amore. Lo condividi con tutto il mondo.

Una lacrima mi scende sulla guancia. Non faccio nulla per fermarla. Mia sorella è sposata ed è felice, e qualunque cosa accada...

Starà bene.

I dieci minuti successivi sono una sequenza confusa. Poso per qualche dozzina di foto, poi aspetto mentre il fotografo si concentra solo sugli sposi.

Per qualche minuto, guardo Kat e Blake in posa. Sembrano entrambi così felici, così naturali, così liberi.

Forse ha ragione lei, e devo dire a Nick cosa provo, a prescindere dai risultati. È possibile che mi odierà per essermi immischiata con Shepard. È possibile che io stia per perdere ogni possibilità che abbiamo di avere un qualsiasi tipo di relazione...

Ma è un rischio che sono disposta a correre.

Passo sotto l'altare ormai vuoto e alzo lo sguardo per osservare il telo rosa trasparente. La pioggia si è ridotta a una pioggerella. Lascia piccole gocce sul telo, lo stesso ticchettio, solo più dolce.

Tiro fuori il telefono dalla borsa e chiamo Nick.

Drin. Drin. Drin.

Segreteria telefonica.

«Ehi Nick. Sono Lizzy. Sono al matrimonio. È stato bellissimo. Il ricevimento inizia tra quarantacinque minuti, ma non è per questo che sto chiamando. È perché devo dirti una cosa.»

Faccio un respiro profondo, sperando che i miei pensieri si schiariscano.

«Ho parlato con Shepard. Mi ha offerto di lasciare in pace l'azienda se avessi messo fine alla nostra relazione. Ho pensato che ti avrebbe reso felice. Ed è stato così. Ma ha reso infelice me. Nick... Non voglio dirtelo per telefono. Verrò da te dopo il ricevimento. Devo vederti. Ti prego, anche se mi odi per essermi immischiata.» Stringo forte il telefono. «Fammi sapere dove sarai stasera. Il ricevimento finisce verso le sette. Posso arrivare ovunque in città per le sette e mezza.»

Chiudo la chiamata e mi tengo il telefono al petto. Il cuore mi batte all'impazzata. Il respiro è assolutamente irregolare.

Qualunque cosa accada, devo dirglielo oggi.

Capitolo Trentasei

Il ricevimento è in un solarium. C'è un pavimento in parquet sotto i nostri piedi e un bellissimo soffitto di vetro curvo sopra le nostre teste. La pista da ballo è circondata da tavoli con morbide tovaglie bianche.

La torta è contro la parete, proprio al centro. È bianca e rosa, ed è decorata con petali di fiori di ciliegio.

È così Kat. La cerimonia, il ricevimento, il vestito, tutto è perfetto.

L'impianto stereo rimbomba quando il DJ si avvicina al microfono. «Ecco a voi il signore e la signora Sterling.»

Blake e Kat entrano dalle porte. Vanno dritti sulla pista da ballo. Ballano al ritmo di "At last" nella versione di Etta James. È perfetto e dolce. Per tutto il tempo si fissano negli occhi come se fossero persi in un mondo diverso.

Quando la canzone finisce, si dicono "ti amo" con le labbra e prendono posto.

Si sente la voce del DJ. «La portata di insalata arriverà tra dieci minuti. Ma prima, ascoltiamo la testimone e la damigella d'onore.»

Un coordinatore porta un microfono a Fiona. Trovo il mio discorso in borsa e lo leggo. Sono così concentrata che non sento una sola parola di quello che dice Fiona. Non alzo nemmeno lo sguardo finché non sento gli applausi e le acclamazioni.

Mi passa il microfono.

O la va o la spacca.

Mi alzo e volgo lo sguardo verso la reception. «Sono sicura che avete già sentito questa storia, ma ho avuto un incidente quattro anni fa. Ha ucciso i nostri genitori. Ha quasi ucciso me. I medici mi dissero che non avrei più camminato.» Stringo forte il microfono. «Migliora, ve lo prometto.»

La tensione nella stanza si stempera in una risata. «Kat aveva solo diciotto anni, ma era lì ogni giorno quando mi svegliavo e quando mi addormentavo. Mi accompagnava ad ogni seduta di fisioterapia e ad ogni visita medica. Per molto tempo sono stata sicura che nessuno si sarebbe mai preso cura di noi se non noi stesse. Anche io ero protettiva nei suoi confronti. Quando ha incontrato Blake, non volevo che avesse niente a che fare con lui.»

Tutti ridono.

«Non ho mai pensato che mi sarebbe andato bene che qualcun altro si prendesse cura di mia sorella, ma quando vedo lei e Blake insieme, so che posso passare la torcia. Lui apprezza tutto ciò che conta di lei. Il modo in cui Kat vede tutta la magia e la bellezza nel mondo. Il modo in cui ama con tutto il suo cuore. Non ho mai visto due persone più perfette l'una per l'altra. Un anno fa, non credevo che quel tipo di felicità fosse possibile.» Guardo verso di loro. Stanno sorridendo. Anche arrossendo.

«Voi mi avete fatto credere nell'amore. Mi avete fatto credere abbastanza da farmi innamorare. Non sarebbe stato possibile l'anno scorso. E questo vale più di tutti i soldi di Blake. Che sono tanti.» Deglutisco a fatica. Ho quasi finito. «Sono molto felice per entrambi. Non poteva succedere a due persone migliori.»

La gente ride. Kat sta piangendo. Blake le asciuga una lacrima dall'occhio e la bacia sulle labbra.

È troppo difficile respirare qui dentro. Attiro l'attenzione di

Kat e poi indico la porta. Con le labbra faccio: «Vado a prendere un po' d'aria.»

Lei fa un cenno di assenso e dice con le labbra: «Ti voglio bene.»

Tutti fissano il cibo. È la mia unica possibilità di fare una pausa. Vado dritta all'entrata principale e scivolo fuori.

L'aria è ancora fredda e umida, pioviggina ancora. Mi pulisco gli occhiali sul vestito, ma non serve a niente.

«Ecco.»

Eh? Questa è la voce di Nick.

Alzo lo sguardo. È lui. È Nick.

Mi prende gli occhiali, li asciuga sulla sua camicia e me li rimette sul viso. Il suo tocco è gentile, affettuoso.

«Il tuo discorso è stato bellissimo» dice.

«Lo hai sentito anche qui dietro?»

Annuisce. «Non volevo interrompere.» Mi passa i polpastrelli sulla guancia. «Dicevi sul serio sul fatto di esserti innamorata?»

Arrossisco. «Sarebbe sbagliato mentire nel mio discorso da damigella d'onore.» Inclino il viso appoggiandomi al suo tocco. «Mi dispiace per tutto quello che è successo con Shepard. Avrei dovuto rispettare i tuoi desideri.»

«Stavi cercando di proteggermi. Avrei fatto la stessa cosa.»

«Ho pensato che ti avrebbe reso felice.»

«L'ho pensato anch'io.» Mi mette la mano intorno al collo. «Ero distrutto all'idea di perdere l'azienda, ma non era niente in confronto a perdere te. Non ho dormito. Non riesco a mangiare. Riesco a malapena a pensare.»

Fisso i suoi occhi. Sono onesti. Sono sinceri.

«Non sapevo cosa avessi fatto, perché te ne fossi andata, ma sapevo che avevi ragione. Odyssey era la mia prima priorità. Mi rendeva felice una volta, dare tutto all'azienda. Ma ora non più.»

Sento caldo dappertutto. Gli stringo la mano. Respiro tra i denti.

«Voglio essere un uomo migliore, un uomo che ti merita. Voglio mettere te al primo posto, Lizzy, prima di tutto.»

«Prima del lavoro?»

«Prima di respirare.» Mi mette le dita dietro la nuca, inclinandomi il viso in modo che ci guardiamo negli occhi. «Tu sei tutto per me.»

Mi sciolgo al suo tocco.

«Rinuncerei a tutto prima di rinunciare a te.»

«Anche tu mi fai desiderare di essere migliore.»

«Lo so, piccola.» Mi affonda le dita tra i capelli. «Voglio stare con te. Sono tutto tuo. E tu sei tutta mia. Va bene?»

Annuisco.

Si avvicina col viso. «Elizabeth Wilder, ti amo. Ti amo come non ho mai amato nessun'altra.»

«Anch'io ti amo.»

Preme le labbra sulle mie. Tutto il freddo si scioglie mentre ricambio il bacio. Nick è mio. E io sono sua.

Qualunque cosa accada, ci apparteniamo.

Quando il bacio finisce, torniamo alla reception e balliamo tutta la notte.

Epilogo

Ho le nocche bianche quando metto la macchina in quello stretto posto auto. Mi sono esercitata centinaia di volte con Nick.

Piede sul freno, mano sul cambio, metto in posizione di stop e spengo l'accensione.

Fatto.

L'impiegata della motorizzazione spunta le caselle sulla sua cartellina. Mi guarda con un sorriso. «È passata, signorina Wilder.»

Porca vacca. Sono passata. Secondo lo stato di New York ho diritto alla patente di guida.

«Grazie.» Le stringo la mano e scendo dalla macchina.

Ecco Nick, in piedi sul marciapiede della motorizzazione di Brooklyn.

La pioggia gli ha fatto appiccicare i capelli scuri alla fronte. Per il resto è in ottima forma nonostante il maltempo. È impeccabile con il suo trench nero e i suoi jeans.

Meglio senza, ovviamente.

Gli butto le braccia al collo. «Sono passata.»

«Sono molto orgoglioso di te, piccola.» Mi stringe forte e preme le labbra sulle mie. «Sapevo che ce l'avresti fatta.»

«Non so come hai fatto a convincermi a prendere la patente. Vado a scuola a ottanta isolati dal nostro appartamento.» Ho deciso di andare all'Hunter College. Non è la migliore scuola di New York, ma è una scuola statale, il che significa che rientra nel mio budget. Tra i soldi che ho risparmiato lavorando alla Odyssey, e quelli che abbiamo messo insieme io e Kat vendendo l'appartamento di Brooklyn, ho abbastanza denaro per pagarmi l'università.

Nick ora dirige un'altra startup. È appassionato del progetto, ma lo accantona comunque quando torna a casa. Mi dedica ancora i suoi fine settimana.

E parla di nuovo con suo fratello.

Non so esattamente a che punto siano. Ma sono in rapporti amichevoli.

Per quanto ne so, Shepard sta ancora cercando di riconquistare Jasmine.

Non ho deciso se faccio il tifo per lui o contro di lui.

«Perché sapevi come avremmo festeggiato.» Mi mette le mani sulla schiena e gioca con l'orlo della mia maglietta.

Fa freddo oggi, ma anche con il cappotto in macchina, sento un gran caldo.

«Signorina Wilder.» L'impiegata della motorizzazione mi chiama.

«Arrivo» grido di rimando.

Nick mi fa l'occhiolino. «Non ancora.»

Arrossisco. È difficile concentrarsi sulle scartoffie. Quindici minuti sembrano ore. Dopo aver finito con la motorizzazione, do a Nick le chiavi della macchina ma lui non le prende.

«Tocca a te guidare.» Fa un cenno verso il sedile del conducente.

Piove forte, ma ce la posso fare. Salgo in macchina, mi allaccio la cintura e accendo il motore. Nick è accanto a me per tutto il viaggio. Mi tiene la mano quando non è incollata al volante.

È pomeriggio presto. Non ci sono molte macchine in strada.

Guidare è ancora lontano dall'essere la mia attività preferita, ma ci sono momenti, come quando Nick mi stringe la mano, in cui mi piace.

Parcheggiamo nel suo garage. Il nostro garage. Mi ha chiesto di trasferirmi da lui lo scorso luglio. È perfetto. Ho il mio ufficio per studiare, una stanza stupenda nei toni del viola e dell'argento.

Ma non sono ancora pronta a tornare all'appartamento. Non con il sole che splende tra le nuvole e con gli alberi di Battery Park in fiore.

Conduco Nick dall'altra parte della strada. Sta piovendo a dirotto. Le mie sneaker di tela non mi tengono affatto asciutta, ma non importa.

I fiori di ciliegio sono nuvole rosa. L'intero parco ne è tappezzato. È proprio come l'anno scorso, al matrimonio di Kat. Altrettanto perfetto.

C'è una bella vista dall'appartamento di Nick, il nostro appartamento, ma non è niente in confronto a essere qui. È come se il mondo stesse fiorendo davanti a noi.

Il sole getta un bagliore particolare sul parco. Su Nick. Sembra un angelo, illuminato da dietro e circondato da morbidi petali rosa di ciliegio in fiore.

È un angelo. Mi ha salvato impedendomi di perdere il contatto col mondo.

Mi alzo in punta di piedi per sussurrargli all'orecchio. «Ti amo.»

«Anch'io ti amo.» Fa scivolare il braccio intorno alla mia vita e mi tiene stretta.

Rimaniamo così fino a quando non siamo inzuppati fino al midollo.

Avvicina la bocca al mio orecchio. «Che ne dici di toglierti quei vestiti bagnati?»

«Solo se vai prima tu.»

Mi prende la mano e mi riporta al condominio.

Al diavolo le pareti di vetro, non appena le porte dell'ascensore si chiudono, slaccio i bottoni del cappotto di Nick e glielo tolgo dalle spalle.

Lui mi afferra i fianchi e mi sbatte contro la parete. Il mio cappotto è troppo scivoloso perché io resti ferma. Scivolo giù. Tra le sue braccia.

Dalle labbra mi sfugge una risata.

«Ti avevo avvertito dei vestiti bagnati.» Mi toglie il cappotto.

«Tocca a me.»

Gli sfilo la maglietta da sopra la testa e premo le mani contro il suo ampio petto. I suoi occhi sono spalancati dal desiderio. Nessuna esitazione. Nessuna paura.

Nick è mio.

E io sono sua.

E non conta nient'altro.

Vado piano mentre gli sbottono i jeans e faccio scivolare la mano dentro. È già duro.

Geme nel mio orecchio. Per un secondo, penso che mi dirà di fermarmi, che può sopportare che lo tocchi solo se ha il controllo al cento per cento.

Ma non lo fa.

Geme il mio nome.

L'ascensore suona. Finalmente. Spedisco i cappotti dentro l'attico con un calcio ed entro. Lui mi segue a ruota.

Gli tiro giù i jeans fino alle ginocchia poi lo accarezzo da sopra i boxer. Lui mi avvolge le braccia intorno alla vita. Poi mi mette le mani sul sedere e mi tira contro di lui.

Mi guarda negli occhi. «Vuoi che prenda io il controllo oggi?»

Annuisco. «Purché possa toccarti.»

Nick dev'essere impaziente. Mi afferra i fianchi, mi preme contro il muro e mi bacia come se la nave stesse affondando. Io lo bacio a mia volta, gli affondo le mani tra i capelli, il mio corpo si scioglie nel suo.

Parla tra un bacio e l'altro. «Togliti il top.»

Lo lancio sopra la mia testa. Atterra per terra con un tonfo.

«Mi piaci bagnata fradicia.»

Arrossisco. «Anche tu.»

Le sue mani vanno alla mia cerniera. I miei jeans sono fradici. Non cedono. Nick deve mettersi in ginocchio per farmeli scendere fino alle caviglie.

Mi passa le mani sui fianchi, afferra le mie mutandine e le tira alle caviglie. «Levati i pantaloni.»

Lo faccio.

«Allarga le gambe.»

Obbedisco.

Iniziando dall'interno del ginocchio, Nick mi bacia lungo la coscia. Finché le sue labbra sono su di me, a fare la loro magia.

Mi aggrappo alle sue spalle. È bello sentire la sua pelle sotto le dita. In qualche modo mi fa sentire ancora meglio i movimenti della sua lingua.

Il piacere mi riempie il corpo mentre mi lecca. Quasi. Quasi.

«Nick» gemo.

Ecco. Un orgasmo mi invade. Grido il suo nome più volte mentre vengo.

Lui non perde tempo. Si alza in piedi e si toglie i boxer.

«Vieni qui, piccola.» Mi prende la mano e se la avvolge intorno all'uccello.

Cavolo, sì. Lo accarezzo finché gli si chiudono gli occhi e un gemito gli sfugge dalle labbra.

Mi mette le mani sui fianchi. «Ho bisogno di essere dentro di te, adesso.»

Mi mette le mani sulle spalle e mi blocca contro la parete.

Lo fisso di rimando, in quei suoi profondi occhi castano scuro.

Il mondo è dove deve essere.

Lui mi guarda negli occhi mentre mi penetra. Non ci sono dubbi su quello che c'è tra noi. Abbiamo le parole e abbiamo i nostri corpi. Due modi diversi di dire ti amo.

Gli avvolgo le braccia intorno al collo e lo tengo stretto. Mi bacia forte e a fondo mentre mi affonda dentro. Ricambio il bacio, persa nel piacere, persa in lui.

Il mio mondo è una miscela vertiginosa di colore e luce. Una meravigliosa sfumatura di viola. Non è una cosa intellettuale. Solo fisica. Solo emotiva. Sento solo il suo corpo. Il suo respiro, le sue mani, le sue dita, il suo uccello, i suoi denti.

Il suo amore.

Il modo in cui trema quando sta per venire.

Ci sono quasi. Inarco i fianchi per premere il clitoride contro il suo osso pubico, così posso venire insieme a lui.

Mi monta dentro un orgasmo.

Spalanca gli occhi. Mi affonda i denti nel collo. Gli tremano le spalle.

Non posso più resistere. Vengo, il mio sesso pulsa intorno a lui. Lui viene pochi secondi dopo, e mi riempie mentre mi graffia la pelle con le unghie.

Facciamo una lunga doccia. Nick fa un uso eccellente del soffione staccabile. Dopo aver finito, sono venuta così tante volte che non riesco a stare in piedi.

Mi porta sul letto. Mi aspetto che mi lanci un pigiama, ma mi porta un vestito. Quello splendido vestito viola che ho indossato durante la nostra serata di poker.

«È un po' troppo per stare in casa» scherzo.

«È il nostro anniversario.»

«Il nostro cosa?»

«Esattamente un anno fa ti ho detto che ti amavo.»

Ha ragione. Un anno fa è stato il matrimonio di Kat, il giorno in cui mi ha detto di amarmi, il giorno in cui il mondo ha ricominciato a sembrare bello.

Kat e Blake sono partiti per un viaggio in Giappone la settimana scorsa. La data esatta dev'essermi sfuggita.

Mi tiro su a sedere. «Sei sdolcinato.»

«Non m'interessa. Sei la cosa migliore che mi sia mai capitata. Ti festeggerei ogni giorno se potessi.»

«Che ne dici di vendere tre startup per quanto... dieci miliardi di dollari?»

«Meglio.» Si siede accanto a me.

Nudo.

È nudo.

In qualche modo, tengo gli occhi incollati ai suoi.

Mi preme le labbra sulla fronte. «Sei meglio di dieci miliardi di dollari.»

«Venti miliardi?»

Annuisce.

«Cento miliardi?»

Nick scrolla le spalle prendendomi in giro. «Non essere avida.» Si mette a sedere e si infila i boxer. «Abbiamo una prenotazione per cena.»

«Per festeggiare il nostro anniversario?»

«Sì. Vestiti. Non voglio fare tardi.»

Le sue guance diventano rosse. Nick è nervoso? Nick non è mai nervoso.

Improvvisamente, sono motivata. Ho le gambe di gelatina, ma collaborano quel tanto che basta per entrare nel vestito e nelle scarpe. Non mi sto a mettermi biancheria intima.

Dopo dieci minuti con il mio asciugacapelli e i pennelli per il trucco, sono pronta. Nick mi aspetta in salotto. È bello come sempre nel suo elegante vestito nero, la sua cravatta della stessa tonalità ametista del mio vestito.

«Andiamo a piedi o in macchina?» Chiedo.

«Dipende da te. Ho prenotato una limousine.»

Guardo fuori dalla finestra. Sta piovendo. Andare a piedi non è il massimo. «La limousine.»

Mi accompagna all'ascensore, poi nell'atrio, poi fuori dove ci aspetta una limousine nera tirata a lucido.

Non sono abbastanza rilassata rispetto al fatto di viaggiare in macchina da passare il viaggio a fare qualcosa di divertente.

Siamo legati con le cinture di sicurezza, teniamo le mani intrecciate, gli metto la testa sulla spalla.

Ci vogliono solo dieci minuti per raggiungere la nostra destinazione. L'edificio mi sembra familiare, ma non lo riconosco finché non siamo all'ultimo piano, in mezzo al corridoio.

È il ristorante dove abbiamo avuto il nostro primo appuntamento ufficiale.

Nick mi preme la mano sull'incavo della schiena mentre mi conduce dentro.

Spalanco gli occhi. I mobili sono disposti in modo che ci sia solo un tavolo al centro del ristorante. Ci siamo solo noi. È tutto nostro.

Mi tira fuori la sedia. È leggermente inclinata, così è rivolta verso le finestre più che verso il tavolo.

Mi siedo, con gli occhi fissi sui suoi.

Ma lui non si siede.

Mi stringe la mano, si inginocchia e tira fuori dalla tasca una scatolina per anelli viola.

Oh, mio Dio.

Nick fa un sorriso smagliante. «Dicevo sul serio prima. Sei la cosa migliore che mi sia mai capitata. Sarei un pazzo a non renderlo ufficiale.»

Apre la scatolina viola. L'anello è bellissimo. Un solitario con taglio a principessa. È bello, moderno e femminile allo stesso tempo.

Mi fissa negli occhi. «Lizzy Wilder, vuoi sposarmi?»

Avvampo tutta. «Sì. Certo.»

Mi fa scivolare l'anello al dito. È bellissimo, ma non bello come la gioia nella sua espressione.

Mi chino per premere le labbra sulle sue. «Ti amo.»

«Anch'io ti amo.»

Lo bacio finché mi si intorpidiscono le labbra.

Non ti basta?

Iscriviti alla mia mailing list per ricevere una speciale scena eliminata di *Relazione indecente*.

Conosci il dispotico miliardario Blake Sterling?

Leggi la storia di Kat e Blake in *Accordo Indecente.*

Lei è al verde e non ha alternative. Lui la tirerà fuori dai debiti... se si sottomette alle sue condizioni. Una sensuale storia stile Cenerentola. Volta la pagina per leggere un estratto.

Continua la serie con *Marito Indecente.*

Trovi tutti i miei libri qui.

Ringraziamenti

Il mio primo ringraziamento deve sempre andare a mio marito, che non solo tollera ma ama tutte le mie stranezze (anche le mie sfuriate sulla grammatica). Kevin, non potrei farcela senza di te. E il secondo ringraziamento va a mio padre per avermi sempre incoraggiato a seguire i miei sogni e soprattutto per avermi portato in libreria quando dovevo essere in punizione.

Alla mia editor, Dee, grazie mille per la rapidità con cui hai portato a termine questo manoscritto. È fantastico. Ai miei beta reader, troppi per citarli tutti, un grazie per avermi aiutato a fare di questo libro il miglior libro possibile.

Un grande ringraziamento a Isabella Nanni per l'eccellente traduzione italiana e per avermi aiutato a portare le mie storie a un nuovo pubblico.

E il mio più grande ringraziamento va a tutti i lettori per aver dato una possibilità a un nuovo libro. Spero che tornerete per *Marito Indecente*, il libro di Shepard.

Printed by Amazon Italia Logistica S.r.l.
Torrazza Piemonte (TO), Italy

75857798R00199